庶女出頭天

4

風文創 112

七星盟主 著

目錄

第八十二章　莫側妃遭殃

龍隱帶著司徒錦回府的時候，老鍾就已經等在府門口了。見到主子下了馬車，他立刻迎了上去。「小主子，您可算是回來了。」

「出了何事？」儘管龍隱對那親生的爹娘沒多少感情，但作為王府未來的接班人，有些事情他還是得過問。

老鍾一邊擦著汗，一邊急急地稟報道：「小主子，您還是自個兒去王妃的院子去看看吧。」

龍隱與司徒錦互望了一眼，便朝著芙蕖園而去。剛踏進園門，便聽到一陣陣撕心裂肺的哭喊聲，映入眼簾的，是莫側妃捂著臉，倒在地上哭天搶地，不肯起來。

司徒錦微微納悶，不知道她怎麼會出現在這裡，便叫了一個小丫鬟過來問話。「怎麼回事？莫側妃怎麼會在這裡？王爺和王妃呢？」

那丫鬟欲言又止，只得大概敘述了一些。

原來，王妃今日帶著丫頭去寺裡敬香，剛出門不久，王爺就過來了。問明了王妃的去向後，便一路追了上去。接著也不知道發生了什麼事，王妃暈倒了，王爺便帶著王妃回王府，半路上遇到莫側妃。莫側妃見王爺親自抱著王妃進門，心裡堵得慌，便跟著來了芙蕖園。王爺因為擔心王妃的身子，也沒多說什麼。可是後來不知道怎麼的，莫側妃爭風吃醋起來，說了些不該說的話，就被王爺打了。

司徒錦瞧見莫側妃那紅腫的臉龐，果真是被打了。

沒想到，這王府裡最受寵的莫側妃，也會有今日？不等司徒錦反應過來，屋子裡便傳出激烈的爭吵聲，繼而，又有兩個身影被丟了出來。

細看之下，司徒錦才認出，那兩個身穿華麗衣衫的人，竟是龍敏郡主和龍翔公子！想必他們是替自己的母親打抱不平，故而忘了分寸，與王爺爭執起來。在這個節骨眼上鬧事，真是不知死活！

司徒錦鄙夷地瞥了龍翔與龍敏一眼，便提起裙襬，朝屋子裡走去。

見到世子和世子妃回來，屋子裡的下人全都拜了下去。「見過世子、世子妃。」

「都出去吧，一會兒再進來收拾。」司徒錦見到那地上破碎的瓷片，便將那些嚇得臉色慘白的丫鬟給趕了出去。

今日這一幕，都是她設計好的，母妃應當不會有大礙。為了幫母妃多爭取一些機會，司徒錦自然要為他們製造一些私密空間。

起初，那些丫鬟還微微發愣，不知道該不該聽話。但龍隱一聲呵斥，讓她們不得不快步退了出去。

夫妻二人迅速進了側門，來到王妃的寢房。

此刻，王妃雙眼緊閉，臉色不怎麼好，王爺則焦急地守在一旁，不時在屋子裡走來走去，心情莫名煩躁。

「太醫呢，怎麼還不來？」

聽到王爺的怒吼聲，司徒錦撇了撇嘴，小心翼翼地走上前去。「兒媳見過父王。」

沐王爺轉過身來，見是兒子和媳婦，神色稍有收斂。「你們不是去了太師府嗎，怎麼就回來了？」

龍隱自然不會多做解釋，這接話的活兒就落到司徒錦身上。「回稟父王。世子與兒媳本來在太師府，可是聽說母妃身子微恙，因此立馬趕了回來。母妃……她究竟發生了何事，可有大礙？」

見她問起王妃的狀況，沐王爺眉宇間的愁緒又多了幾分。「她身子一向不大好，今日受了些驚嚇……」

對於相處了二十年的妻子，沐王爺似乎從未認真了解過她。可是當看到她那身熟悉的衣裙時，他的眼眶不由得泛紅。儘管他心裡還有很多疑惑想要弄清楚，可此時此刻王妃卻昏迷不醒，他想要的答案便也暫時沒有下文。

他從未真正仔細打量過妻子，如今看來，那蒼白的容顏，卻突然產生不可思議的吸引力。除了這王妃的身分，他能給予她的，便只有錦衣玉食。只因這婚事是老王爺作主為他定下來的，不是他自己挑選的，因此他不甚情願。對妻子，他只是負起做丈夫的責任，並沒有多少感情。

他的王妃，其實是個標致的美人兒。鵝蛋臉、濃眉大眼、粉腮如雪，再配上張嫣紅的小嘴，怎麼看都是個絕世佳人。只可惜，他心裡早就有了別人，故而一直對她視而不見，除了每個月固定來她這裡幾回，平日他都待在莫側妃那裡。

寵愛莫側妃，並不代表多麼喜歡她。一來，她是莫妃娘娘的親妹子，感覺比較熟悉；二來，也是因為莫側妃某些地方，與他在古佛寺裡遇到的那個女子有幾分相似之處。

他寵著莫側妃，只是為了彌補心裡那個缺憾而已。

司徒錦見他神色時而歡喜時而憂傷，便知道他沈浸在過去的回憶裡，乖乖地閉了嘴，不再吭聲。

只是外面那鬼哭狼嚎般的哭喊，卻不時傳入室內，讓人煩躁不已。

沐王爺當然也聽到了那嘈雜聲，他不由得皺了皺眉，對隱世子吩咐道：「將那個女人丟回她的院子裡去。」

此刻，他十分焦躁，不想見那個不懂分寸的女人！

龍隱點了點頭，退了出去。

不一會兒，外面的爭吵聲漸漸平息，但對於王爺的反常，莫側妃也不死心，非要問出個究竟。

「我不走！王爺若是不給妾身一個合理的解釋，打死我也不離開！」莫側妃耍著性子，賴在地上不肯起來。
她的臉已經腫了起來，看起來十分恐怖，但此刻她也管不了那麼多。今日可是中秋佳節，是王爺陪她去相國寺祈福的日子，每年都是這樣過節的，今年王爺卻對王妃上心起來，她如何能釋懷？
王妃雖然比她高那麼一頭，但一直都不得寵。明眼人都可以看出，王爺最寵的，還是她莫側妃，至於那王妃，不過是空有頭銜罷了。可憑什麼那個不受寵的女人，卻引起王爺的注意，甚至為了那個女人打她？她不服氣！
「想死還不容易？我現在就可以成全妳。」龍隱不是什麼良善之輩，這個女人也跟他沒有任何關係，他說得出就做得到。
龍敏雖然是莫側妃所生，但對龍隱的脾氣卻相當清楚。以往，他沒有跟他們計較，可不代表他怕了他們，如今看到他那可怖的眼眸，她真真是嚇壞了。
「母親，咱們還是先回去吧。」她忍著渾身的傷痛，上前去扶莫側妃。
莫側妃一把甩開她的手，道：「我不走！憑什麼是我走？」
「母親，求求您，別說了……」龍翔此刻也看出了龍隱眼裡的不耐，便小心翼翼地勸說道。
莫側妃的脾氣，他們做兒女的再清楚不過。但她耍性子也要看看場合和時機，如今父王明擺著護著王妃。再鬧下去，不僅面子上不好看，龍隱也是說話算話的人，若是真惹惱了他，他絕對做得出那些心狠手辣的事情。

龍翔雖是大哥，但對於這個弟弟，他還是頗為畏懼。

莫側妃見自己的兩個孩子竟然這般沒骨氣，不由得破口大罵。「你們到底是誰生的？居然向著外人，真是氣死我了！」

「母親，父王的命令，女兒可不敢違背。」龍敏吶吶地說道。

龍翔也是膽戰心驚，想到剛才被父王丟出門的情景，他仍心有餘悸。「是啊，母親，您的臉腫了，還是先回去用冰塊敷敷吧。」

莫側妃很在意自己的容貌，也一直引以為傲，如今聽兒子這麼一提，心裡的火就更大了。「我到底做錯了什麼，王爺要這麼對我？不過是說了幾句爭風吃醋的話罷了，他居然捨得打我？嗚嗚……平日將我當成寶貝一般捧在手心裡，如今為了那個女人，竟然對我動起手來了……這教我往後如何在府裡立足啊！」

聽著莫側妃的哭訴，幾個人的臉色都不好。

龍隱，是因為她的囂張放肆，而另外兩人，則是隱隱察覺到了一絲詭異的氣息。世家大族都是母憑子貴，子憑母貴，只有莫側妃得寵，他們往後的日子才能繼續好下去。若是莫側妃失寵，加上這麼些年來，他們一直對王妃並不恭敬，偶爾還出言相諷，一旦王妃得勢，那豈會有他們好日子過？

比起莫側妃，這兩兄妹倒是對情勢看得很透澈。

「母親，您還是快些起來吧，若是惹惱了父王，指不定還會怎麼罰呢！」想到他日後的逍遙日子，龍翔不得不繼續勸說。

「要罰我？他竟然要罰我？」莫側妃一臉不敢置信。

「母親……」很多話梗在喉嚨裡，龍敏一時不敢說出來，怕莫側妃更加氣惱，做出什麼瘋狂的舉動來。

事情已經這般模樣了，她不能讓母親繼續錯下去。

「你們覺得母親失寵了，是不是？」莫側妃看著自己的兩個子女，手指顫抖著質問道。她不相信王爺會那麼狠心！

她入王府二十載，也風光了二十載，王爺對她的寵愛有目共睹。即使是王妃，也不敢光明正大跟她叫板或給她臉色看，只能處處忍讓。可如今這是怎麼了，她不過是說了那麼幾句無關痛癢的話，怎麼會就落得如此下場？

龍敏當然不承認這個事實。她心想這只是因為王妃暈倒了，父王為了保全王府的面子，不得不做做樣子罷了，事後父王依舊會如往常那般寵著母親。這麼些年來，母親更過分的事情都做過，也沒見父王有什麼太大的反應。她相信父王真的很喜歡母親，今日不過是有些急了。

想來自己也有些魯莽，竟然大膽跟父王理論起來，父王動怒也是理所當然。日後，她再去給父王賠罪，以父王對他們兄妹的溺愛，肯定不會計較。龍敏這樣想著，心裡便好過了些。

「母親，父王正在氣頭上，您何必去尋這個晦氣？等到父王氣消了，自然會回湘繡園去的。」龍敏勸慰著。

莫側妃還要說些什麼，卻被龍隱打斷了。

「再不走，可別怪我不客氣！來人，送莫側妃回去。」

一聲令下，那些跟在莫側妃身後的奴才立刻上前去將莫側妃扶了起來，匆匆離開了芙蕖園。

莫側妃自然不甘心，但想著等王爺後悔這麼對她，她再多要些好東西就行了，也就不再繼續蠻橫下去，任由丫鬟們扶走了。

等龍隱再次回到屋子裡的時候，司徒錦便將注意力放到他身上。「走了？」

「嗯。」他輕輕地應和著。

太醫不知道什麼時候已經進來了，正在為王妃把脈。沐王爺則焦急地等在一旁，心急如焚。

司徒錦望了望床榻上的王妃，不由得在心底嘀咕。她那蒼白的臉色，不像是裝的，該不會王妃真的就是當年王爺最惦記的人吧？不然她為何會真的暈倒呢？

是因為知道王爺心中另有所愛的真相，打擊太大？還是怒氣攻心？

這許多疑惑只有等她醒過來才能得到解答了。

那太醫收起了帕子，便走到桌子旁開藥方。

「她……到底怎麼樣？可有大礙？」沐王爺著急地追上去問道。

那太醫邊寫方子，邊說道：「王爺，王妃這病是長期抑鬱所致，加上怒氣攻心，這才受不住暈了過去。下官可以開個藥方緩解王妃的病症，但若是為了王妃的身子著想，還是要勸其寬懷，否則……」

後面的話，即使他不說，屋子裡的人也都聽得懂。

沐王爺心裡一窒，回頭望了望床榻上的人，不由得一陣愧疚。她畢竟是他的妻，即使不愛，也不能這般漠視。他竟然不知道她一直都悶悶不樂，以至於現在昏迷不醒。他到底做了什麼？

見沐王爺眉頭緊皺，司徒錦在心裡暗忖：知道自己錯了，看來還有救！

龍隱將太醫送走，又吩咐丫鬟去抓藥後，這才回到屋子裡。

王爺彷彿一夕之間老了許多，整個人無精打采，關照了司徒錦幾句，便悶不吭聲地離開了。等到他一走，司徒錦便坐到王妃身邊替她把起脈來。不是她信不過那太醫，而是她怕王妃真的有個什麼，她們畢竟是盟友，若是她出了事，往後的日子恐怕就更不清靜了。

「母妃她……」龍隱第一次見到沐王爺那憔悴的模樣，心中生出那麼一絲憐惜。這是二十年來，他不曾有過的情緒。

司徒錦見他那般模樣，心裡很是替他高興。他總算不是個毫無知覺，連親人病倒了也無動於衷的冷漠之人了。

「母妃的身子的確有些問題，不過還不至於嚴重到不可收拾的地步。若是想讓母妃早日好起來，還是得煩勞花郡王來診治一番。」她雖然對醫理方面感興趣，或多或少知道一些知識，但比起花弄影來，還真是差了不止一、兩個等次。

龍隱點了點頭，道：「妳在這裡好好照顧母妃，我派人去找影過來。」

司徒錦笑了笑，應了下來。

王府書房

沐王爺一臉哀傷地看著牆壁上那幅女子畫像，一時間心緒洶湧澎湃，狂亂不安。「當初我整整找了妳兩年，卻一直杳無音信。妳到底在哪裡……」

回想起二十多年前的那場邂逅，沐王爺至今仍舊無法忘懷。即使他娶了妻、納了側妃，還生了好幾個兒女。但在他心中，仍舊為那個女子保留一個位置。

她時而端莊，時而俏皮；時而活潑，時而沈靜，無論是哪一面，都讓他深深著迷。儘管她長得很普通，比不上府裡這兩位妻妾美貌，可是在他心裡，她是他最愛的女人，無關家世和容貌。

那時候的他，還是王府世子。因為聽說古佛寺有一片難得的桃花林，美不勝收，便帶著兩個僕人，尋了過去。

年輕氣盛的他，也是因為聽別人提起那古佛寺後山的艱險，這才想去征服。但沒想到，那一次出行，卻為他帶來刻骨銘心的痛。

當他爬上那人人畏懼的山頂，見到桃花源般的美景之時，他便被那仙境一般的地方迷住了。但比那桃花更引人注意的，卻是先他一步登上那山頂之人。

那是一個嬌滴滴的纖瘦女子。

她穿著簡單質樸，看起來不像是富貴人家的小姐，但說話處世卻充滿大家閨秀的氣度，甚至比那些養在深閨的女子還多了一分瀟灑脫。她可以光著腳丫子在溪邊戲水，也可以安靜地坐在桃花林中撫琴吟詩；她可以沈靜如水，亦可動如脫兔。即使她長著一張普通的臉，但言行舉止之間卻給人深刻的印象，教人過目不忘。

本來打算征服了那山峰便打道回府的他，被她深深吸引，硬是在那簡陋的古佛寺一連待了半個月。

在那一段日子裡，他每日都上山去，只為遇到那個令人心儀的女子。隨著時間累積，他們也漸漸地由陌生人變成了知音。他們時而煮茶論桃花，吟詩作畫；時而撫琴舞劍，笑談天下。那神仙般的生活，是他有生以來最舒心的日子。

回憶到此處，沐王爺的眼眶漸漸濕潤。

「這二十多年，妳不知道我是怎麼過的？若是當初，我沒有用假面目、假名字欺騙妳，是不是今日的結局就不會如此？妳一定是惱恨了我，才躲著不肯見我吧？我的確錯了，也欺騙了妳，可是二十多年的相思已經讓我心神俱碎了……妳何時才能出現在我眼前，讓我能夠早日安心？即使妳已經嫁為人婦，起碼也讓我知道……這樣，我便能死心了。」他一個人對著那畫像喃喃自語。

畢竟是王府世子，當初為了保持低調，他對自己的面容動了些手腳，還使用假名，這才能毫無顧忌地待在山上那麼久，誰知……

經過二十多年，那畫像早已泛黃。那樣平凡的一張臉，根本毫無特色，可是在他心裡，她的相貌卻依舊清晰。之所以沒有將她的眉目畫清楚，也是不想讓旁人知道他心裡那一份懷念。

他如今已經是有妻室有兒女的人，找到她又如何？她會答應進王府，做個身分低微的妾嗎？

當年他匆匆離開古佛寺，是因為王府的人找上門，說老王爺病重。等到他再次回到古佛寺的時候，那女子早已不見了蹤影。

他日思夜想的女子，就那麼消失了，不留下任何痕跡。那些美好的日子，彷彿黃粱一夢，如此不真實！

回到王府，他就像變了個人，瘋狂地派人四處打聽那女子的下落，卻毫無所獲。在老王爺病重的情形下，他也不能隨意離府。再後來，沈家的人找上門來，說起早些年定下的婚約，他在病重的老王爺面前不得已點了頭。

他沒有見過沈家小姐，對這段婚姻也沒有多少好感。於是，有一陣子他整日大門不出，將自己關在屋子裡喝悶酒，當時莫妃的妹妹，也就是如今的莫側妃，便利用這個機會，一步步接近他，最後成了他的女人。說起來，也就因為她有幾分神似古佛寺的女子，才讓他一時糊塗。

老王爺在知道他們的事情後，氣得病情加重。事已至此，他雖然覺得對不起沈家，但莫家也不好打發，只得讓他娶了莫小姐，給了側妃的名分。

莫家當時還鬧過一陣，但因為是莫側妃自己行為不檢，整日往沐王府裡跑，這才在婚前失了貞，還懷了孩子。這樣的醜事，莫家自然不敢外傳，最後便妥協，讓莫側妃嫁進王府。

後來，老王爺彌留之際，為防止夜長夢多，便讓他將婚期提前，在他死前將沈家小姐迎進了門。喝完媳婦茶之後，老王爺就去了。

老王爺的死，對他也是一大打擊，再加上那女子一直下落不明，又被迫娶妻，心中鬱悶至極。從那以後，他就像是行屍走肉般活著。直到莫側妃生下長子，他才稍微振作了起來。

過往的種種，如倒帶般湧入腦海，讓沐王爺覺得羞愧不已。

他堂堂沐王府世子，如今高高在上的沐王爺，竟然會為了一個女人，將自己弄得狼狽不堪。

「素素……我該怎麼辦？」他對著那畫像流下淚來。

他已經錯過一回，不能繼續錯下去了。

即使他不愛那些女子，但她們也跟著他二十年了，還為他生下兒女。作為一個丈夫，一個有擔當的男人，他不應該一直活在過去。

儘管王妃今日那身裝扮惹惱了他，他也不該那般辱罵她，讓她心力交瘁得暈過去。他實在不是個好丈夫，也不是個好父親！

龍隱這孩子，他一直都漠視。

他恨命運的捉弄，恨老王爺自作主張，恨王妃，連帶也恨上這個無辜的孩子。從小到大他都不曾抱過他、親近過他。在他剛剛長大一些的時候，便命人將他送到山上去學武，以期將來能跟隨他上戰場。

隱兒沒有讓他失望，練就了一身好本事，年紀輕輕便為大龍國立下赫赫戰功，成為皇室的驕傲，也獲得了皇上的青睞。可是隱兒的冷漠無情，卻讓他無所適從。雖然他們是父子，但對彼此都是冷冰冰的態度，沒有絲毫溫情可言。

他曾經後悔過，想要彌補，卻為時已晚。長大後的龍隱更加陰沈，性格也十分乖張，難以預測。他不屑跟他說話，也不屑這世子之位，甚至連對自己的親生母親，也沒有多少情感。

他知道，這一切都是他的錯。

他的漠不關心、他的殘忍，讓兒子變成如今這副模樣。他是個罪人！不但沒有守護好心愛的女子，也辜負了另一個女人。

他的王妃，沈家的嫡出小姐，高貴嫻雅的一個女人，在王府過了二十年忍氣吞聲、備受冷落的日子。他……真是個混蛋！

視線模糊了又清晰，沐王爺就那樣對著畫像一遍遍懺悔。

突然，書房門外傳來爭執聲，讓沐王爺再一次不耐煩地轉身。「什麼人這般大膽，居然敢在書房門口大吵大鬧？」

將暗門闔上，確保看不出破綻之後，他這才冷冷對門外的侍衛喝道。

「王爺，是妾身。妾身見王爺沒有用膳，故而端了些您愛吃的菜色送過來。」不等門外的侍衛回答，莫側妃那嬌滴滴的嗓音便傳了進來。

沐王爺煩躁地皺起眉頭。此刻他並不想見這個女人，因為一見到她，他就有一種強烈的羞愧感。這些年來他已經給她比王妃更多的寵愛、更大的實權、更多的賞賜，她做過那麼多過分的事，他甚至也睜一隻眼、閉一隻眼，不去計較。

可惜，她彷彿永不知足，一次比一次貪婪。如今她連他的話都聽不進去了，竟然還放肆地闖進書房來，真是不知好歹！

「誰讓妳來的？滾回去！」他大聲吼道，彷彿只有這樣才能讓心裡好過一些。

想著王妃那蒼白的面容，沐王爺心裡一陣陣難過。那種從未有過的心酸，讓他不能自已。真是奇怪，他明明不愛那個女人，為何會為了她心煩意亂，大動肝火？

是因為她私自穿了跟畫像中一模一樣的衣服？抑或是她倒下去之前，那眼底的絕望？

他苦惱地抓著自己的頭髮，百思不得其解。

莫側妃在門外聽到王爺的怒吼聲，還是沒有半點兒離去的意思。她可是費了好大的勁兒，才讓自己收拾好心情，主動向王爺示好的。她以為只要她撒撒嬌、服個軟，王爺肯定會心疼她、原諒她的。可如今看來，這些還是不夠。

「王爺，您再生妾身的氣，也不能不用膳啊！王爺……」

見莫側妃仍舊不知悔改，沐王爺這一次真的動怒了。原本就只將她當成素素的影子，寵著她也就罷了，到了這個時候，她還這般不知分寸！

「來人，將莫側妃帶去祠堂，家法伺候。」

門口的侍衛愣了一下，最後還是聽從命令，上前去勸莫側妃。畢竟王府裡王爺最大，即使莫側妃盛寵一時，但王爺的命令他們不敢不從。

「莫側妃，請吧。」因為男女之別，侍衛們也不好拉拉扯扯。

莫側妃先是一愣，繼而又撒潑地哭喊起來。「王爺！妾身到底做錯了什麼，您要如此對待妾身？」

「不知道做錯了什麼？」沐王爺一腳將門給踹開，怒聲吼道：「看來是我太過縱容妳了，讓妳居然連府裡的規矩都忘了！書房重地，豈是妳一個婦道人家可以來的？妳三番兩次違背本王的命令也就罷了，如今還鬧到書房來，簡直不知死活！」

見那些侍衛還不動手，他又厲聲喝道：「愣著幹什麼，還不拖下去！」

那些侍衛見王爺發火，便顧不上許多，衝上前去就將莫側妃給架了起來。「莫側妃，別讓小的們難做！您還是乖乖走吧。」

莫側妃這麼些年來極其囂張，哪受過這般待遇，頓時激動得淚流滿面。她一邊掙扎，一邊嘶喊著。「王爺……妾身知錯了！妾身不該鬧到書房來……可是妾身也是為了王爺的身子著想啊，王爺……」

「真的是為了我的身子著想嗎？呵呵呵呵……」沐王爺突然大笑起來。

莫側妃被嚇到了，身子微微顫抖，但想到自己的將來，她還是壯著膽子說道：「妾身自然是關心王爺的身子。畢竟這麼多年的夫妻，妾身一直對王爺敬愛有加，不敢有絲毫怠慢……」

「夫妻？妳也配稱為我的妻？」想著她當年恬不知恥地自己送上門來，他不由得冷笑。

莫側妃心裡打了個突，不明白她到底哪裡得罪了王爺。

他這些年不都是一直慣著她嗎?!她以為他是真心喜歡她，所以一直以妻禮相待，就算知道孩子私底下叫她母妃，也不以為意，給她至高無上的地位和尊榮。

沒想到，她錯了，大錯特錯！

如今這個男人滿臉怒氣，那絲毫不見溫情的眼眸，都在訴說一個事實，那便是他根本就不愛她。

若是愛她，豈會捨得打罵？若是愛她，又怎麼會動用家法？原來，這些年來的寵愛，全都是假象！

「王爺……」莫側妃悲傷地喚了他一聲。

見到她那楚楚可憐的模樣，沐王爺忽然覺得一陣厭惡，不由得撇過頭去，來個眼不見為淨。「還不帶下去。」

侍衛們這才醒悟過來，拖著莫側妃就往外面走。

看到他那樣冷漠的神情，莫側妃心裡一陣發涼。即使他給了一切她想要的，也還是不肯付出真心。她從小就喜歡他、仰慕他，長大之後更是不顧禮義廉恥，將清白的身子給了他，還為他生下了一兒一女。她以為就算他不愛她，起碼也是喜歡的，不然他也不會冷落王妃，放任自己在府裡坐大。

現在想想，她的結論多麼可笑。

她不過是說了幾句氣話，他就打她；只是想過來道歉，給他送些吃食，他卻要用家法處置她。

哈哈哈哈……真是太好笑了。想她莫青青幾十年如一日地愛著這個男人，到頭來卻落到如此地步！在他的心裡，一直想著那個女人也就罷了，如今更忽然對王妃上了心，還為了她責罰自己。

她心裡無比酸澀。

王爺心裡一直有個人，莫側妃很清楚。否則當初她也不可能乘虛而入，跟他發生了親密關係，讓他不得不娶她。可是這麼些年來，難道她付出得還不夠嗎？她自認服侍得貼心周到，不曾有半點怠慢；她為他生兒育女，還不惜背著莫家，拒絕利用他對她的寵愛做一些不利於王府的事情。

她全心全意的對待，卻換來他一句無情的家法處置。

「哈哈哈哈……」此時此刻，莫側妃已經想不出任何語言來形容自己的心情了。唯有大笑，才能緩解她內心的苦楚。

芙蕖園

司徒錦一直伺候在王妃身邊，不時幫她擦汗、餵水。就這樣過了半個時辰，王妃仍舊沒有醒來的樣子，直到緞兒將藥端上來，又帶來了些湘繡園那邊的消息，司徒錦才得了空休息一下。

「妳說王爺將莫側妃關進祠堂，還要動用家法？」司徒錦儘管知道王爺不是真心喜歡莫側妃，但這樣嚴重的處罰，卻不在她意料之中。

「奴婢聽說了，那家法可不是輕易會動的，看來此次王爺是真的惱了莫側妃了。王爺的書房豈是能夠隨意亂闖的，莫側妃這樣做，不是自尋死路嗎？」緞兒嘀嘀咕咕著。

王府的書房重地，的確不能亂闖。這些個規矩，早在司徒錦嫁進王府之後，王妃就派人來教習過的。只是她沒有料到，莫側妃居然如此不自量力，鬧到了那裡去。

「那家法是怎麼個懲罰？」司徒錦一時好奇，便問了起來。

一般人家來說，家法是最嚴厲的懲罰。太師府是一品大員的府邸，為了立威，也設了家法這麼一項規矩。只是府裡那些人犯了錯，大都只是打板子，要麼關禁閉，很少動用家法。

王府的門第比起太師府來，不知要高了多少，可想而知，王府的家法會是如何厲害！不死恐怕也要掉層皮吧？

「世子妃，關於王府的家法，奴婢有所耳聞。據說是要扒光了衣服，用帶刺的藤條抽打，還不允許上藥。若是能夠挺過一個月，便能請大夫醫治；若是挺不過去，那就只有等死的分兒了。」緞兒將聽來的消息如實稟報。

司徒錦哦了一聲，便沒有再繼續問下去。

反正莫側妃的事與她無關，她沒必要關心。那女人太過囂張，給她點兒教訓也是應該的。

這時，床榻上傳來嚶嚀聲，王妃從昏迷中醒了過來。

「母妃。」司徒錦見她醒來，便歡喜地圍了上去。

沐王妃見到是司徒錦，頓時覺得詫異不已。她與司徒錦並不熟悉，此刻見她如此殷勤地伺候著自己，不由得有些尷尬。「珍喜呢，為什麼不是她來服侍？」

珍喜是她從娘家帶來的丫鬟，一直隨侍在她身邊。突然之間換了別人來服侍，她總覺得不太習慣。

「珍喜煎藥去了，母妃還是先喝藥吧？」司徒錦做著賢慧的兒媳，將藥碗端到王妃面前，試了試溫度，這才遞到她的唇邊。

沐王妃臉上有著疲憊，但依舊尷尬。「妳放一邊，一會兒讓珍喜來餵我。」

司徒錦也不推辭，將藥遞給了緞兒。「母妃身子虛弱，需要靜養幾日方可好。不管什麼事，先放一邊吧，身子重要。」

沐王妃經她這麼一提醒，又想到昏倒之前的事情來。

王爺儘管不喜歡她，也是相敬如賓，從未對她說過一句重話。可如今，就為了那一身衣服，狠狠地罵了她一頓。她怎麼想都覺得不好受，心中的委屈無法向人傾訴，頓時默默流下淚來。

司徒錦知道她又想到了傷心事，正要勸說兩句時，忽然一個身影閃了進來，一見到王妃那憔悴的模樣，粉腮上頓時掛了兩行淚。

「母妃……」秦師師哽咽了一聲，不顧司徒錦在場，撲了上來。

王妃錯愕的同時，眼神裡閃過一絲尷尬，這個稱呼，是她允許秦師師這麼叫的，但在世子妃面前這般，的確不大妥當。不過想歸想，她卻沒有指責秦師師的過失。

司徒錦見秦師師這般不懂規矩，臉色微沈。

第八十三章 王爺覺悟

再次見到秦師師時，司徒錦明顯感受到了她的不同。除了那依舊楚楚可憐的柔弱模樣，似乎比以前多了一分心機。

若是在以前，她絕對不會當著外人的面叫沐王妃母妃，可這一次，她明明看到世子妃也在，卻開了這個口，這其中的深意，明眼人一下就看穿了。

緞兒狠狠地瞪著這個沒規矩的女子，在心裡替自家主子打抱不平。

司徒錦卻只是笑了笑，並沒有表現出一個妒婦的姿態，這反應倒是讓秦師師有些詫異了。畢竟，在她看來，師兄不肯接受她，必定是這位世子妃在作怪。此外，王妃也一再提起，說世子剛大婚，不宜在此時納妾。於是秦師師便將內心的怨念，全都推到司徒錦頭上。

「母妃，您瞧秦姑娘多懂事，知道您身子不適，等不及通傳，就進來探望您了。」司徒錦表面上讚美她乖巧懂事，實際上卻是在說她不懂規矩。她又不是府裡的主子，居然不通傳一聲，就直接闖進王妃的寢房，實在失禮得很。

沐王妃聽了這話，也是一臉深思地看著那哭得梨花帶雨的女子。

以前，她一直覺得這秦師師是個貼心的人兒，又是隱兒的師妹，故而高看了她一眼，加上她身世可憐，所以千方百計想要促成她與兒子的婚事。但現在看來，她並非自己料想的那般上得了檯面。到底是在山上長大的，沒見過什麼世面，與那些名門出身的大家閨秀還是不能比。

王府可不比一般人家，若是府裡有這般不懂規矩的人，豈還有安寧之日？這秦師師的心，未免太大了。既然她已經答應為她作主，為何還這般沈不住氣，居然當著自己兒媳的面，開始鬧上了?!

秦師師見王妃半晌沒有開口，心中頗為不安。

她也是賭了一把，想要試探世子妃和王妃的反應。起初王妃似乎還沒有計較，她才稍微安了心，可這會兒，世子妃卻含蓄地指出她不懂規矩，隨意亂闖王妃的寢房，她又慌亂起來。是以，她不斷地偷偷打量王妃的臉色，想要尋求一些幫助。

可惜，王妃聽了世子妃的話，便有些猶豫了。

「母妃……」她再一次試探性地喊出這個稱呼。

沐王妃聽著，心裡覺得有些彆扭，便道：「本王妃身子不適，怕過了病氣給妳們，都回去吧。」

一聲「本王妃」，將兩人之間的距離、身分拉了甚遠。

秦師師咬了咬下唇，有些不甘心地福了福身。「既然母……王妃娘娘身子不適，那……師師先行告退了。」

司徒錦看都沒看她一眼，體貼地侍候王妃喝完藥，這才扶她躺下。「母妃身子並無大礙，歇息幾天就好了，秦姑娘也不必太擔心。秦姑娘若是真的為了母妃的身體著想，還是不要來打攪母妃休息。」

這話的意思已經很明顯，她相信秦師師聽得懂。

而王妃也是微微閉了眼，沒有反對司徒錦的話，顯然是默認了她的說法。

秦師師一雙眼睛幽怨地掃了司徒錦一眼，微微欠了欠身，道：「師師知道了，多謝世子妃提醒。」

知書達禮，是王妃對她的評價。為了挽回王妃的歡心，秦師師斷然不會像莫側妃般那胡攪蠻纏。

司徒錦見她知趣地告退，也沒有多說什麼，讓丫鬟將她送出去之後，便向王妃辭行。「母妃請寬心，莫側妃已經被王爺罰去祠堂受了家法，一時半會兒也沒法恢復元氣，母妃盡可安心養好身體。」

提到莫側妃，王妃的眼珠子轉了轉，卻沒有睜開眼。「錦兒也辛苦了，回去歇著吧。」

司徒錦也不推遲，起身告辭了。等到屋子裡只剩下王妃一人之時，她才緩緩地睜開了眼眸。

今日之事，她的確受了很大的震撼。

當司徒錦將那一身樸素的衣衫送到自己手上時，她的心就忍不住刺痛起來。她不知道司徒錦如何找來那一身一模一樣的衣裳，但那份用心她領悟到了。

出門前，她輕輕用手撫摸著那套衣裳，久久沒有動作，還是身邊的珍喜提醒她，她才回過神來。

沐王妃看著那衣裳，不由得感嘆。她嫁入王府之後，便是錦衣玉食，哪裡還穿過這麼樸實的衣服？司徒錦將這衣服送來給她，想必有她的用意，因此她沒有嫌棄那身衣裳，反倒讓丫鬟幫她換上。

當珍喜看到她那一身妝扮時，忍不住落下淚來。「小姐，您這衣裳……」

沐王妃也是紅了眼眶，久久無語。

那是她多年不曾觸碰的回憶。那段絢爛美好的日子，是她最珍惜的寶物。可惜好景不長，曇花一現的幸福過後，便是永遠的訣別。

她從小就是爹娘手心裡的寶貝，是沈家最受寵的小公主。可是在她十二歲那年生了一場重病，許多大夫看過都無濟於事。就在沈家一片愁雲慘霧的時候，一個和尚上門化齋，聽說了這事，便主動請纓，替她瞧病。也不知那和尚用了什麼法子，居然說動了當時的沈將軍夫婦，將她帶到山上的寺廟裡靜修。說來也怪，到了山上，她的病情就有了起色，漸漸好了起來。

沈家自然對那和尚感激不盡，也遵守他們之間的約定，將她留在山上三年，直到她及笄的日子，方可下山。

就是在山上的那三年，她口日與珍喜為伴，在寺院裡跟著那和尚打坐修行，偶爾隨他上山採藥。偶然之間，她發現了一條鮮為人知的小徑，可通到後山的一片桃花林，那漫山遍野的桃花，那飄散在空氣中久久不散的香味，讓她深深地喜歡上了那個地方。只要有空閒，她就帶著珍喜爬上去，在那裡撫琴作畫，好不樂哉！

儘管那個寺廟很是偏遠，但偶爾也有善男信女前去祈福敬香，沈紜紜又是大家閨秀，自然不能以真實面貌住在寺廟裡。於是那和尚就教她易容，這樣一來，倒是省去了許多麻煩。

那假的面具貼在臉上，很是不舒服，但為了自己的清譽，還有自由自在的生活，沈紜紜便嘗試適應和習慣。如此兩、三年下來，倒也無人發現她的異常，就連寺廟裡的其他和尚，也只當她是個普通的姑娘，並未多加注意。

沈紜紜本就生得美，對自己的容貌也甚是自豪，突然變得平凡起來，她還是有些在意。只是她的母親告訴她，將來若是有一個男子，能夠不因她的容貌而對她深情不移，那才是真正的良緣。

沈紜紜是個聰慧的女子，後來她也領悟到了其中的道理。

女子的容貌再好，也禁受不住歲月的摧殘。以色事人，必定有色衰愛弛的一日。若那男子真心喜歡她，不因她的相貌而有所改變，才能一生相依相偎。

也就是帶著這樣一份心思，沈紜紜戴著那面具長達三年之久。

後來，她遇到了一個世家公子模樣的男子。那男子玉樹臨風、性格不羈，看上了那片桃花林之後，也停駐了好一段時間。那陣子，她常常躲在暗處偷窺他的一舉一動。起初，那男子沒有發覺，就算有所懷疑，也未明示。漸漸地，她的膽子也大了些，不時出現在他附近，他似乎也沒反感。於是，她便放下心，靜靜過自己的日子。倒是那男子主動親近起來，常常聽她撫琴，一聽就是一天，也不覺得煩膩。

那樣一個男兒，只要是女孩兒家，都會動心吧？尤其當她發現他並沒有因為自己那平凡至極的面具而排斥或嫌棄她時，更是歡欣不已，漸漸對他衍生出幾分好感來。

兩個人相處了一段時日，感情日漸濃厚。沈紜紜曾經不止一次想過，要以真實的面貌出現在他面前，給他一個驚喜。但她的丫鬟珍喜卻說，時機未到，要她再考驗他一段時日。

沈紜紜覺得珍喜說得也很有道理，於是就聽了她的建議，一直沒有將人皮面具取下來。

可是後來一場變故，竟成了兩人的永別。

那一日，她依舊在桃花林等著他到來，從日出到日落，整整等候了一天，也不見他出現。

當時，她還疑心，是不是他已經煩膩了她。後來，在珍喜打聽之下，才知道那人因為家中有事，來不及與她道別，就匆匆離開了。

沈紜紜安了心，心想他解決完家中之事後，必定還會回來找她。誰知才過了兩、三日，沈家也派人上山來接她回去了。

三年的期限已到，那和尚不留她了，她只能回到沈府去。

朝思暮想的心上人，夜夜縈繞心頭；海誓山盟的話語，言猶在耳。沈紜紜曾期盼對方會上門來迎娶她，卻忘了自己非但以一張人皮面具見他，連名字也是假名，要他如何尋人？雖然她也試著找過他，卻一無所獲。

隨著日子流逝，沈紜紜漸漸消沈了起來。後來，父母要她履行跟沐王府的婚約，她不願意，跟爹娘大鬧了一場。只是，母親無奈地告訴她，那是先皇命令，不能不從。就這樣，她在兩個月後嫁入沐王府，從此絕望地當起她的沐王妃。

想起過去種種，沐王妃不由得又淌下熱淚。

白素素，她告訴他的是這個名字。

而他，也隱瞞了他的真實身分，他只說他姓許，名子期。

一段有所隱瞞的愛情，最終釀成苦果。遍尋不著彼此，或許是上天給的懲罰。

沐王妃一邊拭淚，一邊低聲哭泣。

珍喜進來的時候，見到的就是這一幕。「小姐……您這是何苦？」

跟隨主子多年，她依舊習慣叫她小姐。

沐王妃在她的這個心腹丫頭面前，終於忍不住痛哭出聲。「珍喜……為何當初要我遇見他？若是沒有那段邂逅，我也不至於這般痛苦……」

在王府裡，她是個不得寵的王妃，空有頭銜卻沒有實權。王爺寵著那個莫側妃，對自己不聞不問，甚至連她生的兒子都視而不見。她得不到王爺的愛也就罷了，至少她還有兒子，但兒子從小便早早被送到山上去學藝，與她一點也不親。在王府，她一個人孤苦伶仃的活著，但為了保住王妃的地位，維護沈家的聲譽，她不得不打起精神與莫側妃鬥。

一晃眼，二十年就過去了。

沐王妃知道，王爺心裡一直有一個女人，但她不計較，因為她心裡也有另一個男人。莫側妃的得寵，讓她以為王爺心裡那個女人，就是莫側妃。然而，她錯了。王爺心裡的那個人，似乎另有其人。

當他看到她那一身裝扮的時候，就像發了瘋一般，不僅給她一巴掌，還狠狠地大罵了她一頓。他說，她穿著這身衣服，是侮辱了他心中聖潔的形象；他還說，她不配穿這麼一身衣服。

這二十年來，王爺雖不曾特地關懷過她，卻也不曾如此指責過她。她是真的被嚇到，纖弱的身子一時支撐不住，暈了過去。然而，她在暈倒之前，他卻像是突然領悟到了什麼，衝上前去，將她抱起送回王府。

這一幕，實在滑稽得可以！

珍喜摟著她，任由她大聲痛哭。這些年，主子的確受了不少委屈，嫁給自己不愛的男人也就罷了，還處處被莫側妃那個女人欺負。作為一個奴婢，她都看不過去了，偏偏王爺這個王府的主子，卻一直視而不見，任由人欺負王妃。

若不是當年皇上親自主婚，她很想隨著主子偷偷離家，千山萬水，去尋找那許公子。可是天下這麼大，她們兩個弱女子，要到哪裡尋找那公子的下落？直到嫁入了王府，手裡有了些許的權力，王妃才又起了這心思。可是在京城裡多方打聽之下，沒有聽說這麼一位權貴。

王妃就這麼絕望了，過著行屍走肉般的日子。若不是還要顧及世子，恐怕王妃早就心力交瘁早早地去了。

「小姐，您要想開一些。世子如今也長大成人，也許再過不久，您就要當奶奶了呢。」珍喜抹了抹淚，好言勸道。

沐王妃哽咽著，一直掉著淚。

珍喜心疼地替她擦去眼淚，努力擠出一絲笑容，道：「小姐，我看世子妃也不錯，至少世子爺很喜歡她，不是嗎？只要世子爺高興，還有什麼好強求的？您就放寬心，等著抱孫子吧。」

提到自己的兒子，王妃又是一陣唏噓。

那個不曾對她有過好臉色的兒子，竟然在自己病倒的這一刻，露出了幾分關懷之意。兒子態度有所轉變，她是應該高興。

「珍喜，妳說得對，我應該忘記那些過去，珍惜現在。」沐王妃努力讓自己振作起來。

聽說王妃轉醒，正準備踏入王妃寢房的王爺在聽到「珍喜」這熟悉的稱呼時，整個人就像是被點了穴一樣，怔住不動了。

「珍喜，許公子來了，快去泡茶。」

「珍喜，拿我的瑤琴來，我要與公子撫琴舞劍。」

沐王妃嫁進王府這麼多年，他居然不知道有個跟那丫頭一模一樣名字的下人。這是巧合，還是……

沐王爺有些不敢置信地張著嘴，半天合不上。

前來送膳食的丫鬟，見到愣在門口的王爺，立刻上前去請安。「王爺萬安。」

屋子裡相擁而泣的主僕二人聽到王爺來了，立刻收了淚，開始整理妝容。

沐王爺見藏不住了，便有些尷尬地走進王妃的寢房。「聽下人說妳醒了，我……我過來看看。」

「多謝王爺關懷，妾身已無大礙。」沐王妃依舊是那副平淡無波的神色，低垂著眼簾沒看他。

剛才她們主僕的對話，她不知道他聽去了多少，但若是他追究起來，恐怕會帶來一場不小的災難。

此時沐王爺卻主動上前，將她的手牽起。「王妃不必多禮。」

沐王妃似乎還不太適應他這般對待，反射性地將手抽了回來。「禮不可廢，這點兒規矩妾身還是知道的。」

沐王妃的表現，令王爺有些失望，但他知道事情不能操之過急。就算想要彌補，也要尋到合適的機會。於是他轉移話題，將視線落在王妃身邊的丫頭身上。「妳叫珍喜？」

珍喜微微一愣，恭敬地回道：「回王爺的話，奴婢確實叫珍喜。」

「妳是……王妃陪嫁過來的？」沐王爺找不到話題，只得繼續問話。

珍喜答道：「是，奴婢從小便服侍主子。」

沐王爺哦了一聲，忽然覺得她的聲音有些熟悉，便又吩咐道：「妳抬起頭來。」

珍喜不知道王爺到底是何意，但還是乖乖抬起頭來。這一抬頭卻嚇壞了沐王爺，他看著那熟悉的面龐，差點兒沒站穩。

他的視線在珍喜和王妃身上掃視了好幾遍，這才用顫抖的聲音問道：「妳……妳可去過古佛寺……」

一提到「古佛寺」，王妃的神經就緊繃了起來。

莫非他已經察覺了自己的心思，想要算帳了？沐王妃的臉色瞬間蒼白，呼吸也格外小心翼翼。

珍喜不明白王爺為何會問起這個，又看到王妃的臉色一片慘白，不由得撒謊道：「奴婢……奴婢一直在沈府伺候小姐，沒去過什麼寺廟。」

「真的沒去過？」沐王爺不相信地再一次問道。

珍喜咬了咬牙，一臉肯定地說道：「沒有。」

沐王爺的眼中閃過一絲失望，整個人看起來似乎絕望了。

沐王妃稍稍鬆了一口氣，道：「王爺怕是太累了，珍喜，端茶給王爺解解乏。」

這一聲「珍喜」從王妃的嘴裡喊出來，是那麼的自然。沐王爺再一次被她的聲音所吸引，抬起頭來仔細打量著他的王妃。

做了二十年的夫妻，他竟然沒有好好地瞧過她。即使是歇在她屋子裡的日子，他也是按部就班，履行丈夫的義務，並未有過別的心思。儘管他們育有一個兒子，但他的心裡卻始終只有素素一個人，對於王妃的美貌也只是一時驚豔，後來便沒了感覺。

沐王妃見他這般打量自己，心裡更加慌張。

「王爺？」她試探地喚了他一聲，沐王爺卻像是沒聽見一樣，依舊盯著她不放。

沐王妃有些羞窘地撇過頭去，假裝吩咐丫鬟們做事，努力平復那紛亂的心情。沐王爺龍淳雖然已屆中年，依舊是個美男子，長年在戰場上磨練出來的剛毅線條，仍保持完好。儘管她心裡只有那個叫許子期的男人，但眼前這個男人卻是她的丈夫，她要守著一輩子的男人。如今被他這般瞧著，她內心忽然生出一絲異樣的情愫來。

如今這把年紀，內心卻開始萌動，實在太不應該了！沐王妃一邊警告自己，一邊偷偷窺視著他的反應。

沐王爺今日整個人都不太對勁，做的事情也令人匪夷所思。對王妃的態度大有改變還好說，竟然對莫側妃動用了家法，這就不太尋常了。

沐王妃輕咳了一聲，對沐王爺道：「王爺，莫側妃到底犯了什麼錯，您竟將她關進了祠堂，還動用了家法？」

本來，她不該問這事的，只是為了讓內心那股子熱呼勁兒過去，她只好提起這掃興的事情來。

沐王爺回過神來，神情之間並未有多少憤慨。「這些年是本王太縱容她了，竟教她失了分寸。她跑去書房大吵大鬧，本王自然不能繼續容忍下去，這才將她送去祠堂，動用家法。」

想著對王妃的愧疚，沐王爺說起那莫側妃的時候，大半是鄙夷和唾棄，根本就忘了當初他是如何利用莫側妃來打擊王妃的。

男人果然狠心！那莫側妃雖然有錯，但好歹也為他生兒育女，陪伴了他二十年。一夕之間，他的態度就有如此大的轉變，不知道那莫側妃能否承受得住。

以前，沐王妃的確恨不得那莫側妃死，可如今遭遇了這麼一回，同為女人，她倒是同情起她來了。

「王爺的懲罰也別太過了，畢竟莫家有個女兒在宮裡，萬一事情鬧大，雙方撕破臉可就不妙了。」王妃輕輕地勸慰著。

如今沈家早已沒落，若是再跟莫家翻臉，王府的未來堪憂。身為王妃，她自然要為王府著想。

沐王爺倒是不在乎那莫家，頭一次跟王妃討論起了時局。「莫家算什麼？就算三皇子如今很得聖寵，但明眼人都看得出來，皇上最喜歡的還是五皇子。儘管五皇子一直不喜朝政，常常與一些武林人士混在一起，但難保有一天他不會回頭爭這個位置。至於那三皇子，我看不能成大事。」

王妃微微詫異，不由自主地看了他一眼，卻沒有發表自己的見解，畢竟一個婦人不便議論朝政。

王爺見她不吭聲，也沒有繼續這個話題，而是吩咐丫鬟將膳食擺上，自己也淨了手。

「王爺要留下來用膳？」王妃有些詫異，臉上閃過一絲詭異的潮紅。

見到她那不敢置信的模樣，沐王爺心中的愧疚更深了。想著自己這些年的所作所為，恨不得給自己一巴掌。

雖然他不愛這個王妃，但她還是他的妻子，他怎麼能那麼無情，冷落了她整整二十年！

看著王妃那略顯憔悴的面容，沐王爺心中一痛。

他很久沒有這種心痛的感覺了。自從素素失去了蹤影之後，他便一直沈浸在自己的悲痛當中，無法自拔。後來戰事一起，他又忙於軍務，經常在外打仗，戰事一了，便清閒了下來。只不過對於「情」這一字，再也不抱任何希望。

但看到王妃那一身樸素的裝扮之後，他的心似乎又活了過來。為了素素的緣故，他受到了刺激，狠狠地打了王妃一巴掌，還罵了很多難聽的話，其實那些是他二十年來無處宣洩的憤怒，一次爆發了出來。

想著王妃的無辜，沐王爺忍不住拉起她的手，慚愧地說道：「這些年來苦了妳了！這都是我的錯……我一時糊塗，竟然做錯了那麼多事。」

沐王妃愣愣地看著自己的夫君，一時無法反應。她從未奢望得到他的寵愛，只盼能夠平淡地過完一生，王爺這突如其來的關切，讓她有些無所適從。

「王爺，妾身並沒有……」

「我知道，妳別隱瞞，這些年是我不對。我不奢望妳的原諒，只是希望今後妳能夠過得開心，那就足夠了。」想起太醫說的那番話，沐王爺更加心痛。

因為他的錯誤，害一個女子抑鬱地活了這麼多年，他真是個混蛋！

沐王妃眼眶微微濕潤，這是她沒有預料到的結局。

自嫁入沐王府那天起，她就已經死心了。為了家族的利益，她不得不放棄自己的真愛，嫁給一個陌生的男子為妻，她絕望了、認命了。可如今，她的夫君卻一遍一遍在她面前懺悔，她該如何應對才好？

「王爺、王妃，郡主和公子過來了。」珍喜從門外進來，嘴巴動了好一會兒，這才稟道。

沐王爺動了動眉頭，顯然已經料到他們會過來為他們的母親求情，便揚了揚手，吩咐道：「讓他們回去，本王此刻不想見任何人。」

珍喜應了一聲，便退了出去。

沐王妃嘆了口氣，親自為他倒了一杯酒。「王爺何必這般，他們畢竟是你的子女，為莫側妃求情，也是人之常情。如他們真的無情無義，連自己的親生母親都不顧，那麼王爺才該生氣。」

她不是個仗勢欺人的人，以前的種種也都過去了，既然莫側妃都已經受到了懲罰，又何必再落井下石。

但王妃不計較，卻不代表別人會領情。屋外那二人在得知了王爺的回話之後，只當是王妃在背後作梗，於是在外面破口大罵起來。

「妳哪一點配得起王妃的稱號？居然用這麼卑鄙的手段來打壓我們母親，妳這個心腸狠毒的女人，不得好死！」

「等母親放出來之後，妳別想有好日子過！我們莫家也不會放過妳的，哼！」

外面的話愈來愈難聽，沐王爺更是氣得拍桌子。他平日裡寵著的兩個孩兒，竟然跟他們的娘一樣，驕橫無禮，連王府的女主人都敢罵，實在太不像話了。

「來人，將這兩個逆子給本王拿下！」

一聲令下，院子裡的侍衛立刻就有了動作。龍翔和龍敏一邊掙扎著，一邊仍舊大聲罵著。「父王！您怎麼能這麼狠心？您不是最寵母親的嗎？怎麼能這麼殘忍的對待她！父王……」

「就是因為本王太寵她，才讓她目無尊卑，擅闖書房重地。也正因為寵她，才讓她教出了你們這兩個目無尊長、不成器的東西。」沐王爺聽到兒子的怒罵，早已氣得滿面通紅，忍不住出了房門。

這就是他捧在手心裡的寶貝兒子和女兒啊，居然被教成了這副德行！真真是大逆不道，目中無人！

龍敏還算機靈，見到沐王爺出來，便住了嘴。

只是龍翔那個木頭腦袋，還仗著自己是最得寵的孩子，一個勁兒地謾罵。「父王，一定是王妃那個女人在一旁挑撥離間，您才會罰了母親，一定是她，對不對？您怎麼能聽信她的讒言，母親是無辜的！」

「你給我閉嘴！」沐王爺上前就是一巴掌。

若說先前他是生氣的話，此刻已然轉變成了憤怒。

瞧瞧他這說的什麼話？辱罵王妃的同時，還睜著眼說瞎話。難道莫側妃擅闖書房，也是子虛烏有？他這般不將自己的命令當一回事，眼裡可有他這個父王的存在？看來，今日不給他一些教訓，他是不會長記性的！

「來人，將公子拖下去，杖責二十。」

龍翔先是一愣，繼而殺豬般地嚎叫起來。「父王……您不能這麼對我！母妃……母妃救我……」

在極度恐懼下，龍翔將他們私底下對莫側妃的稱呼喊了出來，卻沒料到沐王爺聽了以後更是氣結。

「你喊誰母妃？她莫側妃不過是個側妃，你們的母妃是王妃！給我記住了，以後若是再喊錯，定不饒恕。」這下沐王爺倒是在意起稱呼來了。

沐王妃跟了出來，見王爺大動肝火，她有心想要去勸，卻被珍喜攔了下來。「小姐何必這般好心？即使您好心救下他們，他們也不會懂得感激，反而會更加怨恨您。您這又是何必呢？」

沐王妃動了動嘴皮子，卻一個字都說不出來。

龍翔眼看就要挨打，看向王妃的眼神就更加怨毒了。「我就知道是妳的主意！妳等著，等我母妃出來，一定不會讓妳好過的！」

沐王爺見龍翔到了此刻還是不知道悔改，一把搶過侍衛手裡的棍棒，親自動手教訓。隨著那一聲聲慘叫和啪啪啪的板子聲，院子裡的每個人都被震懾住了。

王爺這番舉動，實在是令人不解。

司徒錦夫婦在園子裡聽說了這事，倒是相視而笑。

「那翔公子也是該得些教訓了，若是不知悔改，將來少不得要連累王府的名聲。父王能夠有這番覺悟，看來還有得救。」司徒錦毫不避諱地說道。

龍隱沒有責怪她的無禮，反而很贊同。「早該如此了。」

司徒錦瞥了他一眼，道：「聽說莫側妃曾經不止一次地刺殺你，不想讓你繼承世子之位？你明知道背後指使之人是她，卻沒有任何反應，這是為何？」

他怎麼就那麼沈得住氣呢？他不像是個寬容的人啊！

司徒錦這樣想著。

龍隱吞下她餵的葡萄，慢吞吞地說道：「時機未到。」

司徒錦挑了挑眉。「時機？」

龍隱示意她繼續餵食，等嚐到了美味的水果之後，才又說道：「這都是他寵出來的，自然要由他自個兒來收拾。處理她，我怕髒了我的手。」

聽完他的解釋，司徒錦不由得笑出聲。

果然是典型的隱世子式回答，她早該想到的！龍隱不是個感情豐富的人，對親生的爹娘都如此，就更不用奢望他對其他人有什麼過分的關注了。

如今王爺覺悟了，開始對王妃上了心，那她的日子是不是也該跟著好了起來？不過想到今日秦師師的態度，她又煩躁了起來。「今日我見到了你那師妹，她似乎與前些日子有很大的不同，開始有心機了。最近不管她要求你什麼，你都不要讓她靠你太近，知道嗎？」

她不擔心隱世子的武功，只怕對方的手段太低級。

龍隱微微蹙眉，道：「即使妳不提醒，我也不會理她的。」

「是嗎？可她畢竟是你的師妹，有些事情，你是躲不掉的。」司徒錦眨了眨眼，認真地說道。

「知道了，娘子。」龍隱被她打量得有些臉紅，這才乖乖點頭應下。

一聲「娘子」，讓司徒錦的臉也紅了。

在人前，他稱呼她錦兒，四下無人或者夜深時刻，他總愛叫她娘子。這個稱呼，似乎能讓他們彼此更親近。

見到她臉上羞澀的紅暈，龍隱忍不住抓住她的手，將她帶入懷裡，朝著那嫣紅的小嘴兒就親了下去。反正丫鬟們都避得遠遠的，不敢上前來打擾，他還有什麼顧忌？

司徒錦推了推他的肩，他卻紋風不動，只好任他予取予求了。直到二人都喘不過氣來，他才放開她的紅唇，將頭埋進她的脖頸間。「為何天還沒黑呢？」

司徒錦又是一陣窘迫，有些哭笑不得。

這男人真是越發不正經了！原先那冷冷的性子，也不知道怎麼了，竟變成這副模樣。平日裡看起來還好，只是一說起這夫妻之事，他就變得格外熱衷。只要到了夜裡，他就完全變了個人似的，哪裡還有半點兒的冷漠，簡直就是一頭不肯甘休的猛獸，到下半夜才會放過她。

想到那些火熱的片段，司徒錦不爭氣地又紅了臉。

「娘子在想什麼？怎麼這麼熱？」龍隱故意在她頸間呵著氣，挑逗著她敏感的神經。

司徒錦從他的懷裡掙脫出來，離他好幾步遠之後，這才輕咳一聲，道：「我去催一催，看她們將晚膳備好了沒。」

說完，撒腿就跑了。
龍隱看著嬌妻那羞澀的模樣，不由得笑了。

第八十四章　秦師師落水

翌日一大早，龍隱還沒來得及出府，就被秦師師給攔住了去路。她看起來十分憔悴，整個人無精打采，眼眶也紅紅的，似乎是哭了很久。

龍隱不耐煩地背著手，問道：「有什麼事？」

秦師師見他不懂得憐香惜玉，只能努力擠出一絲笑容，道：「師師知道師兄公務繁忙，不想多有打擾。只是……師師今日前來，是來向師兄辭行的。在王府叨擾了半年多之久，師師心裡很是過意不去。這些日子，多虧了師兄的照顧，也是該離開的時候了。」

說起離別，秦師師又忍不住落淚。

龍隱聽她說起要離開，眉頭這才稍稍鬆開。「妳要走？」

秦師師沒聽到他嘴裡吐出無情的話，不由得一陣開心，但臉上卻依舊落寞，點了點頭，說道：「是。只是在離開之前，師兄能否答應師師一個要求？」

只要她離開，錦兒就不需要每日提心弔膽防範著了。龍隱這樣想著，對她的態度便稍微鬆懈了一些。「說來聽聽。」

見他沒有拒絕，秦師師的嘴角忍不住上揚。「師師略備了酒水，能否請師兄移駕到鶩羽園，為我餞行？」

似乎是怕他反悔，秦師師又補充道：「這一去，不知道何時才能再見面。師師感念師兄的關愛，師兄若是能賞臉，那麼師師離去時，也就沒有遺憾了。」

她話都說到這分兒上了，龍隱也想早日將這個麻煩打發出去，便點頭應許了。「給妳一炷香的時間。」

秦師師見他轉身就走，頓時欣喜若狂，連忙跟了上去。

慕錦園

「妳說什麼？世子爺去了鶩羽園？」司徒錦正在屋子裡繡花，聽到緞兒上氣不接下氣地稟報，差點兒讓針扎了手指。司徒錦暗暗咬牙，但表面上還算沈得住氣。「這個秦師師，果然沒有死心。」

緞兒見她沒有什麼太大的反應，以為她被氣糊塗了，便大聲罵了起來。「那秦姑娘真是不要臉，沒名沒分地住在王府也就罷了，如今還恬不知恥，光明正大地勾引起世子爺來了！真真是沒有教養！」

「就是，仗著王妃喜歡她，就如此肆無忌憚，真是太不懂規矩了！」杏兒也是個直性子，這些日子跟緞兒混熟了，說起話來的語氣都變得有些相似。

司徒錦知道丫頭們是為了她好，也沒有訓斥她們，只是讓她們住了嘴。

「難道妳們信不過世子爺？他是什麼樣的人，妳們也很清楚。要想在他面前占便宜，可不是件容易的事。」

經過她這麼一提醒，那些個丫頭倒是醒悟了。

「對啊，怎麼沒想到這點。要是惹怒了世子，世子恐怕不會手軟。」緞兒說道。

「那秦姑娘不會被世子給……」春容做了個殺的手勢。

杏兒接話道：「還真沒個準兒！誰不知道爺只喜歡我們夫人一個，那些人哪裡能入爺的眼？就算是師妹又怎麼樣，得罪了世子，肯定沒好果子吃。」

聽著這些丫頭的議論，司徒錦對龍隱也是充滿了信心。「好了好了，都別說了。幫我找些絲線來，爺的衣服還沒有做好呢。」

幾個丫頭聽了她的吩咐，便低笑著做事去了。

既然主子都不擔心，那她們這些丫頭還跟著瞎操什麼心？再說了，要在爺那裡耍什麼手段，無疑是自尋死路。

這樣想著，她們也便如世子妃一般淡然了。

芙蕖園

珍喜端著茶水從門外進來，見王妃坐在椅子裡微微發愣，便走上前去喚她。「小姐，茶來了。」

沐王妃從沈思裡回過神來，突然問道：「珍喜，昨兒個王爺問起古佛寺，我總覺得有些怪怪的。妳說，他到底是何用意？」

珍喜也是一愣，繼而笑著答道：「小姐莫要多想了，王爺不過隨意問問，沒別的意思。您呀，別自己嚇自己了。」

王妃微微張了張嘴，卻不知道說什麼才好。

她倒是不擔心王爺追究以前的事情，畢竟那都過去了，再說，她也沒有做出什麼出格的事情來。雖然與那許公子兩情相悅，但還沒有到踰矩的地步。只不過……聽王爺那口氣，似乎去過古佛寺。

難道，他以前在那裡見過她？

看到王妃深思的模樣，珍喜便不再說話，給她留下一個思考的空間。

不一會兒，一個丫鬟匆匆走了進來，朝著王妃拜了一拜。「王妃娘娘，秦姑娘身邊侍候的丫鬟來稟報，說秦姑娘將行李收拾好了，打算要走呢。」

那秦姑娘可是很得王妃喜歡的人，因此那丫鬟一聽說這消息，便急匆匆地稟報了。

沐王妃聽了這消息，只是略微蹙了蹙眉，並沒有表現出任何焦急或不捨。「她怎麼突然要走？」

珍喜插話道：「秦姑娘也是個大姑娘了，這樣沒名沒分地住在王府，的確有些不妥。」

沐王妃點了點頭，道：「妳說得有道理。既然隱兒對她沒那個意思，我再強留她在府裡，反倒是耽誤她了。」

沐王妃記得與司徒錦的中秋約定，不管結果是不是如料想中圓滿，司徒錦已經幫她達成目的，加上龍隱對秦師師的確沒感情，納她為妾一事自然作罷。

停頓了片刻，王妃又對珍喜吩咐道：「去庫房取些金銀首飾和銀票來。師師畢竟是隱兒的師妹，咱們多少得照應一些。」

珍喜知道王妃心軟，便聽從吩咐去了庫房。

那等候在外面的丫鬟見王妃屋子裡久久沒有動靜，便小心翼翼地問起了守門的丫鬟。「王妃娘娘莫不是急得暈倒了吧？若是如此，秦姑娘怕是又要心疼了……」

跟隨了秦師師一段日子，伺候她的丫頭全都被她收得服服貼貼，將她當成了自己的主子。

那守門的丫頭也受過秦師師的恩惠，便跟她聊了起來。「說起來，師師姑娘也是個可憐人，如今世子妃不肯讓世子收留她在府裡，想必以後她的日子也不會太好。」

「是啊！我看世子對秦姑娘也不是沒有心。今日秦姑娘去向世子辭行，世子還去了驚羽園，兩個人有說有笑的呢！」那丫鬟故意提高聲音說道。

「世子真的去了驚羽園？」

「那還有假？我剛才出來的時候，正巧碰見了世子。」那丫鬟信誓旦旦地說道。

「如此說來，師師姑娘不用離開王府了？」守門的丫頭欣喜地說道。

服侍秦師師的丫鬟突然臉色暗了下來，道：「這可說不準。若是世子妃不點頭，世子就算對秦姑娘上了心，恐怕也不好明目張膽納了秦姑娘。畢竟世子如今才大婚不久，不好做得太過了。」

聽著這些丫頭們的議論，珍喜心中一驚，掃了一眼王妃的反應。

沐王妃也非常驚訝，畢竟兒子對師師的態度一直都是冷冰冰的，若是對她有心，早就有所表示了，豈會等到現在？

加上，那前來稟報的丫鬟，口口聲聲說著世子妃的專橫跋扈，聽著就令人不舒服。這哪有半點兒奴婢的自覺，居然背著主子就議論起他們的是非來，實在不懂規矩！

「嘀嘀咕咕什麼，難道忘了王府的規矩嗎？」珍喜跟隨王妃多年，自然明白她的心思。因此不等王妃開口，她已開口教訓起這些奴婢來。

聊得正歡的兩個丫頭，被珍喜這麼一頓罵，頓時閉了嘴，驚慌失措地跪了下來。「王妃饒命，奴婢知錯……奴婢以後再也不敢了。」

「王妃饒命……」

沐王妃冷哼一聲，喝道：「一個奴婢，也敢議論主子的不是。來人，拉下去掌嘴十下，以儆效尤。」

那兩個丫頭臉色均是一白，不住地磕頭求饒。

沐王妃卻好似沒有聽見似的，端起桌子上的茶盞淺抿一口。「去慕錦園通傳世子妃一聲，就說秦姑娘要離府了，讓她陪本王妃去送送。」

珍喜接到指令，便讓一個老實的丫鬟去傳話了。

「小姐，這會不會不太好？若是驚羽園真有什麼事，那該如何是好？」珍喜可是過來人，這王府裡的骯髒事還少嗎？那秦師師表面上看起來乖巧，但終究是個江湖人，比不得那些大家閨秀。萬一她耍點兒什麼手段，那世子也未必能夠躲得過暗算呀！

如今王妃的態度明顯是疏遠了秦姑娘，對世子妃也好了許多，萬一真的發生了些不該發生的，王妃要如何自處？

畢竟，王妃曾不止一次想要讓世子爺收了秦姑娘。世子妃若是吃起醋來，會不會將這筆帳算到王妃頭上去？

王妃聽了珍喜的勸告，卻一句話也不吭。

就在珍喜胡思亂想個不停的時候，王妃已經站起身來。「走吧，去驚羽園。」

珍喜這才趕緊跟了上去，隨之而去的，還有王妃屋子裡幾個丫頭。

驚羽園

秦師師吩咐丫鬟們將準備好的膳食和一壺酒放在桌子上之後，便將她們打發了出去，單獨與龍隱留在屋子裡。

「師兄，多謝你賞臉，肯來這裡為我餞行。師師感激不盡，先乾為敬。」秦師師倒了兩杯酒，一杯遞到世子面前，另一杯則倒入自己嘴裡。

那酒有些辛辣，但此刻她也顧不上許多，逕自喝了下去。

龍隱見她這麼乾脆，起初還有些懷疑，但此刻見她並未有異狀，也就不再猶豫，一仰頭將那酒水喝了下去。

「這酒我喝了，妳該滿意了。」說著，龍隱便起身，打算離去。

秦師師見他這般無情，忍不住衝上前去，從他身後一把將他抱住。「師兄，你知不知道，我從很小的時候，就喜歡你……你為什麼總是要拒人於千里之外？你知不知道，每次看到你對著世子妃露出那樣的神情，我就心痛難當……」

聽了這一席話，龍隱並沒有感動，反而一把將她推開，喝道：「不知羞恥！」

「不知羞恥？哈哈哈……」秦師師一邊流著淚，一邊大笑。「我不知羞恥？你可知我愛你愛得好辛苦？從小，你就不喜歡人接近你，我默默地守在你身邊十年，十年來的不離不棄，最終只換來你一次次的冷漠相待。為了你，我放棄了刺繡女紅，選擇了學武；為了你，我跪求爹爹三天三夜，讓他教你本不外傳的武功；為了你，我來到王府，在下人們異樣的眼光下忍辱度過這麼些日子。難道這些還不夠，還不能讓你冰冷的心有一絲鬆動嗎？」

她哭喊著，不再有任何顧忌，將自己的心裡話全說了出來。

若是換作別人，可能會有所動搖，只可惜，她告白的對象是龍隱，一個冷性情的人。聽了這些話之後，他連眉頭都沒有動一下，就轉身打算離去。

「一廂情願。」他留下這四個字。

秦師師瞪大了雙眼，接著眼淚洶湧而下。她不相信，在她說了這番話之後，他仍舊無動於衷，還說出這麼狠心的話。

「你……你竟然這般對我？你對得起我、對得起我爹嗎？」她聲嘶力竭地吼道。

龍隱臉上的神色依舊，並未被她的威脅影響。「若不是看在師父的面子上，妳以為妳還有命活到現在?!」

秦師師聽完他的話，忍不住打了個冷顫。

他居然無情到這個地步！他竟想過要殺了她！他的心到底是什麼做的，能冷漠殘酷至此！

面對這樣冷血無情的人，秦師師幾乎絕望了。

龍隱也懶得跟她廢話，提起步子就要離開。突然，一陣暈眩襲來，讓他的步履變得蹣跚。

秦師師見藥效開始發作，不由得生出幾分希望來。只要生米煮成熟飯，師兄就算想要賴掉，怕是不成了。

於是，她從地上站了起來，朝著他一步步走過去。「師兄，你沒事吧？」

因為忌憚他的武功，秦師師並沒有貿然的靠近，而是試探地問了一問。

「妳在酒水裡動了手腳。」他用肯定的語氣說道。

秦師師也沒有抵賴，很爽快地承認了。「是。誰教師兄總是漠視我的存在，我也是逼不得已的。」

好一個逼不得已！

龍隱恨不得一掌拍死她。

可是他不能動用內力，否則藥效會發作得更快，如今他只能勉力支撐著，想辦法先離開這裡再說了。

秦師師見他還有力氣走路，不由得慌了。她快步衝上去，攔住他的去路。「師兄，你這又是何苦呢？難道……師師就那麼不堪？你連碰都不願意碰我？」

「跟錦兒比，妳連替她提鞋都不配。」龍隱咬著牙，說出更加無情的話語。

秦師師氣得臉一陣紅一陣白，渾身不住顫抖。「好……好……好！那我倒要看看，等生米煮成熟飯之後，你要如何對得起她?!」

說著，便伸手朝著他身上幾處大穴點去。

就在此時，剛才還虛弱不堪的龍隱卻突然急退幾步，避過她的出招，然後反手揮出一掌，將來不及設防的秦師師打了出去。不巧的是，她院子裡有個荷塘，秦師師被擊中後，身子猛地向後摔去，好死不死就掉進了荷塘裡。

只聽見撲通一聲，荷塘裡濺起一大片水花，秦師師就這樣落水了。

王妃和司徒錦趕到的時候，正好看到這一幕。婆媳倆對視了一眼之後，便將注意力集中到了那「罪魁禍首」的身上。

「隱兒，你這是做什麼？」王妃一邊叫人下水救人，一邊假裝斥責道。

龍隱在迷藥生效後全力一擊，已是渾身乏力，差點兒沒站穩。幸好司徒錦眼明手快，上前去扶住了他。

「母妃，看來世子他被人下了藥，兒媳先帶他回去了。」說著，她又吩咐緞兒去請花郡王，也不管王妃如何回答，就攙扶著龍隱離開了鷩羽園。

王妃自然不會多說，不過她看向那被救上來的秦師師時，眼中多了一絲鄙夷。這樣德行的女子，的確配不上她的隱兒！原先還可憐她孤苦無依，打算幫她一把的，如今這念頭便也散了。

「咳咳咳咳……」秦師師胸口中了一掌，又喝了不少水，頓時有些呼吸不順。

王妃掃了她那狼狽的模樣　眼，吩咐丫鬟去燒水服侍她沐浴，連一句安慰的話也沒有，就帶著人離開了。事情鬧到這個地步，她也沒有必要為了這麼個人與兒子過不去了。那司徒錦雖然不盡如人意，但好歹也懂規矩，只要日後好好調教一番，必定能成為隱兒的賢內助。至於這個秦師師，出局了。

「王妃娘娘……」看到王妃一句話都沒有說就離開了，秦師師不由得輕喚了她一聲。

沐王妃假裝沒有聽到，轉過迴廊，逕自離開了。等出了鷩羽園，她便吩咐珍喜將服侍秦師師的丫頭給換了。

「連自己的主子是誰都搞不清楚，也沒必要留在王府了，打發出去吧。」想到那些幫著秦師師無視王府規矩的下人，王妃不禁皺眉。

珍喜接話道：「小姐考慮得是，那些丫頭的確留不得。奴婢這就派人將牙婆找來，將她們發賣了去。」

沐王妃點了點頭，便急急趕往了慕錦園。

她雖然不希望司徒錦一頭獨大，但也不允許這王府裡有無事生非的人。再怎麼說，她都是王府的女主人，會危害到王府聲譽的人，她絕對不會姑息。

慕錦園

「叫你離她遠一些的，看吧，惹禍上身了吧。」司徒錦將龍隱扶到床榻上之後，忍不住嘟囔了起來。

明明知道她不安好心，居然還會上當，真是活該他受苦。但即使嘴上這麼說，司徒錦依舊體貼地幫他換了衣服，還找了冰塊來為他退卻那滾燙的熱流。

「我沒事……」他咬著牙說道。這藥勁很是霸道，即使他已經用內力壓制了，仍舊無濟於事，而且身子愈來愈熱，面臨崩潰邊緣。

司徒錦心疼地幫他擦著汗，不住看向外面。「花弄影怎麼還不來?!」

就在她念叨的同時，一個花稍的身影從天而降，飄落在他們面前。「郡王府過來，少說也要個把時辰，我已經很快了。」

因為是運輕功過來的，他的內力消耗了不少，渾身都汗濕了。

司徒錦不好意思地縮了縮頭，但為了龍隱的身體著想，還是忍不住上前去催他。「花郡王，你快去給他瞧瞧，只怕他要撐不住了。」

看到司徒錦如此焦急，又看看龍隱那忍得辛苦的模樣，花弄影這才收起玩笑的嘴臉，認真地替龍隱把起脈來。

「喂……你怎麼這麼不小心，居然被人算計了？」他哂笑著看著隱世子，言語間充滿了調侃的意味。

龍隱撇過頭去，不理會他。

花弄影蹙了蹙眉，一把甩開他的手臂，也不管他了。

這可將司徒錦給急壞了，她衝上前去，一把拽住花弄影的衣袖，道：「他到底有沒有事，你倒是說句話啊？」

「他這是活該。」花弄影喝著茶，不緊不慢地給出結論。

司徒錦臉色變了變，不忍心看著龍隱受苦，於是低聲下氣懇求道：「那……那可有解除之法？」

花弄影打量這夫妻二人一眼，昂起頭說道：「這藥雖然霸道，但也只是普通的春藥，顛鸞倒鳳一番自然就沒事了。」

龍隱聽到這裡，這才回過頭去看他。「此話當真？」

他自然知道這藥是什麼藥，只是他怕貿然的行房會傷害到司徒錦，但花弄影說沒事，他就放心了。

「你信不過我？」花弄影的聲音突然拔高。

龍隱忽然笑了，然後掃出一掌，將這個礙眼的人給送到了院子裡，然後又用內力將所有門窗闔上，接著便迫不及待地將司徒錦捲入懷中，開始了解毒之旅。

司徒錦的驚呼聲還來不及喊出口，就被火熱的唇舌給掩沒，發不出任何聲響。

龍隱急切地拉扯著二人身上的衣物，手腳並用地將心愛之人擁入懷中，不停在她身上探索。

司徒錦知道他中了那啥藥，才會如此反常。一想到要用這種方式解毒，她的臉頓時紅成了熟透的番茄。

花弄影對隱世子這種利用完了就丟棄的行為感到非常不滿，在他們糾纏在一起的時候，他還在門外不停地搗亂。「喂喂喂，你這個見色起意的傢伙！本郡王聽說你中了毒，可是一路飛奔過來的，你連句謝謝都沒有也就算了，居然還將我趕出來?!」

王妃走進院子，便是聽到了這麼一番話。

這花郡王與自家兒子交好，她也知道。於是她上前去，客氣地將他迎進了偏廳。「隱兒有花郡王這樣一位朋友，真是慶幸至極。」

花弄影雖然個性不羈，但在王妃面前，還是很懂禮數。「沐王妃客氣了。」

「花郡王匆匆忙忙趕過來，想必還未來得及用午膳吧？珍喜，派人傳膳。」沐王妃見他來得匆忙，便替兒子招待起客人。

花弄影的確是餓了，也沒有客套，就端起碗筷大快朵頤起來。

沐王妃看著他那吃相，覺得他很是坦率，對他的好感又增加了幾分。

被一個長輩這般關懷的眼神關注著，花弄影心裡一暖。他很小的時候就沒有了母親，父親又是個癡情之人，一生未再娶。他從小在沒有母愛的環境下長大，也是極其渴望母愛的關懷。

此刻，王妃那般慈祥的看著自己，讓他感動不已。

「王妃可用了膳？若是沒用，不如就一起吧。」他難得正經一回，客氣地邀請道。

沐王妃先是一愣，繼而眼中隱含淚意。這麼些年來，她的兒子從未有過這般舉動，如今一個外人倒是讓她感受到那份久違的親情，這是多麼的諷刺！

見王妃那模樣，花弄影心中便了然了。

想著也是，以龍隱那性子，恐怕沒這般對待過王妃，更別說是說上一句好聽的話了。頓時，他對王妃充滿了同情。

「反正他解毒也不是一時半會兒的事，王妃還是先用膳吧。」說著，他便吩咐丫鬟添了一副碗筷。

沐王妃便順從地點了點頭，小口地吃起飯來。

花弄影像個孝子一般，不停地給王妃挾菜，一邊吃飯還一邊點評起每一道菜來。「王妃，您府上的廚子不錯啊，這每一道菜都做得這般細緻，色香味俱全，是難得的佳餚啊。」

看著他吃得香，王妃心中也很是滿足。「這些吃食，都是我從沈家帶來的老僕人做的。郡王若是喜歡，以後多多過來王府。」

聽了這話，花弄影更是笑得眼睛都瞇成了一條縫。「如此甚好！那我就恭敬不如從命了。」

說著，他又要了幾個菜，很不客氣地將這裡當自己家了。

王妃看著他這般隨意，臉上的笑容也多了起來。有多久沒有這麼開心過了？若是自己的兒子也能這般跟自己撒撒嬌，多陪陪她，她就心滿意足了。

珍喜看著花郡王那吃相，不由得捂著嘴輕笑。

這哪裡像個郡王的樣子？簡直就是個餓死鬼嘛！不過，這樣大逆不道的話，她只能在心裡偷偷地調侃，絕對不能說出口。

「王妃，看來以後得為我準備一間廂房了。這裡的飯菜這麼香，我都想賴著不走了。」花弄影放下碗筷，摸了摸撐得很圓的肚子，打了個飽嗝說道。

王妃愛憐地看著他，知道他從小就沒有了母親，也很是疼惜這孩子。「這有何難，我這就叫人收拾房間去。」

「真的？」花弄影睜大雙眼，笑得十足像隻狐狸。

王妃故意忽略他的眼神，笑著道：「自然是真的！珍喜，還不去叫人將明峰居收拾出來給郡王住？」

那明峰居是緊挨著隱世子書房的一處住宅，環境幽雅，原先接待過皇子，故而一直空著。前些日子，翔公子還以家裡添了個人口沒地方住，想要霸占那明峰居，被王爺以留著招待貴客為由，斷了他的念想。

如今王妃卻要將那裡騰出來給郡王住，這是給郡王極大的顏面呢！

珍喜這樣想著，派人去打掃房間了。

屋子裡面的兩個人正翻雲覆雨，糾纏得不分彼此；屋外花郡王用他那三寸不爛之舌，將王妃逗得開懷大笑，不知道為什麼還認了乾娘。

「乾娘，您吃葡萄，味道可好了。」

「乾娘，您長得真美，比我娘還美。」

「乾娘，以後我要來長住，您可要多疼我。」

一眾丫鬟見到他在這裡耍活寶，全都背過身去偷偷地笑了。

很少見到王妃這般開心，珍喜也是暗暗替王妃高興。收了這麼個乾兒子，王妃以後的日子不會太枯燥了。

等了兩個時辰，也不見世子和世子妃出來，王妃便在花郡王的勸說下，回自己的芙蕖園去了。他在王府蹓躂了一圈，然後才吩咐丫鬟們去熬些補充體力的湯藥。一會兒某人肯定筋疲力竭，有了這些補湯，他的身子才不會被榨乾。

日頭漸漸西沈，而屋內的纏綿還在繼續。

不知道是第幾次了，司徒錦早已累得連動一下手指頭的力氣都沒了，而某人卻似乎意猶未盡。

「隱……我沒力氣了……」她嬌喘著，可憐巴巴地望著他。

龍隱卻欺上身來，重新堵住她的唇好一會兒，才說道：「妳不知道，妳這種眼神，讓我更想要欺負妳……」

說著，俯下身去，又開始新一輪的挑撥。

司徒錦暗自懊惱，她怎麼總是學不乖呢?!這男人，妳愈示弱，他就愈興奮；愈興奮，女人就愈遭殃。

唉，真是失策！

良久之後，直到司徒錦昏睡過去，龍隱這才滿足地長嘆一聲，低下頭去親吻她的額頭，然後側身將她擁入懷裡。

這種歡愉到骨髓的快感，是他成為男人後覺得最開心的一件事，也是最令他自豪的事情。看著嬌妻那累壞了的模樣，他一邊心疼一邊開心地笑了。

他的錦兒，他總是要不夠！

擁緊懷裡的人兒，龍隱也漸漸陷入了沈睡當中。

到了半夜，司徒錦終於醒了，只不過是被餓醒的。她摸了摸空空的腹部，掙扎著從床榻上坐起來，一臉幽怨地望著身邊這個男人。

他在夢中，居然還帶著笑！真是太過分了！

司徒錦惡作劇地撲上去，往他的肩頭上就是一口。

「唔……」睡夢中的龍隱被肩頭的刺痛給驚醒，然後便瞧見自家娘子那雙帶著怨懟和責怪的目光。

「娘子……」他輕喚道。

司徒錦被這一聲娘子叫得骨頭又酥了一半，不由得捂著耳朵，說道：「別再叫了，我不聽不聽……」

「娘子……要不妳再咬一口？」他將自己的手臂伸出去。

司徒錦又好氣又好笑，只得嘟了嘟嘴，將門外值夜的丫頭喚了進來。「緞兒，我餓了，快給我弄些吃食來。」

緞兒笑著進來，道：「早就準備著呢，爺也要吃點兒嗎？」

兩人此刻身著中衣，床上也收拾過了，司徒錦好奇的同時，心中也是暖暖的。看來，龍隱還是挺體貼的，至少知道事後替她擦拭身體，還幫她換了床套、衣裳，讓她可以睡得舒服一些。

「打水來。」龍隱吩咐一聲，便起了身。

司徒錦慢吞吞地下了床，又慢吞吞地穿好了衣服，這才踉蹌著朝桌子走去。她的雙腿痠軟無力，能夠走上幾步已經不錯了。但以她那速度，估計走到桌子邊，飯菜早就涼了。

龍隱有些愧疚地走上前去，一把將她給抱了起來，然後又在丫鬟們臉紅心跳的注視下，將她擱在了自己的腿上。

司徒錦見屋子裡丫鬟們還在，不好意思地掙扎了兩下。

龍隱卻沈了臉，在她耳邊說道：「妳若是不想再回到床上去，就乖乖吃飯。」

起初，司徒錦還不明白他這話裡的意思，稍後，感受到嬌臀下邊突然隆起的部位，這才讓她恍然大悟。

於是她學乖了，低下頭去默默地扒著飯，連話都直接省了。

龍隱滿意地看著她不再抗拒，也端起飯碗吃了起來。

緞兒在一旁服侍著二人，不停地將菜挾到二人碗裡。她的臉上也是紅霞一片，若不是自制力夠好，恐怕手裡的筷子都要掉了。

「多吃一些。」一見司徒錦隨便吃了兩口就放下筷子，龍隱的眉頭又皺了起來。

司徒錦搖了搖頭，道：「晚上應該少吃，這樣對身體好。」

這些常識，她都是從醫書中看來的，也一直遵照著執行。

龍隱卻不大讚賞她的觀念，今日她才吃了一頓，又陪著他做了那麼長時間的運動，吃這麼一點，身體肯定吃不消！

「夫人，您就聽爺的吧。奴婢燉了補湯，您要不要喝一碗？」緞兒見世子還要說些什麼，便率先搶在前頭勸導，生怕世子又說出什麼驚世駭俗的話語來。

這些日子以來，她們算是領教了什麼叫一鳴驚人！

世子平時不大愛說話，但一開口，就是讓人承受不住的驚濤駭浪。她們這些小丫鬟，全都是沒嫁人的黃花大閨女，有時候都羞得恨不得找個地洞鑽進去。

長此以往，她們倒是學乖了。只要世子準備開口，她們便心領神會地順著他的意思接話，如此一來也化解了不少尷尬。

司徒錦看著緞兒殷勤地端上補湯，猶豫了一番，便湊到嘴邊一口氣喝光了。緞兒見她這麼乾脆，也為世子呈上了一碗。

伺候完主子們用膳，緞兒便招呼其他丫鬟進屋來收拾碗盤，又讓人將熱水送進屋來，這才安心地退了出去。

司徒錦從龍隱的腿上溜下來，迫不及待地想要洗個熱水澡，還沒有走出幾步，就被人從身後抱了起來。

「呀！」她尖叫一聲，繼而害羞地捂住自己的嘴，一臉凶狠地瞪著那始作俑者。他總是喜歡這樣，動不動就嚇她一回，害她覺得好丟人。

龍隱卻露出淺淺的笑意，抱著她走進了淨房。「洗澡。」

司徒錦滑下地來，然後將中衣往地上一丟，便進了浴桶。那熱氣騰騰的水，正好幫助她解乏。龍隱見她一個人霸占了浴桶，眉頭緊蹙，不管三七二十一，也褪去了多餘的衣衫，一條腿緊隨著她踏了進去。

「你……你怎麼也進來了？」她不敢置信地瞪著他，又看了看旁邊的木桶，那意思很明顯了。

龍隱卻假裝沒看到，將身子沈入了水中，歡快地搓起澡來。

司徒錦彆扭地捂著前胸，身子一再往後退。只可惜，這浴桶就那麼點大，無論她怎麼躲避，總是逃不離龍隱身邊。

「娘子，替我擦背。」龍隱將手裡的帕子遞到她面前，然後逕自轉過身去。

看著他光裸的後背，司徒錦猶豫了好幾下，這才顫顫巍巍地拿起搓澡的帕子，在他後背輕輕地擦拭起來。

龍隱很是享受地閉著眼睛，沒再多說什麼。

司徒錦正鬆了一口氣，仔細地擦拭著他的胳膊時，他突然轉過身來，邪邪地笑著。「娘子……前面還沒有洗到。」

一席話，讓司徒錦又成了個大紅臉。

她一把將帕子丟到他身上，三兩下就從浴桶爬了出去，不一會兒就不見了人影。等到龍隱洗好身子，回到床榻邊的時候，司徒錦已經換好衣服，閉上了眼睛。

龍隱低笑一聲，然後將被子掀開，鑽了進去。

他知道她今天累壞了，也沒再打擾她休息，單手輕輕地環過她的腰際，聞著她髮油的香味，也緩緩閉上了眼睛。

有妻如此，夫復何求？

擁著嬌妻在懷，龍隱滿足地笑了。

第八十五章　世子妃掌家

「緞兒，鶩羽園那邊怎麼樣了？都過了這麼久，她還沒有甦醒？」司徒錦放下手裡的書籍，詫異地問道。

莫非隱世子那一掌太重了？

龍隱的能耐，她是知曉的。秦師師縱然是他師妹，但功力卻相差了不止一點、兩點。那憤怒之下的一掌，力道定是不輕，秦師師能夠撿回一條命就很不錯了，只不過她老是昏迷著也不是好事。畢竟是世子恩師的女兒，就算她踰矩了，也罪不致死。

司徒錦原本不用操心這些事，但王妃近日去了宮裡陪伴齊妃娘娘，莫側妃又還關在祠堂，管理這偌大王府的職責，便一下子落到她肩上。

長嘆一口氣，司徒錦不得不起身，打算去鶩羽園瞧瞧。剛走到門口，便遇到了丫鬟慌慌張張地進來稟報。

「世子妃，不好了……」

司徒錦凝眉，道：「何事慌張？」

那丫鬟很是面生，並非慕錦園的丫頭。她滿頭都是汗珠，看來是一路小跑過來的。本來慕錦園不允許外人隨意進出，但因為這些日子是司徒錦掌家，故而有些規矩還是略微改了改。

「啟稟世子妃，翔公子在院子裡與大少奶奶打起來了。」那丫鬟一邊擦汗，一邊焦急萬分地說道。

聽聞那兩個人的名號，司徒錦微微蹙眉。

翔公子其人，是司徒錦見過的典型紈袴子弟。不學無術就罷了，還整日在外面花天酒地、拈花惹草。據說他很懼內，家中除了正室陳氏，再無其他妾室，連通房都沒有。

至於其妻陳氏，自己與她接觸的機會不多，司徒錦對她也不甚了解。聽下人說，她是個出身名門的大家閨秀，性子極為霸道，醋勁也大，一直不允許翔公子納妾。莫側妃過去因為要仰仗陳家的勢力，故而對她很是容忍，只不過陳家沒落，她又只生下個女兒，因此莫側妃對她有些失望，便也不再限制翔公子納妾了。

「可知道所為何事？」在去勸架之前，司徒錦覺得還是先了解原因比較好。

那丫鬟吞吞吐吐說了一些，大致上的意思司徒錦算是明白了。原來自莫側妃失寵，被家法處置之後，翔公子就沒人管著了，於是他不顧陳氏反對，一連抬了四個通房，甚至還要將外面的相好給迎進府裡。

那相好的，要是正經人家的女兒也就罷了，偏偏是個青樓女子，還在京城享有盛名。這等荒唐的事，陳氏自然不同意了，於是兩人就爭吵了起來，演變到後來，就動上了手。眼看事情一發不可收拾，那祥瑞園的丫頭便匆匆到慕錦園來了。

司徒錦本不想管他們的家事，但事關王府聲譽，她就不能坐視不理了。如今王爺不在府裡，世子爺也不理會後院的事，只能由她出馬了。

一行人浩浩蕩蕩來到祥瑞園，隔得老遠就聽到大少奶奶陳氏那呼天搶地的哭喊聲，而翔公子已經不知去向。按照規矩，司徒錦該稱呼她一聲大嫂，但平日她們都在各自的院子裡生活，陳氏又沒有將王妃當母妃般孝順，故而生疏得很。

司徒錦上前去扶她時，也只是叫了聲大奶奶。「大奶奶這是怎麼了？妳們這些丫頭都愣著做什麼，還不扶妳們的主子起來。」

祥瑞園的丫頭們被這麼一呵斥，這才反應過來，上前去攙扶陳氏。

陳氏見到來人是司徒錦，微微有些傻了，但想到如今府裡是她當家，心中便堵得慌。

「世子妃怎麼有空過來？」

這一聲「世子妃」，將兩個人的距離生生拉遠了。不過，司徒錦也不喜歡與她走得太近，便用公事化的口吻說道：「聽丫頭們說翔公子在鬧脾氣，所以過來看看。」

「讓世子妃費心了，這是祥瑞園的事情，就不勞世子妃操心了。」陳氏陰陽怪氣地說著。所謂家醜不可外揚，她不願意讓旁人看了笑話，尤其司徒錦這個女人！憑什麼她堂堂名門嫡女，卻嫁了個庶子，而她只是一個庶女，卻能成為世子妃，處處壓她一頭。

即使司徒錦並非刻意拿身分來壓她，但只要看到她，她就覺得自己命苦，自怨自艾的同時，還將怨恨轉移到司徒錦身上。

「我也不想理會你們院子裡的私事，只是翔公子若是做了什麼有損王府顏面的事情，那就另當別論。我不過好心來關心一下，大奶奶何必拒人於千里之外？」司徒錦說話也不算客氣，單刀直入，絲毫不拐彎抹角。

陳氏被她說話的語氣給震住，繼而大聲嚷嚷起來。「妳有什麼資格過問我院子裡的事情？還有妳說話的語氣，長幼尊卑不分，難道太師府就是這麼教妳的？論輩分，妳還得叫我一聲大嫂，如此這般無禮，真真是沒規矩！」

司徒錦冷笑一聲，道：「母妃將王府交給我打理，我自然有資格過問王府裡的事情。說到長幼尊卑，那大奶奶可知道，我身為世子妃，雖說是妳的弟妹，但仍舊高妳一等？在非議別人之前，大奶奶是不是應該先以身作則，給我這個世子妃見個禮？」

一番話，將陳氏說得啞口無言。

陳氏最嘔的就是這身分上的事兒，如今司徒錦擺明了拿世子妃的身分壓她，她如何不生氣？

「哼！不過是拿著雞毛當令箭罷了。誰不知道這府裡是我母妃說了算的？妳又算哪門子的掌家人，自不量力！」

陳氏口口聲聲仍稱呼莫側妃為母妃，根本沒將王妃放在眼裡。這般肆無忌憚詆毀王府的主子，真真是缺乏教養。

不過，司徒錦也懶得跟她計較，現在王府裡到底誰才是主子，明眼人一看就知道，也只有他們西廂這邊幾個人還在唯我獨尊，根本看不清這王府的形勢。若是莫側妃真的得寵，王爺又豈會將她丟在祠堂裡不聞不問？

「是嗎？既然大奶奶覺得我多管閒事，那大奶奶就等著翔公子將那個女人弄進王府來吧。反正到時候吃虧的又不是我，妳祥瑞園多個新人，我該恭喜大奶奶妳一聲才是。」司徒錦說著，就要離去。

想到那個京城名妓，陳氏就恨得咬牙切齒。翔公子哪個不挑，偏偏迷上這麼一個卑賤的女人，這教她這個妻子情何以堪，有何面目出去見人？

「等等！弟妹……剛才是我不對，是我氣糊塗了，真是該打。」陳氏追上去，拉住司徒錦的手，輕輕地拍了拍臉龐，做了做樣子。「弟妹大人不記小人過，原諒我這一回。來人，還不去沏茶？世子妃難得過來一趟，可不能怠慢了。」

對於陳氏態度的轉變，司徒錦心裡早就有數。剛才她要離去，也是做個樣子，嚇唬嚇唬她而已，這樁事情還沒有解決，她當然不能就這麼走了。那青樓女子如何能進王府大門？這要是傳出去，王府的聲譽必定掃地。身為王府的掌家人，她有責任避免這種事情發生。

於是，順著陳氏的意思，司徒錦便跟著她進了屋子。

看到那滿地狼藉，司徒錦不由感嘆：果真是敗家子的德行！這些瓷器雖然不是頂貴，但好歹也是銀子買回來的。他沒當過家，不知道這銀子的可貴，就這般隨意亂砸，真真是不知道油米貴。

陳氏一臉歉意地將她迎進門，然後吩咐丫鬟將屋子裡收拾了一番，這才拉著她的手親熱地說了些恭維的話，像是天作之合、皇上賜婚風光無限等等。司徒錦聽了，只是微微扯了扯唇角，並不覺得多麼得意。

「唉，弟妹妳也知道，翔公子他一無功名在身，二無經商的本事，這偌大的王府，卻沒有他的立足之地。雖然是王爺的長子，但身無長物，便一直這麼閒著。前兩年還好，他一直憐惜我，不曾有別的女人，可是我這肚子不爭氣，只為他生了個女兒。他如今……是嫌棄我了，所以才在外面拈花惹草，還被那個賤女人迷了心智！嗚嗚……我的命怎麼就這麼苦呢？」陳氏刻意裝出楚楚可憐的模樣，想要博取別人的同情。

龍翔是什麼樣的人，王府裡的人都很清楚，就連王爺也知道他的脾性。他的那些事，不用陳氏在這裡哭訴，司徒錦自然也知道。

「大奶奶快別傷心了，誰家裡沒有一本難唸的經啊！翔公子這不是閒著無聊嗎？日後尋一份好差事，有了責任在身，必定會安下心來顧家的。」既然是演戲，司徒錦也不落人後，假裝好心地勸起來。

龍翔就是個扶不上牆的爛泥，根本沒什麼本事。這些年來被莫側妃寵壞了，文不成武不就的，是個扶不起的阿斗。這一點，陳氏哪裡不知道，但司徒錦這般說，聽著還是挺舒服的。她擦了擦眼淚，總算是止住了啼哭。

「我也盼他能夠上進，可是那些個小蹄子，卻偏偏要將他往歧路上逼。翔公子就是被那狐狸精給迷住了，根本聽不進去勸。弟妹，那女人絕對不能進府啊！若是讓外人知道了，王府的臉面要往哪兒擱啊？」陳氏很愛面子，一邊拉攏司徒錦，一邊還將所有責任都推到那青樓女子身上。

司徒錦只當不知，讚許地點了點頭。「大奶奶放心好了，那人是進不了王府的。別說妳不同意，父王若是知道了，更不會同意！妳瞧孩子都餓得哇哇叫了，大奶奶還是先給大姑娘餵奶吧。」

此刻，陳氏的女兒月兒一直啼哭不停，打斷了二人的談話，司徒錦便趁此機會轉移了話題。

陳氏聽見女兒的哭聲，不由得皺了皺眉。

都是這個賠錢貨，害得她在莫側妃面前失了往日的恩寵，還讓龍翔有藉口出去尋花問柳，女人一個又一個地往屋子裡弄。

想到這裡，她乾脆就不動了，絲毫沒有安撫孩子的意思。

司徒錦見那孩子哭得可憐，又見陳氏這般狠心，不由得更看低她。這孩子畢竟是她親生的骨肉，怎能這般狠心對待？光憑這一點，司徒錦就瞧不起她。

走上前逗弄了一會兒啼哭的孩子，司徒錦便將月兒接過來，塞到陳氏懷裡。「大奶奶再生氣，可也不能不管孩子的死活。她是妳親生的，是翔公子的第一個孩子，意義重大。大奶奶若想奪回翔公子的心，還得靠她呢！瞧她哭得這般傷心，妳怎麼忍心讓她就這麼餓著，還不給她餵奶？」

一番話既暗諷了她的愚蠢，又提醒了她爭寵的秘訣，陳氏愣了一會兒，終於想通了，接過孩子就親自餵了起來。

月兒的確是個爭寵的法寶。

再怎麼說，她都是翔公子的第一個孩子，男人對於「第一」總是有一種天生的執念。第一個女人，第一個禮物，第一個孩子，那都是他的驕傲！

原本陳氏不用親自奶孩子的，因為王府有專門的乳娘，無須她親自撫養，但聽了司徒錦的勸告，她便決定時時刻刻將月兒帶在身邊，寸步不離。

看著她有些覺悟了，司徒錦這才起身告辭。「大奶奶就安心照顧月兒吧，其他的事情自有父王和母妃作主。」

陳氏點了點頭，然後就將注意力集中到女兒身上。

司徒錦勾起唇角，笑了。

看來，陳氏還不算糊塗，一點就通，往後她說不定會成為自己的助力！若是她不與世子這一系作對，倒也可以和睦相處。

司徒錦剛出了祥瑞園，就見春容急匆匆地趕過來。「夫人，驚羽園那位醒了。正在屋子裡鬧呢，您看……」

「她鬧什麼鬧？還真把這兒當自個兒家了。」綴兒不屑地冷哼道。那秦師師實在是不知好歹，也不看看自己什麼身分，居然在王府裡耍起橫來。就算她是世子的師妹又如何，不就是一個外人，有什麼資格在此大吵大鬧，當王府是她自己的家嗎？

司徒錦愣了一下，然後說道：「走吧，去看看。」

「夫人，這……派個丫頭去訓誡一番就得了，何必親自走一趟？」綴兒伺候在她身側，對主子的好心有些不能理解。

剛剛，那陳氏還對夫人破口大罵來著，結果她不但不計較，還好心勸導陳氏。雖然王府的顏面很重要，但綴兒就是見不慣那些小人的嘴臉。

綴兒氣什麼，司徒錦自然清楚。

只是，秦師師這麼鬧下去也不是個辦法。她覺得世子負了她，心有不滿，若是有不明所以的下人聽信了謠言，將府裡的事情傳了出去，那外界要如何看待世子，又如何看待王府？忘恩負義這個罪名，她可不想擔在身上。

「不必多言，前面帶路吧。」司徒錦捋了捋衣袖，率先邁了出去。

綴兒嘟了嘟嘴，乖乖跟了上去。那秦師師可是有些功夫的，她怕主子被欺負，自然要隨身保護。

「秦姑娘，您別再摔東西了，注意身子啊……」一個十五、六歲的丫鬟一邊躲閃著，一邊勸道。

秦師師滿臉戾色，看起來十分可怖。「滾！都給我滾出去！」

「秦姑娘，您先把藥喝了吧，奴婢也好向主子交代……」那丫鬟不依不撓地端著藥碗，並沒有因為躲閃而灑了藥。

「別在這兒假好心，看著噁心！」秦師師毫不領情，依舊大聲咆哮。

司徒錦看到這一幕，不由得搖了搖頭。「情」這一字，果然傷人至深！原先端莊、溫柔、嫻雅的一個姑娘，經過這場變故之後，居然變得如此蠻不講理、任性妄為，真是天壤之別。

只是，她這般行為是何用意？難道她這樣鬧，世子爺就會憐憫地去看她一眼嗎？抑或是她對世子產生了怨恨，氣憤得失去了理智？

這樣猜想著，司徒錦並沒有立刻現身。

等到時機差不多了，司徒錦這才從側門轉出來，朝著正屋走去。「這是怎麼了？一大早的，吵吵鬧鬧像什麼話？」

聽到司徒錦的聲音，秦師師瞬間抬起頭來，用一雙怨毒的眸子瞪著她。若不是身上的傷還未好，她估計早就出手了。

「世子妃真是好大的派頭！妳是來看我的笑話的嗎？我被師兄厭棄了，妳高興了？得意了？」

對於秦師師的出言誹謗，司徒錦只是笑了笑，似乎並不在意。比這惡毒得多的話，她聽得多了去了，哪裡還畏懼這麼幾句不痛不癢的攻擊。「本世子妃在自個兒家裡，自然是隨意一些的。怎麼，我不能過來瞧瞧妳？畢竟你們是師兄妹，我這個做嫂嫂的，自然要關懷一番。至於高興得意與否，世子本就是我的夫君，是皇上親自指婚，要與我相伴一生的人，他高興，我就高興。師妹說得這般酸溜溜的，好像深閨怨婦一般，可是有些失態。」

「司徒錦，妳這個賤女人！若不是因為妳，師兄怎麼會不要我！我們青梅竹馬，一同學武，一起長大，本該是天造地設的一對。可是妳，妳到底使了什麼妖術，竟然將師兄迷得失去了理智，還重傷了我。妳這個妖女……妳不會有好下場的！」

秦師師的謾罵，立刻引起了公憤。

「秦姑娘，妳還真把自己當回事兒！別說妳的身分卑微，配不上咱們爺，就算妳是世家小姐，也不該如此不知羞恥，賴在王府裡不肯走。我們夫人乃皇上欽定的世子妃，妳這般詆毀，難道想質疑天子的決策嗎？好大的膽子！」

「就是！也不看看自己什麼德行，居然敢妄想世子妃之位，憑妳也配？」

「居然用下三濫的手段給世子下藥，想要用齷齪的手段讓世子收了妳，真真是不要臉！世子沒將妳打死，真是太可惜了！」

丫鬟們義憤填膺的舉動，司徒錦並未阻止。她倒要看看這秦師師的臉皮是什麼做的，都到這個地步了，還有臉在王府人鬧，真是沒有分寸。

秦師師被周圍的鄙夷謾罵給激得面紅耳赤，臉色一變再變。她雖然不是什麼千金小姐，但從小也是被爹爹捧在手心裡長大的嬌嬌女，哪裡受過這般輕慢，不由得紅了眼眶。

「司徒錦，妳欺人太甚！妳仗著自己世子妃的身分，任由這些下賤的丫頭這般羞辱我，妳……妳太無恥了。」

緞兒聽她愈罵愈過分，忍不住上前給了她一巴掌。「大膽，妳居然敢對世子妃不敬！」說著，又是幾巴掌下去，打得秦師師一下子栽倒在床上，半晌爬不起來。

「我們下賤，妳就高貴了？雖然我們是下人，但也比妳這個不知廉恥的女人要高貴百倍！別以為奴婢就好欺負，若是再口出狂言，定教妳生不如死！」

緞兒呵斥著，一臉憤慨。

而那些同樣身為奴婢的丫鬟，一個個也都氣得脹紅了臉。她們雖然是下人，但也有尊嚴。府裡的主子們也沒有這般說過她們，她一個寄居在王府的外人，豈有資格辱罵她們？

「緞兒姊姊說得對，就算我們是卑微的奴婢，但也總好過這個白賴著作白日夢、不知檢點的女人！」

「世子沒打殺了她，已經是開恩，她還如此大言不慚，在王府裡鬧事，我看她是活膩了！」

「世子妃，為了這麼個上不得檯面的女人，您根本無須管她的死活。一會兒世子回來，將她趕出府就是了，免得她在此胡鬧，影響王府的聲譽。」
「名不正言不順，誰知道世子的師父要世子照顧她是不是真的？」
秦師師被她們妳一言我一語的嘲諷給氣得白了臉，心中對司徒錦的怨恨更深了。她認為這些丫頭之所以如此大膽，對她說出這樣一番話來，都是司徒錦默許，甚至是她指使的。到了這個地步，秦師師還在怪罪司徒錦，完全不反省自己。
遠處，一道偉岸的身影由遠及近地走了過來，聽到屋子裡的謾罵聲，不由得蹙了蹙眉。以秦師師的視角，剛好可以看到外面的動靜，而司徒錦一行人都是面向屋子裡，所以外面來了人，她們也不能及時發現。
秦師師似乎看到了希望，立刻擠出幾滴眼淚，將自己弄成受了莫大委屈的模樣。
「我知道我配不上師兄，我只是想留在他身邊……即使是看著他幸福，我也是開心不已的！我……我真的知道錯了！世子妃，求妳不要趕我走。」
司徒錦蹙眉，她什麼時候說要趕她走了？她到底唱的哪齣戲？
這時，龍隱已經踏進了門檻。
丫鬟們見到世子來了，便蹲下身去請安。「見過世子爺。」
龍隱沒有吭聲，逕自走到司徒錦身邊，問道：「妳怎麼跑這裡來了？」
司徒錦知道他回來定會去慕錦園找她，想必是找不到人，這才一路問過來的。她正要回答，卻被秦師師搶了先。

「師兄，我知道錯了！我以後再也不敢了……請你跟世子妃說說情，讓她別趕我走！師兄……爹爹已經不在了，離開了王府，我還能去哪裡？」

她說得楚楚可憐，一副知錯的模樣，但句句都在指責世子妃的不是，怪世子妃不經過他的允許，就要趕她走。

剛才他的一句話，讓秦師師以為師兄還是關心她的。他的語氣冷淡，定是在怪世子妃不該帶人到驚羽園來欺負她。

「妳想讓她離開？」龍隱看都沒看她一眼，卻對世子妃說起話來。

司徒錦微微一愣，以為他生氣了。「我何曾說過要趕她出府？」

「不是嗎？」龍隱皺了皺眉，一臉嫌惡地看著那裝模作樣的秦師師。「我以為妳也跟我一樣討厭她。」

秦師師原本竊喜的心，頓時冰凍。

她不敢置信地看著世子，眼睛瞪得無比大，嘴巴也半天合不上。他……他竟然想要趕她走？他真的要趕她走！

「師兄……」

龍隱撇過頭去，對司徒錦說道：「我本來想殺了她的，但……就將她趕出府吧，就當是還了師父的恩情。」

那日，秦師師不知死活敢對他下藥，就要承擔得起後果。

藥效過去之後，他本來打算將她丟到大牢，但沐王爺說她的父親畢竟有恩於龍家，他才沒有下狠手。

沒有想到，經過上次的醜事，她依然沒受到教訓，不但在王府大吵大鬧，還詆毀世子妃，這就不可饒恕了！

司徒錦同情地瞥了秦師師一眼，誰教她這般沒有眼力勁兒，當著隱世子的面說她的壞話，這不是自尋死路嗎？

秦師師還要喊師兄，卻被龍隱點了啞穴。「上一次的事，我本不再追究，但妳似乎仍舊學不乖，甚至更加放肆。」

秦師師嘴裡發不出聲音，只能嗚咽著，用眼神求饒。

這一回，師兄是真的動怒了！

以前，不管她做什麼，他都一副置之不理的態度，絲毫不介意她所做的那些事情。漸漸的，她便以為他是喜歡她才縱容她的，只可惜她錯了。他不理會她，是因為根本不在乎她，而非喜歡。

這一錯，就是十年！

悔不當初的秦師師流下悔恨的眼淚，但卻已於事無補。

龍隱喚來自己的影衛，吩咐道：「將這個女人送出京城，愈遠愈好！若是再讓我在京城見到她，你們知道會有何下場。」

兩個黑衣人一點頭，架起舊傷未癒的秦師師，轉眼消失在眾人的視線中。

司徒錦看著人影消失在王府，不由得感嘆。「挺好的一個姑娘，可惜……太沒自知之明。」

龍隱冷哼一聲，表達他的不屑。

慕錦園

「就這樣送走了她，父王那邊……」儘管她也不待見那秦師師，但王爺最重信譽，若是讓他知道秦師師已經被趕出王府，不知道又會有一場什麼樣的風波。

「父王那邊我自會去說。」他知道她的擔憂，出言安撫道。

「如今府裡上下，怕是更覺得我容不下人了吧？」司徒錦格格笑著，將頭埋在他的懷裡。

龍隱難得露出一絲笑容，道：「妳這妒婦，也是我寵出來的。」

若是沒有他的縱容庇護，司徒錦又如何能夠專寵？說起來，這功勞還是他的！

司徒錦低笑了一會兒，這才一本正經地問道：「那秦師師也算是個美人，看起來我見猶憐的，你……為何不喜歡她？」

這個疑問，她藏在心裡很久了。

若論相貌，她真的比不上人家。都說男人喜歡美人的，但龍隱為何會對美人視若無睹呢？他是真的定力好，還是……審美觀念很特別？

龍隱在她的唇瓣上糾纏了好一會兒，這才說道：「美人再美，總有老去的一刻。更何況，若只有美麗的外貌，內在卻毫無涵養，根本沒有價值，更不能給人長遠的吸引力。」

「還有……」他停頓了良久，才彆扭地吐出真話。「我最愛懂得反抗的女人。」

司徒錦驚愕地張大了嘴，沒想到他的答案竟然是這樣。

「我，就喜歡娘子這樣的……」見她久久沒有反應，他便一把將她抱起，朝著身後的軟榻而去。

正值晌午，丫頭們去備膳了，屋子裡只剩下他們二人。

司徒錦害羞地窩在他的懷裡，不由自主地紅了臉。「大白天的……」

龍隱先是微微一愣，繼而大笑出聲。他的小娘子似乎想多了呢，不過既然她有所求，那他也不介意將這夜裡才能做的事情提前到這個時辰來。

司徒錦被他笑得窘迫不已，將頭埋進被子裡。真是太丟人了！她居然……想到了不該想的一些事情，這下子她是真的沒臉見人了！

龍隱見到她這副羞赧的模樣，更加開懷，但又擔心她這樣埋在被窩裡，會透不過氣來，只好止住笑意，好生勸道：「錦兒，快些出來，別悶壞了。」

司徒錦一張脹紅的臉依舊滾燙，哪裡肯出來。「你……別管我……」

龍隱拉扯著被窩，兩個人就這樣你爭我奪，在床榻上嬉鬧了起來。緞兒進來的時候，見到這一幕，頓時羞得轉過身去。

「爺，午膳準備妥當了，可……可否送進來？」

聽到緞兒的問話聲，司徒錦更加羞怯，動也不敢動了。

龍隱咳嗽一聲，假裝一本正經地說道：「端進來。」

緞兒像是逃命般地出去以後，不一會兒幾個丫頭才憋著笑端著幾樣精緻的吃食進屋來。

龍隱知道司徒錦害羞，便率先下了床，去淨房打水洗手。

司徒錦聽到他離去的腳步聲，這才小心翼翼地從被子裡鑽出來，匆忙地整理起衣衫來。

經過剛才這麼一番折騰，她的髮鬢都有些亂了。

緞兒忍著笑意，上前去幫忙，更是惹得司徒錦不知所措。

一頓午膳，就在二人眼神的纏綿中度過了。

桌子上的吃食剛收拾穩妥，就有丫鬟急急忙忙進來稟報，說是有貴客臨門。司徒錦嫁入王府，頭一次聽說有貴客上門，不由得愣住了。

照理說，沐王府這樣的門第，自然門庭若市，但沐王爺一直不喜與官員打交道，長此以往，眾人知道了他的脾氣，也就漸漸斷了來往。能夠進得了王府大門的，還真是屈指可數。

是什麼樣的貴客，讓王府裡的丫鬟如此慌張？

夫妻二人互望了一眼，一同朝著府門口走去。

司徒錦一路上被龍隱牽著，倒也不害羞，畢竟時間長了，她早已習慣。倒是那些下人，見到他們如此親密，反而不好意思起來了。見完禮後，全都低眉順眼，不敢有半分踰越。

兩人攜手來到前廳，老遠就看到一個身穿紫色長袍，一副吊兒郎當負手而立的男子。那人個頭比隱世子稍矮，看起來也是器宇不凡，只是他背著司徒錦，看不清面目。

聽到身後的腳步聲，那男子突然轉過身，飛快地迎了上來。然後在司徒錦毫無準備的情況下，一把抱住龍隱。

「堂哥……」那婉轉悠揚的嗓音從一個男子口中吐出，讓人聽了忍不住打了個寒顫。

司徒錦的笑容僵在嘴邊，不住地以眼神向隱世子詢問：這個過分熱情的親戚是誰？

龍隱費了好大的勁兒，終於將男子給推開了。他難得脹紅了臉，一臉防備地拉過司徒錦，緊緊地摟在懷裡，生怕妻子誤會了他有龍陽之好。

那男子見龍隱似乎刻意迴避他，一張俊俏的臉頓時垮了下來。「隱堂哥……」

看他泫然欲泣的模樣，司徒錦都想一掬同情之淚了。這個比女人長得還要好看的男人，真的不是女扮男裝的女人嗎？

龍隱似乎看出了她的疑問，只好硬著頭皮介紹道：「錦兒，這是五皇子殿下；夜，這是你堂嫂，司徒錦。」

聽到「五皇子」這三個字，司徒錦震驚地瞪大了眼。

上次在皇家圍場，那刺殺皇帝的，不正是易容成五皇子模樣的嗎？那時候一片混亂，她根本就沒有怎麼仔細打量那個假的五皇子，因此這貨真價實的五皇子站在她的面前時，她倒是認不出來了。

龍夜見到司徒錦吃驚的模樣，不由得露出笑容，上前恭敬地作了個揖。「夜，見過堂嫂。」

一個皇子給她行禮，這事怎麼看都覺得荒唐。

司徒錦受寵若驚有之，誠惶誠恐有之。正當她要回禮的時候，卻被龍隱拉到了身後。

「夜，別忘了她是你堂嫂。」

「我知道啊！」五皇子笑道。

他一雙眼眸因為笑意而彎成了月亮，看起來單純而無害，但司徒錦卻隱隱察覺到，這個五皇子並不像外人所說的那般玩世不恭、與世無爭。

「她……你不能碰。」龍隱似乎是在警告，語氣十分嚴肅。

司徒錦聽了這話，更是有些不明白了。

難道這五皇子跟那個色胚楚朝陽一樣，喜歡拈花惹草？還特別喜歡有夫之婦？可是看著不像啊……

龍夜笑著打量著龍隱和他身後的小女人，不由得開懷大笑。「瞧堂哥你緊張的，夜豈會是那種無恥之人？你也太小氣了吧，我不過是跟嫂嫂打個招呼罷了。」

他一臉委屈地嘟著嘴，看起來倒像是被欺負的那一個。

龍隱看著這個堂兄弟，真不知道該拿他怎麼辦才好。從小到大，他就喜歡黏著自己，自己去哪裡，他就追到哪裡。好不容易躲進了山裡，夜居然也找了去，三不五時地騷擾他一下。唉，想想就頭疼！

司徒錦觀察了一會兒，倒是看出來了。這位五皇子殿下，與隱世子的關係不一般呢！至於為何隱會對皇家人避之唯恐不及，卻對這個五皇子一臉無奈，就有待考察了。

龍夜朝著司徒錦眨了眨眼，用他那婉轉的嗓音說道：「小嫂子是不是覺得我們關係不一般？其實……我們除了是堂兄弟，還是表兄弟哦！」

司徒錦一愣，繼而想到一個人。

第八十六章　莫家婆媳

五皇子的到來，在王府引起了不小轟動。上自王爺、王妃，下至丫鬟、小廝，個個全神戒備，生怕招待不周。

「姨母，您太客氣了！家常便飯就好了，幹麼這麼大排場？」龍夜看著眼前那滿滿一桌子的食物，食指大動，嘴上卻一再推卻。

雖然他只是齊妃的養子，在朝中並無權勢，但沐王妃十分喜歡他這般親和的個性，待他像親姨甥一樣親厚。當她知道五皇子到訪後，便向齊妃告辭，急急從皇宮返回王府。「多少年沒到王府來了？還是小時候整天跟在隱兒身後，來過幾回吧？」

說起龍隱，龍夜的眼睛頓時綻放出璀璨的光彩。

他一邊往嘴裡塞東西，一邊連連點頭。「是啊是啊，好久沒來了呢。這一次，我一定多住幾天再走。」

沐王妃自然沒什麼意見，倒是龍隱一臉不高興。

這個跟屁蟲從小就愛黏著他，如今都這麼大了，居然還時不時纏著他不放，真是有夠討厭！

「你自己的府邸就隔幾條街，為何非要賴在王府？」龍隱慢條斯理地替司徒錦挾菜，眼睛卻死死地瞪著龍夜。

聽到這般無情的話，龍夜頓時眼含熱淚，一副要哭出來的表情。

沐王妃頓時心疼不已，對兒子輕輕呵斥道：「隱兒，來者是客，你怎麼能這般對你表弟？」

有了王妃撐腰，龍夜立刻綻放出笑容，彷彿剛才那一幕只是鏡花水月般。「還是姨母疼我！」

說完，他還十分幽怨地瞅了龍隱一眼。

司徒錦看著他們二人之間的互動，心裡總覺得怪怪的。龍隱可是不大愛搭理人的，怎麼這五皇子一來，他的話就多起來了？

龍隱感受到妻子打探的目光，不由得苦笑。若是錦兒知道龍夜上山下海只為了黏著他，恐怕對他也是避之唯恐不及吧？

沐王爺一直很少開口說話，一雙眼睛若有似無地一直落在王妃身上，也不知道在想些什麼。

自中秋那天過後，這王府的氛圍就變得詭異了起來。先不說王爺最得寵的莫側妃被關進祠堂，就連他最近的舉動也很令人難以捉摸。以前要麼整天待在軍營不回來，要麼就是去莫側妃的屋子裡歇著，極少到王妃的屋子裡去。可如今，莫側妃失寵，王爺卻整日往王妃的院子跑。

更奇怪的是王妃的態度，居然對王爺視而不見！芙蕖園的下人們一方面替王妃感到高興，因為王爺似乎對王妃上了心，他們在人前也有幾分顏面；另一方面，王妃的態度卻又讓他們提心弔膽，生怕哪一天觸怒了王爺，他們也不會有好日子過。

最最奇怪的，還是王妃對世子妃的態度。

以往就算沒有秦姑娘，王妃對未過門的世子妃可是看不上眼，覺得她並非出身真正的名門貴族，還是個庶出的，一直不待見她。後來即使進了府，也想著要立威，將她收得服服貼貼的，沒想到這些時日以來，這對婆媳的關係卻突然親暱了起來。王妃不但免了她的晨昏定省，還時常對她讚不絕口，誇她聰慧能幹。世子妃因而笑容滿面，日子過得春風得意。

誰會想到一個庶出之女，在王府裡居然能這般受重視？即使是盛寵一時的莫側妃或長媳陳氏，也沒能活得這般逍遙自在。因此司徒錦在王府的地位不止提升了一個層次，威望一時甚至超過了西廂那邊的幾位。

一頓飯吃下來，大概只有沐王妃和五皇子真正開懷，其餘的人都在各自的心思中度過。

夜裡，夫妻二人繾綣良久之後，司徒錦趴在他光潔的胸膛上休憩。「這五皇子，似乎對你挺特別的？」

提到五皇子，龍隱的身子忍不住僵了僵。「他……他就是個跟屁蟲。」

「如今朝堂之上，太子跟三皇子爭得你死我活，這五皇子未免也太逍遙自在了吧？他突然出現在王府，是不是有什麼別的目的？」司徒錦雖然知道婦道人家不得妄議政事，但事關王府前途，她不得不多問一句。

龍隱單手撫著她嫩滑的後背，眼中閃過一絲欣賞。他的小娘子果然聰慧過人，居然能夠想到這一層去，實在不簡單。

「妳猜得沒錯。」他給了答案。

如今皇位之爭已經由暗潮洶湧演變成檯面上的鬥爭，太子和三皇子的勢力不相上下。聖武帝也不知怎的，最近竟沈迷於丹藥中，不怎麼理朝政。於是這兄弟二人之間的鬥爭，就更加激烈了。

以皇后為首的楚家，透過聯姻取得了丞相府和一些文臣的支持；三皇子一派，以莫家為主，親信以武將居多。這兩邊鬥得不亦樂乎，今日我參你一本，讓你損個尚書；明日你奏我一本，殺個侍郎。朝中不少大臣遭受無辜牽連，成為政治鬥爭的犧牲品。

五皇子在這個時候來王府，怕是想要拉攏沐王府為他出力吧？儘管他表現得像個玩物喪志的閒散皇子，但司徒錦卻不認為他會是個任人宰割的無能之輩。

若太子或三皇子其中一人繼承了皇位，那麼其他皇子豈會有好日子過？即使他不參與皇位的競爭，但為了能夠坐穩龍椅，恐怕也會下手除掉其他兄弟，永絕後患！這，就是生在帝王之家的不幸。

「他其實並不是真的不在意那皇位，對嗎？」司徒錦打了個呵欠，用濃濃的鼻音說道。

龍隱知道她累了，想睡了，便儘量挑重點解釋給她聽。「齊妃雖然很低調，但卻是朝廷許多大臣最敬仰的一位妃子。她在朝中收買了不少人心，也是為了五皇子的將來打算。這些人隱藏得很深，太子和三皇子他們儘管起了疑心，但卻苦無把柄。所以近日來，朝中人心惶惶，傷害了眾多無辜性命。」

司徒錦點了點頭，抬手圈住他的脖子。「那麼王府，是不是也在他的算計之內？」

能夠瞞過那麼多人，一直以來給人不爭天下的印象，這個龍夜肯定不是個簡單人物。她只是一個後院裡的女子，不該過問這些國家大事，但龍隱是她的夫，是她的天，關於他的一切都是她在乎的。

龍隱親了親她的額角，安撫道：「別擔心，我們會沒事的。」

司徒錦枕著他的肩膀，漸漸陷入沈睡。「那就好……」

過幾日。

有下人進來稟報，說是莫家來人了，當時司徒錦正在探望王妃。她看了看王妃的臉色，似乎透露出一絲擔憂。

如今這莫家因為三皇子崛起，更加恃寵而驕，那宮裡的莫妃娘娘更是不可一世，不將任何人放在眼裡，對皇后也頗為不敬。莫側妃在王府，也是借了莫家的勢，才那般肆無忌憚。

莫家人上門，肯定不會有好事。

王妃摸了摸手指上的護甲套，吩咐道：「請他們進來，在花廳等著。」

丫鬟們急急地退了出去，屋子裡只剩下婆媳二人與珍喜。

「母妃，這莫家來者不善，是否要知會王爺一聲？」畢竟，莫側妃是王爺要打的，也是他下令關起來的，這莫家上門來討公道，對象應該是王爺才對。

沐王妃嘆了口氣，道：「錦兒，有些事情，男人們還是少插手為好。」

司徒錦微微一愣，繼而說道：「是媳婦考慮不周。」

的確，莫側妃不過是王府後院裡的一個側妃，犯了錯受了罰，頂多就是王府的家事。但若是一家之主的王爺摻和進來，爭端恐怕會愈來愈大，甚至牽扯到很多利益關係。在這一點上，司徒錦覺得王妃果然是過來人，想得比較周全。

沐王妃在珍喜攙扶下，緩緩起身。「走吧，我們去會會莫家的人。」

司徒錦一愣，指了指自己。「媳婦也要去嗎？」

「妳是世子妃，往後這府裡，還是要交給妳打理的。」王妃長嘆一聲，心中似乎對這些俗事早已看淡，也不再斤斤計較。

司徒錦有種受寵若驚的感覺。看來，中秋那件事對王妃的打擊不小。

花廳裡，兩個貴婦裝扮的人正挑三揀四地議論著。

「堂堂王府一個王妃的宅院，居然這般寒酸，讓外人知道了，還不笑掉大牙?!」率先開口的，是一個四、五十歲的中年女人。她昂著頭，一副高高在上的姿態，似乎沒將任何人放在眼裡，眉眼間滿是鄙夷。

而在一旁附和的年輕少婦，則打扮得花枝招展，恨不得將所有的首飾都堆在頭上，以顯示自己的不凡身分，看著就讓人覺得輕浮庸俗。「可不是嗎？這麼多年來，她一直被姑奶奶壓著，真夠沒用！」

兩個人妳一言我一語，好像這王府就是自家後花園似的，說起話來口沒遮攔。

沐王妃在聽到她們的議論時，只是微微頓了頓腳步，神色卻沒有多少變化。「二位真是稀客啊！」

那兩個婦人聽到王妃威嚴的嗓音，頓時愣了好一會兒。反應過來之後，隨意蹲了蹲身子請安，沒多少誠意。

「老身見過王妃。」

「妾身見過王妃。」

沐王妃沒跟她們計較這些小細節，也沒有多加理會，逕自在屋子裡的主位坐了下來。那二人相互望了一眼，便由那位年長一些的婦人開了口。「老身此次前來，是看望我那女兒的。聽說她身子不適，不知好些了沒有？」

她故意將被關在祠堂說成身子不適，一方面是為了面子問題，二來則是想要王妃將莫側妃放出來。在她們看來，這王妃不過是空有頭銜，是個好拿捏的軟柿子，不然莫側妃也不會在王府作威作福這麼些年了。說出這麼一番話來，也是不撕破雙方的臉面，各讓一步為好。

沐王妃當然聽得懂這話裡的意思，不過她沒有權力將莫側妃放出來。人是王爺關起來的，放不放是他的事情，與她無關。

「是嗎，莫側妃生病了嗎？本王妃怎麼沒聽說？」既然她們可以裝糊塗，那她也可以。

那莫家婆媳倆聽到王妃這般說，臉色有些不好看了。

「怎麼，王妃娘娘連王府裡發生了什麼事情都不清楚嗎？這家當得也太沒責任心了吧？」在一旁忍了很久的王氏，也就是莫夫人的媳婦，終於沈不住氣，沒大沒小地指責起王妃的不是來。

司徒錦蹙了蹙眉，冷然的說道：「莫少夫人還是管好自己的那張嘴，免得禍從口出。」

冷不防被人訓斥了，王氏頓時覺得失了顏面。「妳又是什麼身分，居然敢這麼跟我說話？」

果真是上樑不正下樑歪！那莫夫人眼高於頂，這媳婦也沒眼力勁兒，居然在王府這般放肆，真是沒規矩！

司徒錦站得筆直，一雙清明的眼眸充滿了笑意。「我嗎？我這個沒身分的，正是王府的世子妃。」

聽到「世子妃」這三個字的時候，那二人顯然是愣住了。

看著眼前這個不怎麼起眼，卻獨有一番韻味的女子，莫夫人想說的話突然梗在喉嚨裡出不來。在來王府之前，莫老爺交代過了，惹誰都行，就是千萬別去惹隱世子和世子妃，隱世子是冷血魔王，他們惹不起。至於要她們別惹司徒錦，則是外界盛傳隱世子寵妻無度，甚至為了她不肯納妾——說難聽點兒，就是懼內。也不知道是誰放出風聲去的，但莫家這兩個女人倒是將話聽進去了。

「世……世子妃？」王氏似乎不相信，再次確認道。

司徒錦也不回話，在王妃下首的椅子裡坐下，悠閒地喝起茶來。王妃見這二人居然被自己的媳婦鎮住了，不由得感到欣慰。看來隱兒的眼光也沒那麼差，這個媳婦不但聰慧過人，無形中更有一股強大的氣場。那麼嬌小的一個身軀，居然能散發出如此氣勢，不愧為世子妃！

「剛才是老身的媳婦失禮了，世子妃勿怪。」王氏與莫夫人互望了一眼，這才勉強上前行了禮，畢竟王府門第比起那莫家，不止高了一頭。雖說莫妃得勢，莫側妃也受寵，但在這二位面前，她們還是矮上一大截。

她們可以對王妃不敬，卻不敢惹這隱世子心尖上的人。

「兩位來看莫側妃？」司徒錦見王妃不發話，便擔當起話事人，集中精力與她們周旋。

莫夫人瞧了一眼王妃，心中很是驚訝，但還是回道：「老身聽聞莫側妃身子不適，故而攜兒媳過來探望。」

所謂的「聽說」，是王府有人通風報信吧？司徒錦也不揭穿，一派悠閒地說道：「莫側妃身子的確不適，王爺讓她在莊子裡靜養呢！二位今日來，恐怕是見不到了。」

這般睜眼說瞎話，教屋子裡的人全都怔住了。

莫夫人豈是那麼好唬哢的？她咬了咬牙，沈下臉來說道：「莫側妃明明就在府裡，哪裡去了莊子？世子妃莫不是為了阻撓我們相見，故意胡謅的吧？」

「哦……妳們怎麼知道莫側妃在府裡？這王府裡的事，到底是本妃清楚，還是妳們這些外人比較清楚？」

莫夫人支支吾吾半晌，也沒有說出個所以然來，只得蠻不講理地大聲嚷嚷道：「世子妃甭管我們怎麼知道，總之，今日見不到莫側妃，我是不會善罷甘休的！」

好說不成，就變成了耍賴。這莫家的人，果然夠無恥！

司徒錦與王妃對視了一眼，眼中都充滿了鄙夷。莫家並非世家大族，不過是因為莫妃受寵而崛起的官宦人家。如今三皇子得勢，他們便一個個硬氣了起來，眼睛都長到頭頂去了，不把任何人放在眼裡。放眼大龍國，誰敢不把皇室當一回事？更何況這沐王府，也不是一般的皇室，而是世襲親王，大權在握。她們這般無知，活該成不了大器。

「好大的口氣！」龍隱從門外走進來，冷聲喝道。

他在慕錦園遍尋不著自己的娘子，一路問到此處，才知道莫府的人前來無理取鬧。在門外聽到這樣一番話，一張臉更是冷得欺霜賽雪，散發著陰森的氣息。

莫夫人和那王氏嚇得打了個冷顫，臉色泛白。

「參……參見世子爺。」

龍隱掃了那老貨一眼，眼中盡是嫌惡，也不叫她們起來。「居然跑到王府來撒野，活膩了不成？」

那二人渾身又是一抖，頓時如墜冰窟。

這隱世子為何會出現在王妃的宅院？難道真如外界說的那般，他真的懼內？是來為世子妃保駕護航的？這……也太沒出息了吧?!

二人偷偷打量著他的一舉一動，不敢發出任何聲響。

龍隱板著一張臉，令人不敢直視。教人意外的是，面對世子妃的時候，他臉上的寒冰似乎瞬間就融化了。「這兩人可曾欺負了妳？」

司徒錦笑而不答，一雙眼睛瞅得那二人驚恐不已。

「世子爺明鑑！老身也是急著想見莫側妃，不是有意冒犯的，還望世子大人有大量，不跟老身計較。」莫夫人雖然勢利，卻還有一些自知之明。在這個魔王面前，她乖巧得像隻貓，絲毫不見囂張。

第八十七章 訓潑婦

王妃屋子裡的氣氛十分詭異，原本肆無忌憚的莫家人，此刻卻是大氣都不敢喘，只盼著這位爺趕緊離去；但世子妃卻耐心地為王妃沏茶，根本沒有離開的意思；那位很寶貝自己妻子的世子，也賴在這裡不肯走，這怎麼能不讓人著急！

莫夫人揉了揉發疼的膝蓋，心中暗暗咒罵。

她可是莫家上下最受尊敬的人，雖然只生了兩個女兒，但一個貴為皇妃，生下當今的三皇子；另一個則嫁入王府，成為了盛寵一時的側妃，生下王府的長子和郡主。在莫家，誰不對她這位主母敬畏三分？如今，她卻要跪在冰冷的地上，如履薄冰，生怕得罪了那魔王。

想著這些委屈，莫夫人就將王府的人給恨上了。改日，她一定會進宮去跟女兒好好地說，絕對不會讓他們好過！

司徒錦看著她神情變了又變，便知道她又在打什麼鬼主意了。只是世子不開口，她也就假裝不知道。

就在此時，龍翔和龍敏也聞訊趕了過來。當看到那跪在地上瑟瑟發抖的莫夫人和王氏時，頓時火冒三丈。

「你們憑什麼讓我外祖母跪著？怎麼說她也是我母親的娘親，你們這般對長輩不敬，就不怕父王怪罪嗎？」率先開口的是龍翔。他被莫側妃給寵壞了，根本不動腦子的一個人，在他的認知裡，王府就是莫側妃的天下。雖然她暫時失寵了，但日後放出來，依舊是那個最有權勢之人，因此態度非常囂張。

高坐在上的王妃聽了這話，拍案而起。「你口口聲聲說不該讓你外祖母下跪，你的禮節又在哪裡？見到本王妃，也不知道請安，這就是莫側妃教你的規矩嗎？」

平日幾乎是個透明人的王妃，動起怒來，氣勢絲毫不比莫側妃差。龍翔被王妃那威嚴的氣勢所震懾，一時竟說不出話反駁。一直以來，他都沒有到芙蕖園來請過安，也瞧不起這個不受寵的王妃，如今看到她臉上冷凝的寒意，他的心突然吊在了半空中，沒個著落。

莫夫人看到龍翔時，原本露出解脫的神色，但沒想到這外孫不但沒辦法解除對她的凌遲，還觸怒了王妃，讓事情變得更複雜了。

「翔兒，還不給你母妃請安。」眼看著不是個事兒，莫夫人趕緊拽著龍翔的衣袖，要他識時務為俊傑。

龍翔哪裡肯對王妃低頭，心高氣傲的他頓時又恢復了往日的蠻橫。「憑什麼我要向妳下跪？我跪天跪地跪父母，就是不跪妳，妳又能拿我怎麼辦？」

沐王妃不怒反笑，說道：「好一個跪天跪地跪父母！難道在你的眼中，本王妃就不是你的母親？莫側妃充其量不過是生養你的妾室，本王妃才是你的嫡母！你這般對嫡母不敬，可知道後果？」

龍翔咬著牙，不肯服輸。「那又怎樣，難道妳還能吃了我不成？」

他不可一世地昂著頭，根本沒將這些規矩放在心上。

龍敏郡主見到二哥那張愈來愈沈的臉，心裡暗叫糟糕。她已經偷偷制止兄長繼續說下去了，但龍翔那性子，又豈會聽從別人的勸告？

司徒錦看到他那得意的嘴臉，不由得彎起唇角。真是個不知天高地厚的紈袴子弟，既然他自個兒送上門來，那母妃豈會客氣？

「珍喜，將王府的規矩說一遍給公子聽。對嫡母不敬，要怎麼罰？」沐王妃優雅的落坐，對身邊的貼身丫鬟吩咐道。

珍喜早就受夠了那幫仗勢欺人的主子，如今王妃開了口，她自然不會留情。「回王妃的話，根據王府的規矩，子女對嫡母不敬，輕則罰四十大板，重則逐出府邸，從族譜上除名。」

一聽說要打板子，龍翔的身子就忍不住抖了抖。「妳……妳們敢動我試試？」

莫夫人見王妃動了怒，要打自己的外孫，頓時也急了。「王妃娘娘息怒，這都是老身的不是。您要罰，就罰老身吧，不關翔公子的事啊！」

司徒錦見莫夫人如此維護龍翔，感到十分好笑。

就算她再寵這個外孫，但好歹也要知道深淺。都說嫁出去的女兒潑出去的水，她倒是對這外姓的孫子挺上心的。細細想來，想必是這莫夫人沒生出兒子，因此十分寶貝兩個女兒生的外孫。

「外祖母，您怎麼可以求她？她算個什麼……」龍翔還死撐著，不肯屈服。但那未說完的話，卻被龍隱一巴掌給打回了嘴裡。

「不知分寸！」龍隱的這一巴掌，力道十足。

龍翔公子捂著嘴，一陣哀嚎。那不斷湧出來的鮮血染紅了前襟，顯得十分的恐怖。接著，龍翔伸出手掌，不敢置信地看著那被打掉的牙齒，一臉憤恨地瞪著龍隱。「你……你居然敢打我？我跟你拚了。」

「不自量力。」龍隱冷冷說著，揮出一掌。

隨著一道弧線的降落，龍翔被掃出了大門，重重摔在了院子的石凳上。只聽見嘎嘣一聲，他身上的骨頭斷裂了開來。

「啊！殺人了……」王氏驚恐地看著眼前發生的這一幕，不顧形象地亂嚎起來。

龍敏也是嚇得渾身直打顫，剛才她都勸大哥不要再說了，他就是不聽。現在可好，惹怒了二哥，落得這個下場。

莫夫人見最寶貝的外孫傷成這般模樣，再也無法隱忍。「隱世子，你也太狠心了！翔公子再怎麼說也是你的兄長，你這般對他，實在太過分了！」

「過分？」龍隱挑了挑眉毛，道：「他不經過通傳就闖進母妃的院子，還對母妃不敬，難道就不過分？這一掌，還算輕的。」

莫夫人聽了這般無情的話，頓時露出幾分愕然。「果然是個冷血魔王，對自己的兄弟都下得了手，真是毫無人性！」

司徒錦見這婆子居然這樣詆毀自己的夫君，頓時惱了。「莫夫人說話也不怕閃了舌頭，世子豈是妳能隨意誣衊的？真是膽大妄為！」

莫夫人見一個小輩跟她叫板，自尊心又開始作祟。「這裡哪有妳說話的餘地？我怎麼說都是妳的長輩，妳……」

龍隱反手就是一巴掌，打斷了莫夫人的話。「妳信不信我現在就殺了妳？」敢對他的娘子出言不遜，她不想活了吧？

被他渾身散發的駭然之氣所震懾住，莫夫人身子一軟，癱倒在地。「唉唷……我不活了！居然被幾個小輩給欺負了，我這張老臉要往哪兒擱啊……」

講理不成，這老貨便開始撒潑。

那跟隨她一起來的王氏見婆母被打，頓時跟著附和起來。「殺人了，殺人了！隱世子殺人了！」

「閉嘴！」王妃和世子同時開口，喝止了她們這形同潑婦的行為。

龍敏雖然是莫側妃的女兒，但比較會察言觀色。最近父王惱了莫側妃，轉而對王妃關懷備至，她就開始注意起自己的言行舉止了，生怕也受到牽連。今日見外祖母和伯母這般作為，頓時覺得顏面無光。她們是來救母妃出來的，還是來胡鬧的？居然在王府裡撒起潑來！

就在屋子裡哀號聲不斷的時候，丫鬟進來稟報，說王爺回府了。

聽說王爺回來了，那莫夫人和王氏也不鬧了，臉上還露出幾分得意來，看向王妃的臉色，也是極為神氣，彷彿在示威一般。

沐王妃倒是沈得住氣，並不因為王爺要過來而有所改變。反正失禮的又不是她，她為何要不安？

司徒錦夫婦也是一派氣定神閒，絲毫不受影響，倒是龍敏郡主顯得有些焦急。外人不知道府裡的近況就罷了，難道她還不清楚嗎？父王最近變了個人似的，對王妃言聽計從，恨不得掏出心窩子來討好她。事情鬧到這個地步，本就是莫家的人不對在先，若是王妃再先發制人，那她們只有挨打的分兒了。

一邊思索著如何解圍，龍敏一邊默默地朝莫夫人的方向移動。

沐王爺聽說有人在芙蕖園鬧事，便一刻不停地趕過來了。進了院子，首先看到的便是大兒子那遍體鱗傷的模樣。他只是蹙了蹙眉，既沒有上前詢問，也沒有為他主持公道的打算。

「父王……父王救我……」龍翔趴在地上，一臉見到救星般地興奮。可惜，沐王爺懶得理會他，直接進了屋子。

莫夫人見到沐王爺進來，正打算告狀，突然被龍敏一把給拽住，一個勁兒地給她使眼色，似乎在叫她住嘴。

但是莫夫人何曾這般低聲下氣過？她今日受了這般大的委屈，豈會放過這個反擊的機會？

不管龍敏如何暗示、明示，她直接無視。沐王爺剛踏進門檻，她便跪著爬了過去，一把將他的腿給抱住。「賢婿啊……你可得為我作主啊！」

司徒錦抿著嘴，強忍著笑。這莫夫人還真是個極品，居然大言不慚地當眾喊堂堂王爺賢婿，她是老糊塗了嗎？王爺雖然娶了她的女兒，她也不該如此不分尊卑，把基本的禮節都給忘了吧?!

第八十八章　自取其辱

果然，如司徒錦所料那般，沐王爺嫌惡地將莫夫人踢開，一臉嚴肅地喝斥道：「好個不要臉的老貨，居然敢對本王不敬，吃了熊心豹子膽嗎？」

沐王妃嘴角揚起一抹笑容，但瞬間又恢復了平靜。她一副事不關己的模樣，並沒有像龍敏想的那般先下手為強。

「給父王請安。」司徒錦等人見到沐王爺，都規矩地蹲了下去。

沐王爺冷哼一聲，回到主位上坐下，有些不快。司徒錦從丫鬟手中接過茶盞，親自奉上茶，然後乖乖退到一邊，沒有開口的打算。

那莫夫人被王爺這一踹，頓時清醒了幾分，但一想到自己那還被關在祠堂的女兒，她就忍不住撲上前去，聲淚俱下地控訴。「王爺……我女兒自嫁入王府中，一直安守本分，還為王爺誕下了一兒一女，沒有功勞也有苦勞，您怎麼能輕信旁人的挑唆之言，將她關進祠堂了呢？」

不提還好，沐王爺一聽到莫側妃的名字，心裡就有火。這莫家的女人，真真都是厚顏無恥！莫側妃就不用提了，那莫妃也是憑著一點兒姿色，在宴會上勾引了皇兄，才有幸生下皇子，爬上那妃位。

當初莫側妃如何接近他，沐王爺並非不記得，只是懶得計較。失去了心愛的女人，他整日活得如行屍走肉般，哪裡還管得了其他事情。寵著莫側妃，也是做做樣子，作為對沈家婚約的一種反抗。如今他已經醒悟，不會再愧對王妃，莫側妃的好日子也到頭了。

「好一個安守本分！」沐王爺將茶盞往案桌上使勁一擱，怒聲喝道：「書房重地，是她一個婦人可以隨便亂闖的嗎？對王妃不敬，更是沒將王府的規矩放在眼裡！本王要她去祠堂罰跪，錯了嗎？妳興師動眾過來大鬧王府，可有將本王放在眼裡?!」

一頓訓斥，讓莫夫人不由自主地低下了頭。以前王爺見到她，雖然稱不上客氣，但也算和和氣氣，沒想到如今翻起臉來，是這麼恐怖。都說龍生龍鳳生鳳，老鼠的兒子會打洞，這話一點兒不假，那隱世子的脾氣，八成遺傳自王爺。

想到剛才自己的冒犯，莫夫人就有些心驚。

龍敏見雙方鬧得不愉快，便上前去解圍。「父王，外祖母也是擔心母親的身子，並非有意冒犯父王。那祠堂裡陰冷得很，母親受了罰，身子如何能撐得住？還望父王開恩，饒了母親這一次，讓母親回來吧？」

龍敏一邊抹著淚，一邊動之以情。若是旁人見了，肯定會誇她是個孝順的女兒，但在司徒錦看來，這龍敏郡主倒是有幾分心機。

「是啊！王爺，這一切都是老身的錯，請您看在她服侍了您二十年的情分上，饒了她這一回吧？」莫夫人見沐王爺陷入沈思，也跟著附和起來。

「姑奶奶打小身子就不好，如何能吃得消那家法？王爺大人有大量，饒恕她一回吧。」王氏這會兒也學乖了，知道什麼樣的話該說，什麼樣的話不該說。

沐王爺悄悄地瞄了沐王妃一眼，見她面色平靜，沒有絲毫不快，稍稍放了心。看著那跪了一地的人，眼中閃過一絲惱怒。「都跪著做什麼，起來吧。」

「謝父王。」

「謝王爺。」

龍敏上前去攙扶起莫夫人和王氏，一副孝順的模樣。

司徒錦也不搭話，打算看王爺如何反應。莫家的人來府上鬧一回，就把人給放了，那王府規矩何在？王爺的威嚴何在？

龍隱給了她一個安心的眼神，便垂下眼簾不吭聲。

許久之後，沐王爺終於開口了。「王府的規矩不能亂，莫側妃既然做錯了事，就必須接受懲罰，不過念在莫夫人求情的分上，本王便寬恕她一回。來人，去祠堂將莫側妃接回來。」

就在莫夫人與高采烈的同時，沐王爺沒說完的話接著而來。「王府在西山有一處宅子，十分幽靜，最適合靜養。本王就送她去那裡，也好了了妳們的心願。」

笑容凝結在嘴邊，莫夫人一臉驚恐地瞪大了雙眼。「王爺……您要將我女兒趕出府去？您怎麼能……」

「莫夫人剛才不是說莫側妃身子不好嗎？王爺這也是為莫側妃著想，妳怎麼能誤解了王爺的好意呢？」沐王妃沈寂了良久之後，總算說了句話。

莫夫人臉色慘白，似乎受了不小的打擊，身體搖搖欲墜。

雖然王爺只說將莫側妃送出府去靜養，但任誰都知道，王爺這是嫌棄了她。被送出府的女人，有幾個能夠回來的？都說一夜夫妻百日恩，王爺怎麼能這般狠心？

「母親……」王氏見到莫夫人快要暈倒的樣子，趕緊上前攙扶。

沐王爺才不管她們如何，大手一揮，就吩咐送客了。

等到閒雜人等都退了出去，王爺這才問道：「王妃對本王的處置，可還滿意？」

沐王妃瞥了他一眼，道：「如何處置，是王爺的事，妾身如何能過問？」

見她仍舊是這般不冷不熱的態度，沐王爺有些心灰意冷。這些日子以來，他極盡所能地向她示好，但效果甚微，不過，他也能理解她的心情。被自己的丈夫虧待了二十年，豈是一時半會兒能夠想開的？

「父王，母妃的生辰快到了，是不是該宴請賓客，一起熱鬧熱鬧？」司徒錦適時站出來提議道。

沐王爺打量了這個兒媳婦一眼，給了她一個讚賞的眼神。「這個是自然。王妃可想好如何慶祝？」

「慶祝個什麼？又老了一歲，有什麼可慶祝的。」沐王妃雖然嘴上這麼說，但心裡卻感到一絲溫暖。

還能有人記起她的壽辰，她該感到欣慰的。

沐王爺心中浮起慚愧，情緒有些失控。「這麼些年，委屈妳了。」

司徒錦見他們有話要說，用眼神向龍隱示意，二人便悄悄地退了出去。

慕錦園

「真奇怪，父王和母妃明明應該……為何相見卻不相識呢？」司徒錦邁著小步子走在龍隱身側，突然喃喃自語起來。

「什麼相見不相識？」一道陌生的嗓音插嘴道。

司徒錦愣了愣，然後微微俯身。「五皇子安好。」

「唉，嫂嫂何必這般客氣，叫我夜好了。」龍夜兀自在院子裡的石凳上坐下，丫鬟隨身伺候著，不知道多愜意。

對這個不請自來的皇室貴胄，司徒錦還是多有防範。「禮不可廢，五皇子殿下在府裡住著可舒服？」

「舒服是舒服，就是沒人陪我玩！」他像個孩子一樣嘟著嘴，一臉幽怨。

龍隱對他的作為視而不見，逕自在一旁坐下。

見無人理會他，龍夜便提起司徒錦剛才的疑問。「表嫂剛才說，相見不相識，是什麼意思？」

司徒錦抿了抿嘴，這些家事，她怎麼能說與外人聽？只是心中的疑惑卻一直困擾著她，令她百思不得其解。「五皇子可知，有什麼方法能夠改變人的面貌，而不靠易容之術？」

所謂三人行必有我師，司徒錦相信多一個人多一種見解，這五皇子平日裝作玩世不恭，但她相信他對這些好玩的事情懂得比較多，故而有此一問。

龍夜單手撐著頭，思索了一會兒，說道：「有啊。」

見他回答得如此乾脆，司徒錦眼睛頓時亮了起來。「什麼辦法？」

龍夜嘿嘿一笑，指了指隱世子。「堂哥家有一門功夫，稱為『玄影神功』。練就了這門功夫，便可以輕易變化人的模樣。」

「有這樣的事？」司徒錦有些不信，用眼神向世子求證。

龍隱先是微微一愣，繼而惜字如金地吐出幾個字來。「確有其事。」

「這麼說來，父王也練過這門功夫？」司徒錦大膽猜測道。

龍隱點了點頭，算是默認了。

「原來是這樣……」她沈浸在自己的思緒中，藉由先前蒐集來的訊息，配合王爺與王妃目前的情況，漸漸理出了些頭緒。

難怪父王和母妃相處了二十年，卻不知道對方就是自己要找的那個人。這真是……近在咫尺，卻遠在天涯！

當初，為了不暴露自己的身分，他們二人一個易容成平凡女子，另一個用神功幻化成別人模樣，還謊報了姓名。這一舉動，竟然讓彼此陰差陽錯地錯過了二十年！

司徒錦一邊感嘆，一邊替二人感到不值。

相愛的人之間，最重要的就是信任。當初既然相戀，還到了非君不嫁非君不娶的地步，為何還要瞞著彼此？

這幾日，司徒錦陪在王妃身邊，了解了一些過去的往事，儘管王妃說得很含蓄，但司徒錦卻猜到了個大概。這相互折磨的二人，竟然會是這樣的緣分，這世間還真是無奇不有！只是司徒錦仍舊想不通的是，珍喜一直跟隨在王妃身邊，難道王爺這二十年來都不曾認出她？若是能夠確認珍喜的身分，那王妃的身分不就呼之欲出了？

想到這個問題，她的眉頭又蹙在了一起。

第八十九章　郡主欲婚

「母妃……父王真狠得下心來將您送到別院去？那裡地處偏遠，又沒有人照應，如何能過日子？」龍敏淚眼矇矓地坐在床榻一側，一臉傷心。到了這時候，她依舊偷偷稱莫側妃為母妃。

莫側妃面色蒼白，因為受了刑，只能趴著睡，昔日豐腴的身子瘦了一大圈，皮膚也變得黯淡無光。當初要風得風、要雨得雨的莫側妃，早已沒了往日的風采。「敏兒……妳是不是覺得母妃很沒用？」

「怎麼會呢？要不是因為王妃挑撥是非，母妃也不至於……」龍敏手裡捏著帕子，憤恨地說道，一雙眼睛恨不得在某人身上燒出個洞來。

莫側妃苦笑，嘆道：「以前，我以為妳父王是真心喜歡我才待我好的，只可惜是我想錯了……在他心裡，我不過是個替身而已，哈哈哈哈……」

龍敏心裡一驚，不解地問道：「母妃，您到底在說什麼？什麼替身？父王對您那般寵愛，怎麼會……」

別說龍敏不信，這院子裡的人都不信。

可是莫側妃經歷了這麼一遭，早就心灰意冷。往日她總是將王妃視為眼中釘肉中刺，恨不得剜其肉食其骨，處處想著要壓對方一頭。然而兩個人明爭暗鬥了二十年，到頭來卻發現，她根本就沒搞清楚狀況。

王爺心裡的確有一個女人，但那人不是王妃，這點她早就知道。若不是因為那個女人拋下他，她也不會有機會靠近沐王爺，成為他的側妃，但她想要的，不僅僅是側妃的席位。

成婚頭兩年，王爺意志消沈，整日醉酒，那段時間她過得小心翼翼，生怕惹惱他。兩年之後某一天，王爺突然清醒了過來，也變得正常多了。他不再到處找尋那個叫素素的女子，也擔當起一個做丈夫和父親的責任，對她和她的孩子百般疼惜，她以為那就是幸福了。只可惜，這王府裡，還不是她說了算，因為還有一個正妃壓在她頭上。

當王妃進門之後，她們兩個人之間便開始了鬥爭，她利用王爺對她的寵愛排擠對方，努力培養自己的勢力，這麼些年來，她也以為她成功了。王爺冷落了王妃二十年，除了每個月兩、三天會去王妃那邊，剩下的日子大多都是在她院子裡歇下的。她以為她是個勝利者，可是她錯了，大錯特錯！

她始終比不上那個女人在他心裡的地位！

當她看到王爺抱著王妃回到府裡的時候，她突然感到心慌。那種惶恐，沒由來地籠罩著她的心，讓她透不過氣來。

王爺從不曾用那種關切的眼神看過某個人，即使對她也是一樣。他可以給她想要的，卻從未有過言語上的安撫和承諾。

那一日，她頭一次見到他那樣對一個女人。

她的心亂了，也失去了分寸。於是，禍端就從那一刻起埋下了種子，到後來一發不可收拾。

是她太一廂情願，相信那個男人是愛她的，否則他也不會給她那麼大的權力，能夠與王妃抗衡。現在想通了之後，她反倒覺得可笑。

「母妃……您怎麼了？」龍敏被莫側妃的一陣大笑嚇到，差點兒尖叫出聲。

這哪裡還是她以前那個高貴、不可一世的母妃？她簡直變了個人似的，她都有些不認識了。

莫側妃大笑之後，接著又是一陣痛哭。

她不願意相信，這麼些年來的情意都是虛假的、荒唐的！

「母妃……」陳氏抱著大姑娘月兒在一旁侍候著，見她這副模樣，頓時覺得有些膽戰心驚。

她們本就仰仗莫側妃而活，所謂一榮俱榮一損俱損，若是莫側妃不再得勢，那麼西廂這邊的人，豈會有好日子過？

前幾日，莫家的人上門鬧過，卻一無所獲，還惹怒了王爺，要將莫側妃送到偏僻的地方去，這樣的結果是莫家人萬萬沒想到的。即使莫妃娘娘一再懇求皇上，想要讓皇上下旨為自己的妹妹討回公道，但沒想到皇上聽了莫妃的進言，不但沒有答應她的請求，還喝斥了她一頓。

莫妃自然心有不甘，但三皇子卻不想隨意得罪沐王府，因此不過問王府的家事。畢竟莫側妃是嫁出去的女兒，若莫家再繼續鬧下去，只會讓外人看笑話。他如今正是需要用人之際，樹立良好的口碑很重要。

莫側妃早已死心，對莫家的無能為力，她也預料到了。沐王爺是什麼人，豈是那麼容易受人擺布？當初若不是她趁他醉酒，失身於他並懷上了孩子，又如何能讓他屈服，納了她為側妃？

這一切，都是她自找的！

只是，她真的很不甘心就這樣輸給一個失蹤了二十多年的女人！

「敏兒，母妃離開王府之後，妳可要多勸著妳大哥點，讓他千萬沈住氣，別意氣用事，惹惱了妳父王。」莫側妃咬牙親自交代著。

龍敏點了點頭，又暗暗流淚，替母親不值。

陳氏心裡也很苦，龍翔對她早已沒有了夫妻之情，整日只知道與那些通房廝混，根本沒將她放在眼裡。如今莫側妃又要離開王府，日後還有誰能夠鎮得住他？想到這些，她就忍不住默默垂淚。

原本，她是堂堂王府公子的正室，是身分高貴的嫡妻，不但備受莫側妃喜愛，就連龍翔也對她百依百順。但自從生下女兒之後，這一切就變了。莫側妃不再處處維護她，龍翔也漸漸冷落她，如今在這西廂，她算是最沒有地位的。

要想在世家大族裡生存，若是沒有兒子傍身，是一件極其不容易的事。不管將來誰繼承王位，分家是遲早的事情，將來她若沒有兒子依靠，如何在府裡立足？

莫側妃跟龍敏說了會兒話，便有些累了，將她們全都打發了出去。陳氏見莫側妃不願意跟她說上幾句話，心裡更是鬱結得很。

「嫂嫂，大哥最近身子怎麼樣，可養好了？」龍敏出了莫側妃的院子，眼淚就收住了。她一邊逗著陳氏懷裡的月兒，一邊假裝好意地問道。

誰不知道龍翔如今很少踏進陳氏的房門，就算是受傷，他也是住在廂房，由幾個通房丫頭服侍著。陳氏既要帶女兒，又要打理院子裡的事務，納妾時更與龍翔生了嫌隙，兩個人到現在都還相看兩厭，更別提照顧了。

陳氏垂了眼眸，陰陽怪氣地說道：「郡主還是關心一下自個兒的事情吧，年紀也不小了，也不知道王爺會為郡主許個什麼樣的人家？」

提到婚姻大事，龍敏臉上便露出期待的表情。

她心中早已有了心儀的男子，那人可是京城裡數一數二的風流人物，不但外表英挺俊朗，文經武略更是不在話下，多少名門閨秀惦記著他，龍敏也是對他一見傾心，早有了嫁他為妻的打算。

看著郡主那嫣紅的臉蛋，陳氏不禁在心裡冷哼。剛才還一副母慈子孝的模樣，如今只是稍稍提了一句，便惦記上了別的事情，真夠虛偽。

陳氏也不想待在湘繡園的院子裡，找了個理由就回自己的祥瑞園了。

龍敏還沈浸在美好的幻想當中，一時竟然沒回過神來，等到陳氏消失在院子的一角，她這才清醒，調頭回了莫側妃屋內。

「母妃……」

莫側妃剛吃完藥，正準備入睡，見到女兒進來，便打起精神應付道：「怎麼又回來了，是不是有什麼事？」

龍敏支支吾吾了半晌，總算鼓起勇氣跟莫側妃提道：「母妃，父王可跟您提過……提過女兒的……婚事？」

莫側妃睜大眼，良久沒有反應過來。「敏兒……怎麼會想到這個問題？」

「女兒過年可就十六了，難道母妃從未為女兒打算過？」龍敏有些生氣地說道。

她可是父王母妃手心裡的寶貝，是王府裡唯一的郡主。早些年，皇上還親自給了她一個封號，叫景陽郡主，這在所有世家裡可是頭一份的尊榮，為了這封號，她可是得意了許久呢！

可怎麼一提到婚事，母妃就變得保守起來，難道她從來就沒有為她考慮過？

「敏兒，是母妃疏忽了……這些年母妃只顧著跟王妃鬥，一時沒有想起這事。妳放心，母妃絕對會讓妳父王為妳選一個如意郎君的。」莫側妃一臉愧疚地望著女兒，眼中滿是歉意。

龍敏咬著下唇，絞著手裡的帕子，臉上寫滿了幽怨。「母妃果然心裡只有大哥，根本沒有女兒的存在。」

莫側妃想要說什麼，突然心口一緊，劇烈地咳嗽起來。

龍敏見莫側妃生了氣，臉上的神情又軟化下來。她一邊幫莫側妃撫著後背，一邊懇求道：「母妃，不久您就要離開王府了，臨走之前，您是不是……是不是派人進宮一趟，去跟莫妃娘娘討個旨意，讓她為女兒作主？」

莫側妃也知道如今以她在王府的地位，肯定沒辦法過問女兒的婚事。見女兒那副臉紅的模樣，她心中早已有了計較。「敏兒，妳是不是有了中意的人了？」

儘管這個問題做父母的不該問，畢竟兒女的婚事都是父母之命媒妁之言，哪有女兒家自己選夫的？但莫側妃對自己兩個孩子百般疼愛，難免會為他們多考慮一些。

聽了莫側妃的問話，龍敏不好意思起來。她嬌羞地依靠在莫側妃身邊，柔軟的嗓音聽起來格外動人。「母妃，女兒……女兒喜歡楚公子……」

「楚公子？哪個楚公子？」京城裡姓楚的人家多了，但大多是皇后娘娘的娘家人。楚家子嗣眾多，莫側妃也不知道女兒心儀的到底是哪一個。

龍敏遲疑了一陣子，最後終於吐露了自己的心事。「母妃，女兒喜歡的，是皇后娘娘的弟弟，當今國舅爺楚羽宸楚公子。」

聽到「國舅爺」三個字，莫側妃的眉頭就皺了起來。「妳什麼人不喜歡，為何偏偏要喜歡楚家的人？要知道，三皇子與太子如今勢同水火，莫家跟楚家更是勢不兩立。妳……妳難道不要命了？」

這奪嫡之爭，都會付出流血的代價，將來不管哪一方繼承皇位，敵對的一方都會受到牽連而獲罪。龍敏這個傻丫頭，怎麼會這麼糊塗呢？

龍敏見莫側妃反對她嫁給楚羽宸，心中有些不快。「女兒知道表哥跟太子正為了皇位鬥得你死我活，也知道那楚公子是太子的舅舅，是楚家的中流砥柱。可是女兒就是喜歡他，非他不嫁。」

聽到這般不知羞恥的話，莫側妃頓時氣結。「就算妳喜歡他又有何用？妳以為莫家的人會同意妳嫁進楚家？就算莫家的人不計較，但楚家呢？妳以為楚家會同意妳進門？」

「父王不是說過哪邊都不幫嗎？那我也可以表明立場，絕對不偏任何一方不就行了?!」龍敏賭氣說道。

「事情豈會是妳說了算的？那楚家又不傻，怎麼會容忍一個跟莫家有關聯的人留在楚家，時時刻刻威脅他們？退一萬步講，就算是容許妳進了楚家，妳以為妳會有好日子過？」莫側妃一邊咳嗽一邊勸道。

可龍敏就是死心塌地地喜歡上了楚羽宸，任誰勸都沒有。在莫側妃這邊沒有找到依靠，她心急如焚之下，便去了王妃的芙蕖園，想要讓沐王爺為她作主。

司徒錦給王爺、王妃請安之後，便留下來一起用早膳。世子一大早就出府了，那個在府裡逗留了數日的五皇子，也跟著一起不見了。

「錦兒，妳嫁進王府的時日也不短了，可有消息了？」沐王妃如今心情好了一些，便又將心思轉移到司徒錦夫婦身上。

她就龍隱一個兒子，自然處處想著他。

提到這個話題，司徒錦的臉微微一紅。

她小日子剛過，自然沒有懷上，但王妃問得這麼直白，真教人有些措手不及，更何況王爺還在這裡呢，這要她如何回答？

沐王爺輕咳一聲，假裝沒有聽見這婆媳之間的對話，將頭撇向了一邊。司徒錦這才小心翼翼地開口，說道：「回母妃的話，暫時沒有喜訊。」

沐王妃臉上閃過一絲失望，卻沒有責難她。

「愛妃若是覺得比較閒，不如先操心一下敏兒的親事吧？那丫頭也不小了，早到了議親的年紀了。」沐王爺似乎找到了可以跟王妃共同討論的話題，便回過頭來接話。

真是說曹操曹操就到，沐王爺的話音剛落，就有丫鬟進來稟報說，龍敏郡主求見。

「她倒是來得巧。」沐王妃斜了王爺一眼，放下了手裡的茶盞。

龍敏進屋前，仔細地整理了一番姿容，直到滿意了，才邁起步子走了進來。「敏兒給父王、母妃請安。」

她掃了一眼屋子，發現司徒錦也在，便也施了一禮。「敏兒給嫂嫂請安。」

司徒錦含笑虛扶了一把，說道：「父王剛剛還提到郡主妳呢，這麼巧，就過來了！」

龍敏有些訝異，但卻掩飾得極好。「敏兒多謝父王跟母妃掛念。」

沐王爺對這個女兒還是有幾分好感，不僅因為她是府裡最小的孩子，更因為她比她母親懂分寸識禮節，還被皇上看重，親自賜予了封號。

「敏兒坐吧，父王正好有事跟妳說。」沐王爺看了王妃一眼，見她沒有反對，這才開口說道。

這麼些年來，龍敏從未來芙蕖園給王妃請過安，如今這般低眉順眼、放低姿態，想必有事相求吧？

沐王妃對龍敏沒什麼好感，但她畢竟是王爺的女兒，因此也沒怎麼苛待她。

「敏兒年紀也不小了，到了該議親的年紀了。妳自己心中可有中意的人選？」這是王妃第一次心平氣和地跟龍敏談話。

龍敏有些驚訝，但很快便恢復了平靜，臉紅著低下頭去。「兒女的婚事都由父母作主，敏兒哪有自己的想法？一切但憑父王作主。」

龍敏嘴裡雖然這麼說，但心裡卻十分忐忑。

楚羽宸畢竟不是一般世家公子，縱然他非常優秀，但依照父王的立場，他肯定不會輕易答應這門婚事。只不過，在偌大的京城裡，她只看中了楚家的當家，其他男子她根本沒有放在眼裡。如今父王主動提及婚事，對她來說，既是一個機遇，也是一個難題。

司徒錦見她面紅耳赤，便知道她肯定心有所屬，只是不知道，這位高傲的郡主，會看上哪一家的公子？

「但說無妨。父王也希望妳可以嫁個如意郎君，一輩子開開心心。」沐王爺愛憐地看著她，似有鼓勵的意思。

他曾經有過那麼一段刻骨銘心的戀情，卻因為種種原因不能如願在一起。如今女兒也長大了，他不想她走自己的老路，痛苦一生。雖然父母之命媒妁之言是傳統的禮節，但女兒的幸福才是最重要的，若是她能夠覓得一個如意郎君，他這個做父親的也就可以安心了。

龍敏咬了咬牙，鼓起勇氣，吐露了自己的心聲。「父王，女兒……女兒的確有心儀的人了。只是……只是他身分特殊，不知道父王能否成全？」

龍敏這話一開口，屋子裡的人全都屏氣凝神起來。司徒錦與沐王妃互望了一眼，沒有作聲，而是等她自己說出來。

沐王爺倒是很高興，他摸了摸下巴上的鬍子，笑問道：「不知道敏兒中意哪家的公子？」

龍敏想到自己的心上人，臉上又是一片火辣。「他……父王也是認識的，他就是皇后娘娘的胞弟，楚羽宸，楚公子。」

最後那幾個字，她說得很小聲，生怕沐王爺聽到後會發火。

「是他？」沐王爺並沒有預料中那般惱火，而是反覆在腦海裡搜尋關於這個人的記憶。

楚羽宸的大名，在整個京城，甚至是大龍國都赫赫有名，他長得俊美非凡，能力更是不容置疑。因為是楚老爺子最寵愛的么子，故而備受重視，又與皇后娘娘一母同胞，在楚家的地位穩如泰山。

他年紀輕輕就挑起家主的重擔，還將楚家發揚光大，成為大龍勢力最為龐大的世家大族之一。他雖不在朝廷效力，但在朝廷的影響力也極大。楚家乃第一皇商，負擔著整個大龍的經濟命脈，作為楚家的家主，他在經商方面更是少有的天才，十五歲時便已聞名天下。

這樣一個難得人才，沐王爺也神往已久。

按道理，女兒若能嫁給這樣一位俊傑，他應該感到滿意，但問題就在楚家是太子的母族，而敏兒卻是莫家的外孫女。太子與三皇子，他沒有打算站在任何一邊，為了沐王府的將來，他也不能摻和到這些事情當中去。

無論是太子還是三皇子，他們都一直在想辦法拉攏他，若敏兒與楚家聯姻，那就打破了如今的僵局，三皇子那邊肯定不會甘休。如此一來，沐王府便被推到了風口浪尖，到時想要全身而退，也就難了。

龍敏見沐王爺久久沒有回話，就知道這親事肯定成不了。一想到不能嫁給心愛之人，她的眼淚就撲簌簌地往下掉。

司徒錦沒想到，龍敏郡主竟然也是個癡情人，不由得為她默哀。身在世家大族，尤其是皇族，根本就沒有什麼自由可言，縱使王爺再心疼自家的女兒，也斷然不會為了她一人，而棄整個王府於不顧。

果然不出所料，沐王爺長嘆一聲，道：「敏兒，此事為父不能答應。」

雖然早就預料到這個結果，但龍敏還是不死心地懇求道：「父王，今生女兒若不能嫁給楚公子，索性一輩子孤獨終老，去廟裡當個姑子好了……」

第九十章　奸細

慕錦園

「郡主還是不吃不喝嗎？」司徒錦放下王府的帳冊，揉了揉發脹的額角，問道。

自王爺拒絕了郡主的懇求，不肯去楚家議親，她就將自己關了起來，任誰勸說都不聽。王爺為此很惱火，但又不能心軟，只能派丫鬟時時刻刻盯著她。王妃如今很少管府裡的事情了，司徒錦作為世子妃，這些家務便全都落到了她肩上。

「是啊！聽那邊的奴婢說，郡主整日以淚洗面，都瘦了一大圈了。」緞兒端著一碗紅豆棗糕進來，臉上絲毫沒有同情。

司徒錦將帳本合上，從軟榻上下來，活動了一下筋骨。「沒想到郡主的性子如此倔。」

「夫人何必操心這些事，總不過餓個幾日，就不會鬧了。」緞兒很心疼自家的主子。這王府大大小小那麼多瑣事需要世子妃處理，已經夠累了，還要為莫側妃的女兒操心，實在是太委屈夫人了。

司徒錦唇角泛起苦笑。「這一回，郡主恐怕不會輕易屈服。」

「就算尋死尋活，楚家也不會同意娶她進門。」緞兒冷哼一聲，對莫側妃那邊的人都沒什麼好印象。

道。

「妳怎麼就知道沒戲？是不是謝堯跟妳說過什麼？」司徒錦看著這丫頭，忍不住打趣道。

這些日子，她可是經常見到這兩個人站在一起說話，雖然不知道在說些什麼，但從兩人的神情上來看，似乎挺有默契的。當初，緞兒還一再妄自菲薄，覺得配不上謝堯，如今似乎看開了許多，態度也沒那麼堅決了。

聽到謝堯的名字，緞兒不由自主地臉紅了。「夫人怎麼又拿奴婢說笑?!」

司徒錦長嘆一聲，語重心長地說道：「妳年紀也不小，到了該許人家的時候了。妳跟著我這麼些年，我絕對不會虧待妳。先前，我要替妳作主，妳還不願意，如今見你們倆相處得不錯，不如本夫人找個機會跟他提一提？」

緞兒粉腮如霞，恨不得找個洞鑽進去。她嗔怨地瞥了錦兒一眼，咬著下唇說道：「夫人怎麼就揪著奴婢不放呢？春容和杏兒年紀也不小了，夫人操心得過來嗎？」

司徒錦知道她害羞了，卻沒有反對，心裡有了數。「她們服侍我的時日尚短，哪能跟妳比。既然妳不反對，那我就跟世子爺提一提這事，讓他跟謝堯說去。」

「夫人您……」緞兒羞得滿面通紅，一跺腳出去了。

司徒錦兀自笑著，心裡總算是放下了一顆石頭。

不一會兒，春容和杏兒端了湯藥進來。「夫人，湯藥端來了，是否趁熱喝了？」

司徒錦聞了聞味道，有些嫌惡地捂住了口鼻。她最不喜歡喝藥，尤其是這些不知道用什麼熬製成的補藥，她身子又沒多大問題，根本不需要如此進補。母妃抱孫子心切，整日讓丫鬟端這些湯湯水水的來給她喝，她怎麼受得了？

她又不是不能懷上孩子，只不過新婚不久，不急著要罷了，更何況她年紀還小，生孩子恐怕不太妥當。隱世子也是怕她太年輕，身子骨受不了生產之苦，所以才刻意避孕。

「先放一邊，我待會兒喝。」司徒錦找了個藉口，打算走一步看一步。

春容和杏兒也了解她的性子，也不催，放下藥碗就下去做事了。司徒錦趁沒人的時候，悄悄將藥汁倒入了窗臺上的一盆金錢橘裡，然後假裝做了個仰頭的姿勢，拿著帕子擦了擦嘴，讓人將碗收了下去。

「太苦了。春容，給我找些蜜餞來。」

春容聽了吩咐，立刻去找李嬤嬤要東西去了。

世子和世子妃恩愛異常，慕錦園的下人們都很替主子開心，尤其是太師府過來的那些丫鬟和婆子，更是喜不自勝。當初陪嫁到王府的時候，她們還小心翼翼，生怕做錯了事要受罰，畢竟那時候府裡說了算的人並非王妃，而是莫側妃。加上王妃本就對世子妃有些成見，不怎麼待見她，更讓她們這些下人擔心。

幸好世子對世子妃呵護備至，不曾讓她傷心過，加上如今府裡形勢一片大好，王妃的態度也改變了許多，她們這才昂起頭來做人。

李嬤嬤拿著幾罐子醃製好的蜜餞進來，恭敬地對司徒錦行禮。「請夫人安。」

「李嬤嬤辛苦了。」司徒錦笑著抬了抬手，示意她起身。

李嬤嬤是個規矩的人，態度一直勤勤懇懇，若不是世子妃的提攜之恩，恐怕她到現在還是個幹粗活的婆子。因為她的誠懇踏實被世子妃看中，一直委以重任，故而她銘感五內，做事也更加謹慎勤勉。

「不知道夫人喜歡哪種口味的，老奴就每樣拿了一些過來，給夫人挑選。」

司徒錦看了看那不同罐子裡裝著的果仁，心裡歡喜不已。「李嬤嬤好眼光，挑選的都是我平日裡喜歡的。」

「夫人不嫌棄就好。」李嬤嬤恭敬地弓著腰，態度謙卑。

司徒錦知道她誠懇老實，對她還算放心。她也上了年歲，懂得比她要多，在某些方面，她還要仰仗她的經驗。「李嬤嬤不必拘禮。本夫人還有些事情想要向妳請教，抬起頭來回話吧。」

李嬤嬤見世子妃如此客氣，這才抬起頭來問道：「不知道夫人想要問些什麼？」

司徒錦掃了一眼四周，見無人在跟前，這才壓低聲音說道：「嬤嬤請看那株金錢橘。」

李嬤嬤將目光投到窗臺上那盆金燦燦的金錢橘上，起初是驚豔，繼而臉色發白，嘴唇囁嚅幾下，幾乎說不出話來。「夫人，這是……這是……」

「妳看出問題來了？」司徒錦試探地問道。

李嬤嬤一邊抹汗，一邊壓低聲音回道：「那金錢橘的確有些問題。都入冬了，它卻依舊開得豔麗，的確異常得很。」

「那嬤嬤可知道是何原因？」司徒錦追問道。

「以老奴的愚見，怕是……怕是藥物所致。」李嬤嬤吞吞吐吐，不敢張揚。

司徒錦心想也是，但那藥可是王妃所賜，難道是王妃要加害她？她們不是早有交易嗎，難道她過河拆橋？抑或是……她心裡有些亂。

「那藥，妳可知是何成分，有什麼功效？」因為是王妃派人送來的，她沒敢明目張膽地請太醫過來檢查。

但司徒錦也不是傻子，一點防備之心都沒有。銀針試探不出來的毒素，她不敢貿然喝下去，因此總是做做樣子，抿一小口就全都偷偷倒掉了。

如此看來，她的謹小慎微是正確的。就算王妃沒那個心思，但這王府裡到處都是莫側妃的眼線，難保不是她派人暗害自己，然後嫁禍給王妃。那個女人向來不是好人，也不是個省油的燈。

李嬤嬤擦了擦額頭的汗，沈默了一會兒，才繼續說道：「老奴聽說過一種藥，能夠令人容顏美麗，身子妖嬈。只是……只是必須付出巨大的代價。」

「嬤嬤說的，可是息肌丸？」司徒錦抬眸，問道。

李嬤嬤微微一愣，繼而沈重地點頭。「原來夫人早就知道了。」

「也是無意中從書上了解到的。」多虧她平日喜歡看一些醫理方面的書籍，才能夠清楚一些藥物的藥性。

那下藥之人，還真是歹毒！

想這樣神不知鬼不覺地讓她斷了子嗣，真真是好伎倆！若是母妃知道有人利用她的補藥讓她生不了孩子，不知道做何感想。

「夫人，這藥是王妃派人送來的，會不會是……」李嬤嬤猜測道。

王妃本就不喜歡世子妃，沒進門的時候，就處處刁難，好不容易大婚了，敬茶的那一日，還給了世子妃一個下馬威。那秦姑娘雖然已經被世子爺遠遠地打發走了，但難保不會出現第二個、第三個秦師師。

因為有世子爺的喜愛，所以王妃對世子妃多少有些忌憚，但若是世子妃無法生育，那麼她就可以名正言順地給世子納妾了。說不定，還會以無所出的七出之條，將世子妃給休離！

想到這些，李嬤嬤就忍不住心寒。

原來近日來她們婆媳和睦，都是假的！

司徒錦倒不這麼認為，畢竟她對王妃還有用處，不會這麼早就動她。倒是西廂那邊的嫌疑比較大，這些不入流的玩意兒，可不是正經人家府裡有的東西，懂得這些門道的，都是青樓妓館裡的女人。

如此一推算，答案呼之欲出。

司徒錦冷笑著，恨不得將那背後暗算的小人碎屍萬段！

「嬤嬤，此事先不要聲張，我自有辦法捉住那幕後之人。」司徒錦輕撫著手腕上的玉鐲，一臉鎮定。

李嬤嬤應了一聲，悄然退下。

司徒錦思索了一番，便將春容和杏兒叫了進來，問了些話，假意打賞盡心盡力伺候的下人，以靜制動。

慕錦園的小廚房裡，霞兒正蹲在小炭爐旁邊努力地搧火。爐子上咕嚕嚕地冒著熱氣，飄散出一股藥香。

「霞兒姊姊，又在替世子妃煎藥？」一個長得有些豐滿的丫鬟走了進來，笑容滿面地問道。

「原來是露兒姊姊。」霞兒一見到來人，臉上便有抑制不住的喜色。

初來乍到，王府裡的下人並不是很好相處，但這個王妃院子裡的丫鬟卻待她不錯，說話也客客氣氣，從不像那些拾高踩低的，偶爾還送她一些小東西。如此下來，她們便熟稔了起來。

如今王妃待世子妃也很不錯，兩個院子裡的奴婢相處得就更融洽了。

露兒只是在王妃院子廚房裡打雜的一個小丫頭，奉了王妃的命令給世子妃送藥，因此時常到慕錦園來。「這藥有些苦，世子妃每日可喝了？」

沒有外人在場的時候，小丫頭們說些主子的事，也是常有的。

霞兒不疑有他，連連點頭。「是啊！儘管世子妃很怕喝藥，但每次都喝得一滴不剩呢。」

「難怪我看世子妃最近氣色好了許多，想必是那藥起了作用吧？」露兒臉上帶著笑容，嘴上也忍不住恭維起來。

「可不是嗎？這都多虧了王妃娘娘賜的藥。」霞兒一邊說著，一邊繼續看著爐子上的藥罐子。

露兒雖然跟霞兒閒話著，但一雙眼睛卻死死地盯著那藥罐子。「對了，剛才在前面碰到春雨，她正四處找妳呢。」

「是嗎？想必是在催這藥了吧？」霞兒喃喃說道。

「想必也是。」露兒敷衍了一句。

霞兒正想要去端那藥罐子，突然捂著肚子，喊道：「唉唷……肚子好痛！露兒姊姊，這藥已經煎好了，妳幫我倒出來吧，我得去茅廁一趟！唉唷……」

不等露兒開口，她就捂著肚子，跌跌撞撞地跑出門去了。

露兒先是一愣，繼而嘴角微微翹了起來。「真是老天爺幫忙，也省得我浪費口舌了。」說著，她四處打量了一番，便從袖袋裡掏出一個紙包來，匆匆將那裡面的藥粉倒入了滾燙的藥罐子裡。

做完這一切，露兒才吐了一口氣，正待轉身離去之時，門口突然出現了幾個不該出現的人。

「好妳個下賤胚子，果真是妳在世子妃的藥裡動了手腳！」帶頭進來的，正是慕錦園的管事李嬤嬤。

跟著她身後的，除了春容和杏兒，還有剛剛藉口肚子疼離去的霞兒。

「妳們……妳們怎麼會在這裡？」露兒臉色頓時變得慘白，身子也不由自主地抖了起來。

霞兒見到剛才那一幕，有些不敢相信自己的眼睛。她走上前去，指著露兒的鼻子罵道：「真的是妳？妳竟然下藥害世子妃？」

露兒臉色很難看，但仍舊壯著膽子說道：「我……我不過是奉王妃的命令行事罷了，妳們敢對我怎麼樣？」

「王妃？」春容和杏兒頓時都沈了臉，胸口起伏得厲害。

李嬤嬤見多識廣，並沒有因為這丫頭幾句話就下結論。「妳說是王妃命妳下藥害世子妃的？那正好，王妃此刻正在慕錦園。」

說完，對身後幾個粗使婆子說道：「將她綁起來，帶去世子妃的屋子問話。」

那些婆子都是世子爺的人，自然聽李嬤嬤的吩咐，於是匆匆走上前去，將露兒的胳膊給架了。

「妳們……我是王妃的人，妳們憑什麼抓我？」露兒見事情敗露，也不再為自己辯護，反而蠻橫地謾罵起來。

「是不是王妃的人，還很難說呢。帶走！」李嬤嬤一聲令下，那些婆子便拖起露兒就走。

正屋裡，王妃正在和世子妃說話。

「錦兒請母妃過來，有什麼事？」王妃也不糊塗，知道司徒錦無事不會請她過來。

司徒錦倒也沒有多說，只是讓王妃稍等片刻。

隨著那一聲聲「王妃救命」的呼喊聲由遠及近，王妃的眉頭蹙了起來。「這是怎麼回事？」

李嬤嬤帶著一幫奴婢進屋來，給王妃和世子妃見了禮，這才說道：「啟稟王妃、世子妃，奴婢們在廚房捉到個賊人。」

王妃打量了一番那個面貌清秀的丫鬟，有些不解地說道：「這不是我廚房裡打雜的丫頭嗎？她犯了什麼事？」

司徒錦對王妃質問的語氣充耳不聞，只淡淡說道：「兒媳也不知道呢，不如讓她們說說吧。」

露兒一見到王妃，彷彿見到救星一般喊道：「王妃救命啊！她們誣陷奴婢……」

「哦？她們誣陷妳什麼？」司徒錦適時地插話道。

露兒咬了咬牙，卻一時找不到藉口。

「回世子妃的話，老奴剛才帶人去廚房端藥，發現這賤婢竟然將另外一種藥粉倒入藥罐中。」李嬤嬤氣憤不已，不等露兒開口，就將看到的事實說了出來。

王妃很是驚訝，沒想到露兒會做出這樣的事來。「這……」

「母妃稍安勿躁，兒媳覺得她並不簡單。」司徒錦安撫地按了按王妃的手，接著問話。「露兒是吧？妳還有何話說？」

「我……我是冤枉的，我沒有……」露兒眼神閃爍，含糊其辭地說道。

「啟稟王妃，奴婢們親眼所見，斷不會說謊欺瞞主子。」李嬤嬤也不好唬弄，自然不會輕易讓露兒逃脫。

王妃已經鎮定下來，她細細打量那個叫露兒的丫頭，問道：「事到如今，妳還有什麼要說的？」

露兒見事情敗露，一咬牙說道：「不是王妃娘娘您讓奴婢偷偷往藥裡放東西的嗎？」

「放肆！」王妃氣得一拍桌子，站了起來。「妳不但不知悔改，還誣衊本王妃?!」

「母妃息怒。」司徒錦見她如此生氣，心中更加斷定不是她派人指使的。「這丫鬟雖然是芙蕖園的，但兒媳聽說她可是西廂那邊某位主子府裡的家生子。此事，斷不會是母妃指使，想必她背後另有主謀。」

王妃聽了這話，才消了氣。

當聽說那丫鬟往世子妃的補藥裡下藥的時候，她就隱約知道些什麼了。她沒想到這丫鬟居然是那個女人的眼線，差點兒害她們婆媳不和。看來，這些年來她太縱容這些奴婢了，才會讓她們不分尊卑。

「給我拖下去，鞭笞五十，看她說不說實話！」老虎不發威，她們就當她好欺負？王妃臉一沈，露出幾分威儀來。

露兒一聽要鞭笞五十，頓時嚇得臉色蒼白。

第九十一章　世子妃進宮

儘管露兒嘴巴緊，並死咬著王妃不放，但在嚴刑逼供之下，沒多久就招了。在生死面前，又有幾個人能夠置之度外，為了主子不惜犧牲性命？

「沒想到她居然還不死心，竟想要斷送隱兒的子嗣！」沐王妃得知真相後，一臉痛恨。不管怎麼說，露兒總是她院子裡的下人，雖說不是她指使的，但作為王府的當家主母，卻讓小人鑽了空子，她還是有不可推卸的責任。不過幸好司徒錦留了個心眼兒，這才免了一場天大的禍事。

當然，司徒錦也沒有直接說是在那藥裡發現了問題，而是藉由李嬤嬤的嘴，說露兒鬼鬼祟祟的，這才拿住把柄，如此一來，王妃心裡也不會有疙瘩。若是讓她知道司徒錦處處防範著她，必定又會生出嫌隙來。

「母妃，兒媳這不是沒事嗎？太醫說了，因為發現得早，所以沒有大礙，母妃也就不要將這事記掛在心上了。」

沐王妃一臉愧疚地看著司徒錦，唉聲嘆氣。「都是母妃疏忽，讓妳受苦了。」

司徒錦笑了笑，淡然說道：「此事與母妃無關。幸好院子裡的奴婢機靈，這才免遭小人暗算，母妃不必自責。」

「真真是可惡！這事我不會輕易作罷，妳等著，我這就找王爺說去。」說著，沐王妃就要起身離去。

司徒錦卻站起身來，攔住了她。「母妃切莫動怒，小心傷了身子。父王每日要為軍務操勞，這些小事就不勞父王操心了。」

沐王妃讚許地點了點頭，說道：「還是妳體貼，此事就交由妳處置。有母妃給妳撐腰，諒她們也不敢放肆！」

司徒錦千恩萬謝，將王妃送回去之後，便將緞兒找了過來。「妳讓謝堯去祥瑞園搜一搜，人贓俱獲才好。」

緞兒早已看不慣那些小人作祟，便匆匆尋人去了。

龍隱回府後，從丫鬟的嘴裡聽說了此事，臉色頓時沉了下來。「那樣的刁奴，打死了也難解心頭之恨，做什麼留著？」

「她一個丫頭，如何能與主子過不去？定是背後有人指使，否則諒她個膽子，也做不出這樣的事情來。再說了，那息肌丸可不是普通的藥物，你道是哪裡來的？」司徒錦拉住他的衣袖，耐心解釋道。

「就知道他沒安好心！如今莫側妃不得勢了，他倒是沈不住氣了。」龍隱一甩衣袍，憤憤坐下。

司徒錦替他倒了杯暖身子的茶，這才在一旁坐下。「你大哥的本事，你還不知道？能夠想出這主意的，恐怕還是他背後的高人。」

她對龍翔的了解不算多，但從近日的相處來看，他除了喜歡尋花問柳之外，別無長處。用這樣的手段想要斷了隱世子的子嗣，他如何能想到？背後定有高人指點。

「此事定與莫家脫不了關係。」自上回莫家的夫人過來求情，被王爺打發走，還加重對莫側妃的處罰後，莫家人肯定不會輕易甘休。

加上三皇子幾次想要拉攏他為他效力，都被拒絕，也失了幾分顏面，定是對王府懷恨在心了。既然王爺和世子這條路走不通，他便打起了別的主意，想要透過王位的繼承人來作文章。

若是隱世子沒有子嗣，那麼這世子之位，便坐不長久了。沐王爺也就兩個兒子，一個不行，就只剩下另一個了。

「哼，還真是好手段呢！」司徒錦不屑地冷哼。

他們不但要讓她生不了孩子，還要逼世子納妾，給她重重的一擊，果然是一箭雙鵰之計！她若是生不了孩子，隱世子必然會納妾甚至是休妻，到時候他們再塞一個自己人過來，王府照樣要為三皇子效力。

隱世子要麼屈服，要麼堅決不納妾，那麼繼承人就會換成翔公子。如此一來，王府還是會落入三皇子之手。

果然是妙計！

「錦兒，妳的身子，沒有大礙吧？」龍隱有些擔心地看著她，仍舊心有餘悸。

司徒錦嬌嗔地瞥了他一眼，道：「你以為我是個沒心眼兒的嗎？要在這種世家大族裡生存，不留點心，怎麼死的都不知道。」

聽了司徒錦的話，龍隱僵硬的面部線條總算是柔和了一些。「沒事就好。」

他這一生，只會有錦兒一個妻子，絕對不會再納妾。但長輩最注重的就是子嗣，若是錦兒身子受損，無法生育，那麼王府以後想必會有一場大劫。

「你近日都在忙些什麼，整日不見人影。」司徒錦用熱呼呼的帕子替他擦了擦臉，有些擔心地問道。

他這樣沒日沒夜的操勞，身子可受得住？

有她這般溫柔細緻的照顧，他的心就暖暖的，就算再苦再累，他也覺得值了。「我無礙，倒是妳，近日消瘦了不少。」

原先養好了些的下巴又變尖了，龍隱不知道有多心疼。

司徒錦摸了摸自己的臉，笑著問道：「有嗎？我覺得胖了不少呢。」

龍隱牽著她的手，將她拉近自己，眼中滿是憐惜。「錦兒，王府還需要妳多擔待些。等到……等到事情過去後，我便帶妳天涯海角遊歷，如何？」

「真的？」司徒錦沒想到他居然有這個打算，不由得欣喜若狂。

一個女人嫁了人，幾乎都足不出戶，只能被鎖在深宅裡，毫無自由可言。尤其是王府這樣的大家族，規矩多如牛毛，稍有不慎，便會惹出事端。司徒錦頗為嚮往自由自在的日子，但身為世子妃，她又有不可避免的責任。

如今聽世子這麼說，她自是驚訝不已。

「你最近……是不是在幫五皇子……謀劃什麼？」當日與他一同出府的，還有五皇子殿下，司徒錦才有這麼一猜。

龍隱眼中閃過一絲亮光，繼而牽起了唇角。「知我心者，唯有娘子。」

司徒錦被他一席話說得面紅耳赤，但心中的好奇卻讓她忍不住繼續追問下去。「這事王爺知道嗎？」

龍隱輕輕地嗯了一聲，沒有多做闡述。

慕錦園雖然是他的天下，但難免人多嘴雜，有些事情還是隱密一些好，免得誤事。司徒錦自然也知道這個道理，便不再過問，但心中卻有些眉目了。

三皇子與太子之爭，已經鬧得朝廷十分不安，皇上又沈醉於丹藥之中，無法自拔，五皇子趁這個機會崛起，也是明智之舉。

以皇上對他的喜愛，以及齊妃在宮裡的影響力，想必要爭奪皇位，並非沒有勝算，就不知道三皇子和太子那邊有沒有察覺。

「過幾日，齊妃娘娘會召妳入宮覲見。」龍隱沈默了一會兒，這才開口道。

「齊妃娘娘想要見我？」司徒錦不解地睜大了雙眼。

龍隱點了點頭，道：「名義上，她與母妃是表姊妹，召妳入宮也是情理之中。」

司徒錦了然地點點頭，說道：「可知有何事？」

龍隱搖了搖頭。「皇宮大內的事情，哪說得準。妳只要時刻謹慎小心，必不會出什麼事。」

司徒錦沈默著，思慮著所有的可能性。

既然沐王府站到五皇子這一邊，想必齊妃也知道，那麼她急著召見，定是有事囑託她辦了。

雖說女子無才便是德，但後宅的鬥爭，也需要頭腦和智慧。那莫家的女兒身在沐王府，必定會對局勢有所影響，齊妃也是為了保險起見，所以才要她入宮覲見吧？

「別太擔心，齊妃娘娘不會為難妳的。」龍隱見她眉頭緊蹙，寬慰道。

「我倒是不擔心這個，只是如此一來，莫妃和皇后那邊定會知道，怕是要起疑。」

她的顧慮也不是全無道理，畢竟皇宮裡人多嘴雜，誰進了宮做了什麼，怕是瞞不了任何人。一旦另外兩派的人生了疑，那王府以後的行動便會受到牽制。

「齊妃與母妃的關係，宮裡的人也都清楚。按照禮節，我們也是該進宮拜見的。」龍隱不緊不慢地說著。

司徒錦聽他這般說，也就稍稍放了心。只是皇宮大內，處處凶險，有人故意找她麻煩，那也不無可能。

「我讓朱雀回來一趟，有她在，我比較放心。」不等她提出要求，他就已經做好了安排。

「也好。」朱雀的能耐她見識過，有她在，她也可以安心了。

司徒錦對他投以感激的笑容，然後便轉身去吩咐丫鬟們準備熱水了。

夜裡，龍隱抱著心愛之人歡好了一陣，才累得睡下了。

過幾日，果然如他所料，宮裡來人了。

「公公真是稀客，快裡面請！」老鍾自然認得齊妃身邊的大太監德公公，見了面也甚是客氣。

德公公是個五十歲左右的老頭，面上的神情慈愛和睦，看起來是個挺好相處的人。只是，那偶爾閃過鋒芒的雙眼，卻掩飾不住他的精明。

「鍾管家客氣了，王爺跟王妃可安好？」

老鍾將人迎到正廳，吩咐丫鬟上茶之後才回道：「王爺與王妃一切安好。不知公公前來，有何指教？」

「指教不敢當，咱家是替齊妃娘娘來宣旨的。」

老鍾似乎一點兒都不奇怪，笑道：「煩勞公公親自跑一趟，真是惶恐。只不過，王爺去了軍營，還未回來，這……」

「無妨。」德公公笑著坐下，說道：「咱家是奉了娘娘之命，宣世子妃進宮的。世子妃可在？」

「在的在的。」老鍾立刻回道。

司徒錦接到丫鬟的稟報，知道宮裡來了人，便梳妝打扮了一番，前往廳堂，跟隨在她身邊的，正是易容過後的朱雀。

「見過世子妃。」門外的丫鬟見到司徒錦的身影，規矩地伏下身去。

司徒錦儀態萬千地走到廳堂，揮了揮手，便讓丫鬟們退到了一邊。老鍾親自迎上去，替她介紹了一番，才恭敬地退到一旁。

「原來是齊妃娘娘身邊的德公公，早就聽母妃提起過，今日一見，果然不同凡響。」司徒錦臉上帶著淺淺的笑容，嘴裡雖然恭敬，但卻不卑不亢。

以往，就算是王妃見到他，也是客客氣氣的，不敢輕視，如今見到這位傳說中的世子妃，他倒是高看了一眼。「世子妃客氣了，咱家不過是替娘娘跑跑腿而已。」

「公公客氣了。」司徒錦雖然出身不算頂高，但氣度卻非平常的大家閨秀可比，就算是王府郡主，也沒幾個比她出色的。

德公公打量了她一番之後，這才說明了來意。「娘娘一直牽掛隱世子的婚事，如今好不容易成婚了，便想著見見世子妃。」

「多謝娘娘掛念，司徒錦受寵若驚。」司徒錦淡淡笑著，神色坦然。

德公公心裡一邊讚賞，一邊回道：「時辰不早了，世子妃這就隨咱家進宮吧？」

「公公辛苦了。」司徒錦一個眼神示意，朱雀便將準備好的一個錦囊遞了過來。「一點心意，還望公公不要嫌棄。」

德公公也是見多識廣之人，並不看重這些銀錢，但這是世子妃賞賜的，也不好不拿，於是道了謝，便逕自將那錦囊給放入了袖袋，並未表現出貪婪。「世子妃請。」

司徒錦點了點頭，就上了齊妃專門派來接她進宮的車輦。

一個時辰過後，司徒錦一行人便來到了皇城門口。那些守衛見到德公公的身影，也不多問，就放他們進去了，可見在這皇宮之內，齊妃的地位不可謂不高。

宮女稟報過後，齊妃便放下手頭的事，歡喜地將司徒錦給迎了進去。

「司徒錦給齊妃娘娘請安，娘娘金安。」司徒錦按著宮禮，規矩地下跪叩拜。

齊妃臉上露出幾分笑意，讓貼身宮女將她扶了起來。「不必多禮了，快起來。」

司徒錦低眉順眼，表現得極為謙恭。雖說齊妃是母妃的表姊，有著親戚關係，但身為皇帝的妃子，能夠幾十年屹立不倒，也不容小覷。

「母妃！」司徒錦還來不及問候齊妃娘娘，就聽見宮門口響起一陣腳步聲，接著一個長相酷似齊妃的年輕女子走了進來。

司徒錦見到那人，立刻轉身屈身行禮。「妾身給公主殿下請安，公主千歲。」

那公主起先沒發現齊妃宮裡還有別的人在，頓時微微一愣。當看清來者何人之後，臉上便露出明豔的笑容。「這位就是隱表哥的世子妃嗎？」

司徒錦起初還不甚肯定，等她走近一看，便確認了。這位絲毫沒有架子的公主，便是齊妃所出的益陽公主——龍霜。

第九十二章　六公主龍霜

「早就聽說隱世子妃是個妙人兒，今日一見，果真如傳說中那般聰穎剔透。」龍霜公主挽著齊妃的胳膊，笑得一臉燦爛。

司徒錦感到有些羞窘，公主的話有些過了，她哪裡有她說的那麼好！而且，她們才第一次見面，公主就這般禮遇她，的確是有些讓人驚訝。

「公主謬讚了，司徒錦不敢當。」她微微福了福身，然後低垂了眼簾，儘量讓自己低調一些。

「霜兒就別鬧了，妳表嫂頭一次進宮拜見，若被妳嚇跑了，那可如何是好？」齊妃娘娘見女兒對司徒錦的態度和藹，臉上的笑容更盛。

「母妃，世子妃哪裡膽小怕事，不然也不會嫁給隱表哥了。您呀，就放一百二十個心好了！妳說是不是，表嫂？」龍霜調皮地衝著司徒錦眨了眨眼，打趣地說道。

司徒錦聽著這母女倆一唱一和，心中的忐忑緩和了不少。看來，這齊妃是有意向自個兒示好呢！不然這高高在上的公主，豈會待她這如陌生人一般的表嫂如此客氣？

「妾身惶恐。齊妃娘娘人美心更善，待人溫和有禮，一看就知好相處。能夠進宮陪伴娘娘，是妾身的福氣。」所謂禮尚往來就是如此。

既然對方已經表明了自己的態度，那麼她也會表達自己的立場。如此一來，雙方倒是達成共識了。

「錦兒快坐下說話，來人，上茶。」齊妃適時地賜座，又讓宮女準備了幾樣可口的點心，這才問起了王府的近況。「妳母妃近日身子可好些了？西廂那邊的人，可還本分？」

司徒錦神色頗為平靜地一一作了回答。「多謝娘娘關懷，母妃身子已經大好了，這還多虧了娘娘賜的那些靈丹妙藥。至於西廂的那些人，不足為患。再過幾日，莫側妃便要去莊子裡靜養了，想必日後府裡會更加清靜。」

聽了司徒錦的話，齊妃輕輕地點了點頭。「妳母妃的苦日子，總算是到頭了。聽說沐王爺近來時常歇在芙蕖園，此事可是真的？」

司徒錦沒想到王府裡的這些事情居然也傳到了齊妃娘娘的耳朵裡，難道是五皇子去了一趟王府，將府裡發生的事都告訴齊妃了？

面上一紅，司徒錦吶吶地開口道：「娘娘的消息倒是靈通。」

「妳這孩子……妳父王跟母妃關係改善了，是你們王府的福氣，有什麼不好意思的。」齊妃倒是看得通透，也很替沐王妃開心。

想著這些年來，沐王妃所受的那些苦，齊妃就不禁感慨萬千。她這位表妹雖然是大家閨秀，但性子卻十分活潑，是個美貌無雙的可人兒。當初若不是因為她生了病，說不定這選入宮中當皇妃的，便是她了。

沒想到從廟裡回來之後，她的性子就大變了。不但沈默寡言許多，就連笑容也沒有了，整日鬱鬱寡歡，直到嫁入沐王府，也不見她有所改變。加上那莫家的女人一直囂張跋扈，不將王妃放在眼裡，處處排擠她，而王爺也護著那賤妃，對王妃冷淡至極。

這對一個女人來說，多麼的可悲！

作為表姊妹，齊妃也曾想過幫幫王妃，但那畢竟是王府的家事，她也不好干涉。如此一來，倒是讓那賤妃覺得王妃沒有靠山，更加肆無忌憚起來。

「真是孽緣……」齊妃感嘆著。

「可不是嗎？不過幸好，皇叔已經知道悔改了。」龍霜稚氣地附和。

龍霜也就是個十三、四歲的小丫頭，正是天真開朗的年紀，興許是從齊妃那裡聽說了沐王妃的遭遇，竟也感懷起來。

司徒錦倒是覺得她挺可愛的，語氣雖然沈穩，卻帶著天真，將這沈悶的氣氛給吹散了。

在齊妃宮殿裡坐了一會兒，龍霜便玩性大起，拉著司徒錦去了御花園。齊妃也不想讓她們年輕人只顧著陪她，便由她們去了。

「表嫂，妳瞧那菊花開得多好！」龍霜公主是個和藹可親的人，性子與齊妃一般無二，十分討喜。

司徒錦第一次見到她，就很喜歡她。

這位公主絲毫沒有高傲和嬌氣，在她面前儼然一個活潑乖巧的小妹妹，一舉一動都那麼惹人喜愛。

「公主，這是番邦新進宮的品種，據說有好幾種顏色呢。」陪著龍霜公主的貼身宮女很機靈，立刻上前來解說。

司徒錦瞧著那些菊花，的確挺鮮豔，不但有金黃色的，還有白色、粉紅，甚至稀少的藍色都有。果真是皇宮，也只有在這裡，才能見到如此稀有之物了。

「果然與大龍國的菊花不一樣。」龍霜靠近那些美麗的花朵，一臉驚嘆。

司徒錦也喜歡花花草草，與龍霜公主投機得很，兩個人在御花園裡逛了大半個時辰，都不覺得累。

「表嫂，妳過來，我有些話想對妳說。」忍了許久之後，龍霜終於忍不住開口。

司徒錦微微一愣，繼而讓朱雀退後了一些。既然公主有話要說，又不是當著齊妃娘娘的面，想必是十分私密的話題。「公主有什麼話，儘管開口。」

龍霜也是支開了宮女，這才拉著司徒錦來到一處假山背後，說起了私房話。「表嫂，最近那番邦頻頻向我大龍示好，說是要求娶一位公主回去做王妃。如今我也到了議親的年紀了，而父皇又……我真怕父皇將我送出去和親。表嫂，妳聰慧無雙，一定要幫幫我。」

龍霜公主說這話的時候，眼含熱淚，神情非常緊張，看起來倒不像裝出來的。司徒錦納悶之餘，還是耐心勸道：「公主切莫著急。此事尚未公開，還是有轉機的。再說了，公主乃聖上最疼愛的小公主，豈有送出去和親的道理？這皇宮裡適齡的公主也不止您一個，公主又怎麼肯定皇上會考慮到您頭上呢？」

「父皇的子息單薄，除了太子哥哥、三皇兄、五皇兄之外，就只剩下我和四公主兩個女兒。可那四公主認了皇后娘娘為嫡母，皇后娘娘又豈會置之不理？到時候，就算父皇捨不得我和親，也身不由己。」龍霜愈說愈傷心，眼眶都急得紅了。

司徒錦沒想到事情會這麼嚴重，但從古至今，又有幾個被送去和親的公主是真正的皇室血脈？就算皇上想要透過和親來收服那些頑劣的小國，也不至於斷送了自己親生女兒的幸福啊！再說了，不是還有皇室宗親嗎？他們的女兒，也是可以代替公主出嫁的。

想到這裡，她便鎮定下來。「公主別急，此事言之過早。若公主真的不想去和親，還是有很多法子。」

「真的嗎？」龍霜公主聽到這句話，頓時安心不少。「表嫂，妳真的有辦法救我？」

「公主乃金枝玉葉，如何能受那份苦！就算番邦前來求娶，皇上難道真能捨棄自己的女兒嗎？這不是讓其他大國笑話我大龍毫無威信可言？說句大逆不道的話，國家的安定，居然要靠公主和親來維持，也太貽笑大方了。」司徒錦不緊不慢地說道。就算她不可能插手公主和親一事，但只要給龍霜一點提示，相信此事便無須再擔憂。

龍霜公主聽了她的話，豁然開朗。「表嫂說得對！那些番邦不過是邊陲小國，是來進貢投誠的，居然大言不慚想要求娶大龍公主，真是自不量力！」

「公主明白這一點就好。時辰不早了，我也該出宮了。」

龍霜公主破涕為笑，臉上揚起了可親的笑容。「就知道表嫂最聰明了，連我那五皇兄，也對表嫂讚不絕口呢！」

提到那五皇子，司徒錦就有些侷促起來。想到他那比女人還要柔嫩的身軀，還整日黏著自家夫君不放，她就忍不住一陣惡寒。

齊妃知道司徒錦要出宮，特地派人送了一些禮物給她，司徒錦不好推辭，只能磕頭謝恩。

出了宮門，王府的馬車早已在宮門口等候了。司徒錦從車輦上下來，總算鬆了一口氣。

「夫人，您可出來了。」緞兒老遠見到自家主子，便立刻迎了上來。

司徒錦拿著帕子揉了揉，嬌嗔地瞪了這丫頭一眼。「不就是進宮給娘娘見禮嗎？有什麼好擔心的。」

緞兒吐了吐舌頭，親自攙扶著世子妃上了馬車。

朱雀沒有跟著一同進去馬車內，而是向司徒錦告辭。「夫人，屬下還有些事情要辦，就不陪夫人回府了。」

司徒錦知道她有事要忙，也沒有攔著，放她離去了。

回到王府，宮裡的賞賜也同時到達了。看著那一箱子的珍貴物品，王府的丫鬟、小廝都晃瞎了眼。那可是宮裡的東西啊，平常人家哪裡用得上？看來齊妃娘娘還真是喜歡世子妃呢！

有了這層認識之後，王府裡的下人對世子妃更加尊敬了。

龍隱晚上回到府裡，問起今日進宮之事。司徒錦毫不隱瞞地將所有的一切都告訴了他，包括公主的擔憂。

提到龍霜公主，龍隱說話的語氣也是十分輕鬆。「妳今兒個見到霜兒了？」

「是啊。」司徒錦連連點頭。「公主是個很好相處的人，天真可愛。」

龍隱很贊同她的話，說道：「那丫頭對誰都沒個心眼兒。」

「這樣也不錯啊，至少活得開心。」司徒錦並不覺得不好，反而很是羨慕公主那般的無憂無慮、自由自在。

「有齊妃娘娘護著，她興許還有好日子過。但若是……怕是有苦頭吃了。」他不明說，司徒錦也懂。

公主已經十四歲了，也快到嫁人的年紀，即使齊妃再捨不得，也不能讓公主一輩子待在皇宮裡。但以她那樣的性子，要是嫁到那些世家大族裡，還不被欺負了去？

「真希望公主未來的夫君，能溫柔仔細。」司徒錦感嘆著。

龍隱牽起她的手，到床榻邊坐下。「妳操那麼多心做什麼？她自有她的母妃擔著。」

司徒錦微微一笑。「是啊，倒是我多想了。」

心情愉悅地將娘子拉到自己懷中，龍隱聞著她髮間的清香，呼吸漸漸沈重起來。「娘子，去淨房沐浴，如何？」

司徒錦臉突然變得通紅，有些支支吾吾地推道：「我，我自個兒去……」說著，就要起身。

龍隱哪裡肯這麼輕易放過她，遂一把將她抱起，大步朝著淨房而去。丫鬟們見到這情景，全都面紅耳赤地退了出去，遠遠躲開了。

司徒錦羞窘地護著自己的胸前，有些難為情。以往他們親熱的地方，都是在床榻之上，如今他卻要親自替她更衣沐浴，教她如何能夠承受？

「我……我自己來就好了。」司徒錦掙扎著，卻始終掙脫不開他的懷抱。

「娘子今日辛苦了，為夫伺候妳是應該的。」從不會說甜言蜜語的隱世子，突然像變了個人似的，嘴巴利索了起來。

司徒錦難以適應這種改變，整個人都緊張得喘不過氣來了。

這麼大膽的行為，教她一個深閨女子怎麼放得開？儘管他們已是夫妻，早已有了肌膚之親，那也僅僅局限於帷幔之內。換了其他地方，還真教人不習慣。

龍隱似乎沒聽到她的懇求，依舊含情脈脈地看著他懷裡的小女人，雙手一刻也不停，固執地替她寬衣解帶，周到地服侍著。

司徒錦早已羞得抬不起頭來，但力氣又大不過他，只能任他為所欲為了。

好不容易褪去了所有的衣物，司徒錦便穿著肚兜和褻褲跨進了木桶之中，龍隱世子卻仍舊不肯甘休，自己也脫了衣物踏進去。

司徒錦見他尾隨而至，不由得慌了起來。「你你你……你怎麼又進來了？」上一回共浴的畫面在腦海揮之不去，現下他又想再來一回，真的要她羞死嗎？

「服侍娘子沐浴，不靠近些怎麼行？」他厚著臉皮說道。

「那、那也用不著脫衣服吧？」司徒錦大窘。

她雙手抱著胸，臉色鮮豔得如盛夏的石榴，這種羞怯之態比平日一板一眼的神情要嫵媚了幾分，讓人見了移不開眼睛。

龍隱顯然也被眼前這抹春色給吸引了，竟然發起呆來。

司徒錦趁著他發愣之際，想要逃出這個令人窒息的牢籠，卻在爬出浴桶邊緣的那一刻，被一雙滾燙的雙手給拉了回去。

「娘子……」他若有似無地在她耳邊呼喚著。

司徒錦忍不住打了個冷顫，整個身子軟了下去。

他輕輕地啃咬著她圓潤的耳垂，一雙手也沒有停歇地在她身上敏感的部位點火，恨不得將彼此融化，然後結合在一起。

感受到他呼吸的不規律，和腰部那突起之物，司徒錦羞得捂住臉，沒臉見人了。

一場火熱的纏綿，在小小的浴桶裡激起無數的水花。司徒錦潔白的身子，在月光的照射下，更加妖嬈誘人。她中途便暈迷了過去，但龍隱仍舊不知足，將她打橫抱起，放置到床榻之後，身子又緊跟著壓了上去。

一夜春宵，直到東方吐白之時，方才結束。

翌日，司徒錦醒來時，龍隱已不見蹤影。她一邊埋怨著，一邊喝退了丫鬟，自己動手穿起衣服來。當看清楚身上大大小小的痕跡之時，她恨不得躲進被子裡，再也不出來見人了。

就在司徒錦不斷自怨自艾時，門外有丫鬟進來稟報。「夫人，六公主殿下來了。」

起初，司徒錦還微微愣了一下，想著這六公主是哪一位。等大腦恢復正常之後，她才突然想起，這六公主，不就是齊妃娘娘的愛女、皇上最寵愛的小公主龍霜嗎？

「快快有請！」司徒錦一邊慌亂地穿起衣服，一邊仔細妝扮著。

一炷香的工夫過去了，司徒錦總算可以出去見人。

「表嫂，妳不會怪我打攪了吧？」龍霜一身華貴的妝扮，舉止優雅得體，連笑容都是那麼恰到好處。

司徒錦哪裡敢對公主不敬，趕快將她請進屋中。「公主能來王府，是王府之幸，何來打攪一說？可曾見過王妃了？」

「自然是先去了王妃娘娘屋裡。只不過姨母讓我晚些過來，說是怕表嫂還未起身呢！」這樣說著，龍霜公主忍不住捂著嘴笑了。

雖然她是個未出閣的姑娘家，但也從外人那裡知道了不少關於隱世子的傳聞。說什麼隱世子冷血無情，是個殺人魔王，卻對世子妃百般呵護。更有過分的，說隱世子懼內，因此連個妾都不納，就是怕世子妃不高興。

如今聽王妃這麼說，她就更確定隱世子對世子妃的寵愛了。都日上三竿了，世子妃還未起身，可見世子昨夜如何努力，看來這王府裡誕下小世子的日子，也不遠了。

司徒錦被她這麼一打趣，剛剛淡下去的紅暈，又爬滿了整張臉。

第九十三章　公主與郡主

忸怩了一會兒，司徒錦這才切入正題，問道：「公主今兒個怎麼得了空出宮來？」皇宮內院，進去不易，出來也很困難。不知道這公主尋了什麼理由出宮來的呢？

「瞧表嫂說的，難道我就不能出宮來探親？」龍霜公主一邊優雅地喝著茶，一邊笑著說道。

司徒錦聽她提及探親一事，不由得好奇問道：「公主所說的，可是那唐國公府？」

「可不是嘛。」龍霜淡淡露出笑容，對這位表嫂的能力深感佩服。「表嫂在這深宅裡，也聽說過唐國公府？」

司徒錦俏臉微紅，說笑著：「哪能不清楚？若是連親戚都不認識，豈不被人笑掉大牙？」

儘管王妃一直深居王府，很少與唐國公府的人來往，但畢竟是表親，這血緣關係是斷不了的。那唐國公府的國公爺，娶的正是沈家的女兒，唐國公夫人正是王妃的姑母。

龍霜此次出宮，就是去唐國公府探病的。「外公近來身子大不如前，母妃擔憂不已，這才讓我出宮去探望的。」說著說著，她的神色有一絲擔憂。

「公主不必擔心，宮裡的御醫都是一等一的好本事，肯定能治好國公爺的。再說了，不是還有花郡王在嗎？你們也是親戚，他不會坐視不理的。」司徒錦見她愁雲慘霧的模樣，忍不住寬慰道。

提起花郡王，龍霜公主頓時兩眼發光，似乎找到了救命的解藥。「虧得表嫂提起，我倒是將郡王給忘記了。如此一來，外公的病就有救了！」

龍霜公主兀自開心著。

司徒錦見她重新露出笑顏，也放心了不少。「吉人自有天相，國公爺定會沒事的。」

雖然是安慰的話，但龍霜依舊很高興。「還是表嫂最會安慰人，一下子就將我心頭的顧慮給清除了。」

「哪裡是我有本事，不過是提個建議罷了。」二人雖然已經很親密，但司徒錦態度依舊謙虛。

龍霜公主在司徒錦的屋子裡坐了一會兒，有些待不住了。她正是貪玩的年紀，自然好動。「表嫂，這王府中，可有什麼好玩的地方？」

司徒錦略微想了想，道：「王府自然不比宮裡的景致好，若是公主不嫌棄，倒是有個去處可以看看。」

龍霜一聽，興致就高昂起來。「是哪裡？表嫂快帶我去瞧瞧。」

司徒錦點頭應允，帶著公主朝後花園而去。

王府的後花園，除了有假山綠樹營造出來的美景之外，還有一個天然的湖泊。那湖泊的水是流動的，所以異常清澈。湖畔有人工建造的小橋流水景觀，還有供遊玩休息的長廊水榭。這裡一年四季都有各色嬌豔花朵，長年保持綠意盎然的植被。就算在冬日，這裡依舊繁花似錦，像是人間仙境。

龍霜公主一到這裡，就被這迷人的景致給吸引住了。

「果真是不同凡響，這個時節了，還有這麼多美麗的花卉！」她嬉笑地在花叢中奔跑著，無憂無慮的。

司徒錦緊隨其後，後面還跟著好幾個丫鬟，服侍周到，生怕公主有個閃失。

「公主，您慢些，小心腳下。」跟著龍霜從宮裡出來的幾個宮女，全都提心弔膽，不敢有半點疏忽。這益陽公主可是齊妃娘娘和皇上的心頭肉，若她有個什麼，那服侍她的人全都不用活了。

「這裡真漂亮，我都不想回宮去了。」龍霜這裡摸摸，那裡看看，有些流連忘返。

司徒錦欣賞著院子裡的景色，臉上也有幾分滿足。徜徉在花海當中，果然最能放鬆心情。

「誰在那兒吵吵鬧鬧，不知道郡主在此休息嗎？吃了熊心豹子膽了吧！」突然，一道突兀的聲音從旁邊的亭子裡傳出來，接著一個穿著體面的丫鬟帶著一路人朝著這邊走了過來。

司徒錦聽到那個聲音，不由得蹙了蹙眉。

這龍敏郡主什麼時候到後花園裡來了？她不正在鬧絕食嗎？還有那丫鬟，果真是上樑不正下樑歪，跟她的主子一個德行，一副眼高於頂的模樣，絲毫沒將這府裡其他主子放在眼裡。

「大膽刁奴，居然對公主無禮！」龍霜公主的貼身侍衛見有人靠近公主，便將身側的佩刀給拔了出來。

興許是被這陣仗給嚇到了，那丫鬟居然忘了行禮，就愣在了那裡。

司徒錦本不想多管閒事，奈何公主代表天家威嚴，不容侵犯。只得斥責那不懂事的丫鬟，道：「愣著做什麼，還不過來拜見益陽公主?!」

一聽到公主的名號，那丫鬟倒是清醒了過來，正要上前去叩頭，卻不想被身後的一道聲音攔住了。

「是哪個不懂禮數的，居然敢在王府囂張，還不給我滾過來！」龍敏身穿淡紫色的繡花棉襖，肩上披了一件銀白色的大氅，看起來富貴逼人。只是那略顯蒼白的臉色，和毫不掩飾的怒氣，將她的氣質硬生生降了幾分。

司徒錦見到她的身影，立刻上前去提醒道：「郡主妹妹怕是還沒有睡醒吧，益陽公主難得到王府來，還不快過去見禮？」

龍敏似乎才從迷霧裡走出來，眼睛掃到那個嫩黃色的嬌麗身影時，頓時癟了癟嘴，極不情願地上前去請安。「景陽見過公主千歲。」

這益陽公主年齡比她還小兩歲，但因為是天家的公主，品級在她之上，就算她有皇上親封的封號，也貴為郡主，但在公主面前還是矮了一大截。

那益陽公主早就聽說龍敏郡主的大名，也知道她被莫側妃寵壞了，才這麼沒規矩。於是打算給她個教訓，遲遲不肯叫她起身。

司徒錦暗暗看在眼裡，卻沒有加以阻止。反正龍敏這丫頭就是欠教訓，如今有個公主在此，活該她惹到人家頭上。

「景陽郡主，妳可知罪？」龍霜故意緊著嗓子，問道。

龍敏的腿有些麻，但又不敢貿然起身，只能裝無辜。「景陽不知公主駕到，有失遠迎，其罪一；公主來後花園賞花，沒有及時前來拜見，其罪二；管教奴婢不力，衝撞了公主，其罪三；不識公主，言語上不敬，其罪四。」

「妳倒是個明白人。」龍霜冷哼一聲，將公主的架子端了個十成十。

也只有在此時，司徒錦才真正見識到了公主的威嚴和權勢。這個平日裡囂張跋扈的龍敏郡主，如今像是老鼠見了貓一樣，在公主面前連頭都不敢抬起來。

「景陽知錯了，請公主責罰。」龍敏咬著下唇，小心翼翼地應付著。

如今莫側妃已經失勢，她若是再得罪了公主，可就沒人能夠救她了。雖然她對公主裝模作樣的樣子厭惡至極，但為了將來，她還是儘量放低姿態，做出低眉順眼的樣子。

龍霜仔細打量了她一番，並沒有因為她幾句話就消了氣。她在龍敏的周圍走了幾步，假裝義正辭嚴地問道：「知錯了就好。王子犯法，與庶民同罪，妳希望本公主如何處置妳？」

龍敏驚愕地抬起頭，她沒想到這公主居然如此不好唬弄，頓時後悔得不得了。她幹麼將那些錯誤給擔下來，這下真是搬起石頭砸自己的腳了。

「景陽……景陽任憑公主處罰，毫無怨言！」龍敏垂下頭去，咬牙切齒地說道。

「既然如此，那本公主就不客氣了。鑑於妳是初犯，那本公主就罰妳抄寫女誡三百遍，再繞著王府跑一圈，大聲說出自己的錯誤好了。」龍霜一派輕鬆地說道。

龍敏聽到這樣的處罰，頓時傻了。

她堂堂郡主，竟要她繞著王府跑，這是怎麼回事？罰抄女誡也就算了，還要大聲嚷嚷，讓全府上下都知道她犯了錯，這不是將她逼入絕境嗎？要知道，這可是有損閨譽的事情，若是傳了出去，她這輩子都別想嫁出去了。

「公主饒命啊！我家郡主的確不是有意冒犯公主的，請公主開恩！」龍敏的貼身丫鬟見自家主子臉色都變了，便上前去磕頭求情。

「妳是個什麼東西？居然敢對本公主大呼小叫！」龍霜本就看不慣莫妃娘娘那副勢利嘴臉，對莫家人也一併討厭上了。龍敏郡主是莫家的外孫女，她自然也不喜歡，加上剛才那番衝撞的話語，讓她很是不高興。還有，這沒眼力勁兒的奴才，又自作主張地替主子求情，她心裡的火更大了。

原本只想小懲大誡一番的，龍霜此刻倒是真的生氣了。

司徒錦雖然不喜歡龍敏，但她好歹也是王府的人，若是龍敏的名聲有損，那王府的聲譽也會受到影響。如今王府又是她代為管著，自然不能放任這樣的事情發生。

於是她走上前去，勸道：「公主息怒，切莫為了這些刁奴氣壞了身子。如今王妃身子剛好了一些，若是再鬧出點兒什麼事情，怕她老人家撐不住。景陽郡主既然已經知錯了，公主就看在王妃的面上，減輕她的處罰，讓她在自己的院子裡閉門思過好了。如此一來，既顯得公主仁慈大度，又給了郡主改過自新的機會，豈不一舉兩得？」

龍霜本不想將事情鬧大，剛才也是氣急了。如今聽司徒錦這麼一說，心裡的氣頓時消了不少，畢竟她是來作客的，也不好做得太過。於是冷哼一聲，對著那跪在地上的龍敏喝道：「既然有世子妃替妳求情，那本公主就饒了妳這一回。就按世子妃說的辦吧，再有下一次，我看妳這封號也不必留了。」

龍敏一邊咬著牙，一邊磕頭謝恩。「多謝公主開恩，景陽一定謹記在心，絕對不會再犯。」

龍霜聽了這話，這才衣袖一甩離開了。

「好好的心情，卻是讓這些人給破壞了，真是掃興。」龍霜板著一張臉，小嘴噘得老高。

司徒錦看著她這般孩子氣，頓時覺得這公主真是不簡單。雖然才十四歲，但該強硬的時候便強硬，該糊塗的時候裝糊塗，真是不可小覷。

「公主走了這麼久，想必累了。不如到亭子中稍作休息，可好？」司徒錦作為主人，有些禮節還是得顧慮。

龍霜也覺得口渴了，便大步朝著湖心亭而去。

這湖心亭由人工建造的白玉橋銜接，從岸上延伸出去，可謂精緻典雅。

司徒錦命丫鬟將準備好的茶飲和糕點端了上來，又在石凳上添加了一個軟墊，這才請公主入座。

「表嫂，這裡真是世外桃源。能夠長年住在這樣的地方，表嫂好福氣。」龍霜眼中露出幾分羨慕之色。

「公主說笑了。皇宮大內，難道會比這王府差？公主想必是看慣了宮裡的景色，才會覺得這景觀不錯。」司徒錦謙虛地笑著。

皇宮也好，王府也好，都是金絲編織的牢籠。雖然繁華似錦，但讓人望之卻步。

龍霜笑了笑，便將話題引到了剛才那冒犯她的人身上。「聽說景陽郡主最近鬧絕食呢，不知道發生了何事？」

司徒錦愣了愣，繼而答道：「還能有什麼事，不過是使小性子罷了。郡主從小到大備受寵愛，如今父王冷落了她，她自然有些不習慣。您看她今日這模樣，哪有絕食的跡象？不過是外邊以訛傳訛罷了。」

為了維護王府的顏面，有些事情司徒錦也不得不遮掩一二。

以齊妃的能力，怕是早知道了這事，只不過公主看不慣龍敏那般囂張，想要揭穿她的醜事罷了。

第九十四章　風起雲湧

「表嫂也不用幫她隱瞞了，如今京城之中誰不知道景陽郡主心氣高，誰家的男兒都看不上，偏偏看上了國舅爺？」龍霜輕抿了一口茶說道。

司徒錦暗暗吃驚，到底是誰將這事給傳出去的？事關王府顏面，若是讓父王跟母妃知道了，想必捲起驚天駭浪。

「公主的意思是，整個京城都知道了郡主的心思？」

「可不是嘛！別說是民間了，皇宮內也在盛傳此事。昨日父皇還將皇叔宣召進宮，問起這件事呢！」

司徒錦聽了這個消息，震驚不已。父王既然已經知道了這個消息，為何沒有多大的反應，還由著郡主在府裡亂走？今日去請安的時候，母妃也避而不談，她還當什麼事都沒有發生呢！

「這景陽郡主也真是，看上誰不好，居然看上那死對頭家的公子，活該她自己受罪。」

龍霜對莫家的人沒好感，對皇后一族的人也看不順眼，因此說起話來的時候，不帶絲毫同情。

「這都是每個人的造化。」司徒錦感嘆著。

「可不是嗎？就拿隱表哥來說吧，誰會想到他能娶到一個冰雪聰明的娘子？外界可是傳得神乎其神，說表哥自從大婚後，變得有人性多了。」龍霜一邊說著，一邊捂著嘴笑。

關於世子懼內的傳聞，在京城已經不是什麼稀奇事了，恐怕也只有司徒錦這個深閨貴婦還被蒙在鼓裡吧。

司徒錦有些羞赧，這事前些日子，龍隱曾經親口告訴過她。當時她還不怎麼相信，以為他是拿那些話來羞她，沒想到竟然已經鬧到了這個地步。「這……有些言過其實了。我真的有那麼凶嗎？」

龍霜笑著打趣道：「這哪裡是表嫂的錯，是隱表哥寵妻罷了，有什麼好難為情的。」

司徒錦臉色潮紅，言語間也變得尷尬起來。這些閨房裡的事情，她實在沒辦法在外人面前提起，只得支支吾吾掩蓋了過去。「讓公主見笑了。」

「這也是表嫂的福氣！放眼整個大龍，又有幾個男兒能真正做到一心一意只對一個女人好？縱使是我那父皇，也做不到對母妃專寵呢。」龍霜羨慕地說道。

「公主向來人美心善，又溫柔大方，必定也能覓得如意郎君。」司徒錦也只能將話題帶到這上面來。

兩個人閒聊了許久，忽然一個侍衛模樣的人向湖心亭飛快奔來，見到龍霜之後便恭敬地跪了下來。「參見益陽公主。」

「何事如此驚慌？」龍霜到底見過大場面，一眼便瞧出那人的不對勁。

那個侍衛是皇上身邊的皇家暗衛，她常常見到，所以看著有些眼熟。平常他一直不離父皇身邊，想必是有什麼急事。

那侍衛恭敬地抱拳稟奏。「奴才奉齊妃娘娘之命，請公主速速回宮。」

「宮裡發生了什麼事，需要你親自前來？」龍霜眼中閃過一絲焦急，但仍舊大方得體地保持著高雅的姿態。

那侍衛見周圍有很多閒雜人等，不便開口，司徒錦也不敢過問皇宮內院的事情，便找了個藉口告退了。

等到亭子裡只剩下公主一人，那侍衛才開口說道：「啟稟公主，皇上……皇上在寢宮裡暈倒了。」

「怎麼會這樣？」龍霜驚慌地站起身來，儼然沒有了剛才的冷靜。

「奴才也不知道是何原因，御醫已經進宮為皇上診治了。」那侍衛跟隨皇上多年，一直忠心耿耿，絕對不會說謊。

龍霜對他的話深信不疑，於是立馬下了決定。「來人，備馬。本公主要回宮！」

服侍的宮女應了聲是，便一路小跑著出去了。

公主一行人匆匆忙忙的離開，司徒錦心裡也生出幾分疑慮來。依照公主的性子，斷不會這般失態，想必宮裡發生了什麼驚天動地的事情了。

算算日子，難道是那些丹藥產生了副作用？自古以來，帝王都追求長生不老之術，希望可以延年益壽。然而，這世間哪有真正長生不死之人？那些所謂的靈丹妙藥，不過能暫時振奮精神，實際上都是些外強中乾的藥物，吃多了對身體無益。

想到那個將煉丹的老道士引薦給皇上的人，司徒錦嘴角不由得翹起。

看來，皇后一黨，沒有耐心等下去了。

如果皇上出了什麼事，在未立皇儲的情況之下，太子就是名正言順的繼承者，就算三皇子本事再大，也打不破這個法制，若想要硬奪天下，就要背負謀朝篡位的千古罪名！

「夫人，朱雀送來的消息。」緞兒從門外急匆匆地進來，將手裡的字條遞給她。

司徒錦迅速掃了那封信一眼，再一次確認了自己的猜測。「這大龍，就要變天了……」

她喃喃自語著。

只是，不知道最後到底是太子登基，還是三皇子成功篡位？抑或是，他們只能為他人作嫁衣，落得一無所有？

「夫人，王妃叫您過去一趟呢。」不一會兒，門外出現了個大丫鬟，恭敬地對她行了個禮。

司徒錦認得她，不敢有失。於是她上前兩步，客氣地問道：「不知母妃找我有何事？」

「世子妃去了就知道了，奴婢不敢妄言。」那丫鬟很懂規矩，知道什麼該說，什麼不該說。

司徒錦見她嘴巴很緊，也沒有再說什麼。整理著裝了一番，就跟著那丫鬟去了芙蕖園。

剛踏進芙蕖園的院子，司徒錦便察覺到了一絲不同於尋常的詭異氣息。原本有條不紊的秩序全被打亂，丫鬟、婆子一個個都心不在焉地在一旁閒聊，似乎隱含著愁緒。

莫非是宮裡出了事，王妃已經得到消息了？司徒錦猜測著。

王妃找她過來，會是什麼事呢？

「世子妃，裡面請。」珍喜見到她到來，親自迎到門口。

「有勞珍喜姑姑帶路。」對於王妃跟前最得寵的人兒，司徒錦一向都頗為尊敬。

這位姑姑一輩子都未嫁人，一直守護在王妃身邊，忠心不貳，頗得王妃器重。

珍喜倒也守本分，沒有因為王妃器重就目中無人。她個性與王妃頗為相似，看起來很柔順，但也是個不能輕易得罪的人物。

司徒錦跟隨著她來到內室，見王妃微微有些發愣，於是上前屈了屈身，恭敬地請安。

「兒媳給母妃請安。」

「妳來啦？」沐王妃彷彿從夢中驚醒一般，看著司徒錦的眼神有些迷濛。

司徒錦笑著上前一步，攙扶住王妃的手，問道：「母妃召兒媳過來，可是遇到了什麼棘手的事情？」

一般情況之下，王妃喜歡一個人清靜，極少要她過來陪伴，如今卻打破常規，急急地召她過來，定是遇到了難事。

「唉……妳父王自昨日出去之後，就一直沒有回來。我……」沐王妃一邊說著，一邊有些哽咽。

她與王爺冷戰的事情，全府上下誰不知道？

王爺突然轉了性子，開始憐惜起王妃來，這本是好事，但王妃受了這麼多年的委屈，哪那麼容易原諒他？但在王爺努力不懈下，王妃的態度總算鬆動了一些，偶爾還同意讓王爺留宿在芙蕖園。

說到底，王妃心裡還是惦記著那個姓許的公子。就算王爺是她的夫君，是她今生的依靠，但那份初戀的情懷，還是不容易忘記。

不過，都道一日夫妻百日恩。王爺近來的表現可圈可點，就連司徒錦都覺得很不錯。他可是高高在上的王爺，是皇上的親兄弟，如此不顧顏面地哀求，低聲下氣與王妃說話，已經極為難得。

如今，王爺失蹤了一日，王妃擔心也是正常不過。

王妃也不過是個正常的女人，自己的夫君出了事，不可能無動於衷。更何況，最近他們之間的感情好了許多，也就更在意了。

「母妃請勿著急，父王出府未歸，想必是因為某些事情耽擱了，不礙事的。」司徒錦作為兒媳，只能這般勸導。

龍隱早上出去之後，也一直沒有回府，想必他們父子二人都在同一處吧？

「錦兒，難道妳從不擔心隱兒嗎？」沐王妃一邊擦著眼淚，一邊問道。

「兒媳自然擔心，不過兒媳信任夫君，知道他一定沒事。母妃也該信任父王的本事，他們一定會平安回來的。」司徒錦神色絲毫未變，可見真的信心十足。

沐王妃見她如此態度，心情漸漸平復。

「錦兒可聽說了？宮裡……似乎出了大事了。」沐王妃刻意壓低聲音，小聲地與她交談著。

司徒錦沒有隱瞞，點了點頭。「兒媳早在公主離開的時候，就收到消息了。」

「公主可有說什麼？」沐王妃雖然吃驚，但依舊保持良好的儀態。

司徒錦搖了搖頭，說道：「公主並未說什麼，只是兒媳猜測而已。」

「唉……」沐王妃長嘆一聲，說道：「朝堂風起雲湧，本不關我們這些婦孺之事，但生在王侯之家，又如何能獨善其身。」

「母妃說得是。雖然我們女子處在深閨，但也憂心憂國，眼下怕是京城會有些動亂，母妃還需要早早示下，讓府裡的人禁止外出，以免惹禍上身。」不是她太過小心，而是非常時期，就要有非常的防範。

沐王妃聽了連連點頭，讚許道：「確實該如此。」

說著，就命珍喜傳下話去，王府內所有人等不許外出，若有違反，以叛逆之罪論處。雖然下人們惶惶不安，但也不敢不聽王妃的命令，畢竟那叛逆之罪可是要株連九族！這府裡的丫鬟大多是家生子，性命掌握在主子的手裡，不聽也得聽啊！

司徒錦安慰了王妃好一陣，這才回到慕錦園。

「夫人，瞧您一身的汗，奴婢命人送些熱水進來，您洗洗吧？」緞兒心疼地看著自己的主子，體貼建議道。

司徒錦也覺得身上黏糊糊的，怕受了寒，便命她去準備了。

勞累了一天，她有些吃不消了。趁著丫鬟們燒熱水的這段時間，司徒錦躺在床榻上，閉目養神。自從嫁人之後，她從未感覺到如此疲倦。

緞兒進來的時候，司徒錦已經陷入了沈睡，那綿長而均勻的呼吸，證明她真的是累極了。緞兒不敢打攪她休息，便命丫頭們將水放在炭火旁繼續烤著，想等夫人醒過來之後，再沐浴更衣。

司徒錦從沈睡中清醒，打量了一下周圍，發現自己躺在被子裡，猛地記起自己要沐浴，怎麼就這麼睡著了呢？

「夫人，您醒啦？」春容端著茶水進來，見到她醒過來，頓時露出驚喜的笑容。

夫人這一睡就是好幾個時辰，把她們給嚇壞了。不過，緞兒姊姊摸過夫人的額頭，沒見發燒，便沒有驚動別人。

司徒錦揉了揉眼角，問道：「什麼時辰了？」

「已經申時了，夫人。」春容乖巧地答道。

「我怎麼睡了這麼久？」司徒錦喃喃自語著。

「夫人最近一直操心著府裡大大小小的事務，想必是累了。」春容將厚厚的棉衣拿過來給她披上，服侍得細心周到。

司徒錦穿好棉衣，這才發現腹中飢餓難耐。「爺可曾回來？」

春容微微一愣，繼而答道：「回夫人的話，世子爺還未回來。」

司徒錦猶豫了一陣，說道：「下去吧。」

春容福了福身，轉身出去了。

用過了晚膳，司徒錦窩在炭盆跟前的軟榻上，了無睡意。世子出去的時候，她還在睡夢當中，如今都過了整整一天了，也不知道他在哪裡，在做什麼？

緞兒做完了手裡的活兒，走了進來，發現主子在發呆，不禁想到世子爺出去了一天，尚未歸來。「夫人可是惦記著世子爺？」

「就妳這丫頭貧嘴。」司徒錦被她逗笑了，心情好了許多。

緞兒見她重展笑顏，心裡也替她高興。「奴婢說的都是實話，夫人倒是錯怪奴婢了。不過夫人也不必擔心，爺的本事大著呢，不會出什麼事的。」

司徒錦自然也信得過龍隱，畢竟他早些年就已經揚名立萬，是經過戰場上的洗禮，慢慢成長的。他那一身詭異的功夫，這世間怕是沒幾個人能夠敵得上的，不過，不怕一萬，就怕萬一。若是那些小人使出不光明的手段，那也是防不勝防。

「夫人別太憂慮，您可得注意自個兒的身子。」緞兒好言相勸道。「若是爺知道夫人如此不愛惜自己的身子，怕是又要生氣了。」

說到這個，司徒錦的臉不禁又紅了。

這事，還得從許久前的一件事說起。那時候正值初冬，天氣已經轉冷了，那段日子，她喜歡上喝茶。聽說早間起床，去蒐集晨間的露珠，煮出來的茶會特別清香，為了能夠拿到那些晨露，她大清早就爬起來，去院子裡的樹葉上蒐集露水。有時候起得晚了，情急之下，都會忘了多穿一件襖子，當身子凍僵了，她才發現冷。

後來這事不知道怎麼的被世子爺知道了，狠狠地數落了夫人一頓。當然，這也是基於心疼夫人。

服侍他們的丫鬟，可是將一切都看在眼裡，因此只要司徒錦不愛惜自個兒的身子，丫鬟們就拿世子爺出來壓她，讓她不得不多顧著點兒。

被提及這段往事，司徒錦心裡也是甜甜的。「好了，我知道了。」

被夫人幽怨的眼神掃到，緞兒不由得格格笑出聲來。

主僕二人正說笑著，忽然窗子外傳來一陣響動。接著，一個黑色的身影一閃而過，落在了軟榻旁邊。

緞兒正要呼救，卻被黑衣人點了穴道。

司徒錦起初也是嚇了一跳，不過在聞到他身上熟悉的氣味之後，她的身子就漸漸軟了下來。「緞兒，別叫，是爺回來了。」

那蒙著面的黑衣人聽了司徒錦的話，頓時綻露笑顏，一把將蒙面巾給扯了下來。他一邊走近心愛的女人，一邊對著窗戶外吩咐道：「謝堯，把你的女人帶走。」

窗子外的人愣了許久，終於有了動作。

看著緞兒被同樣一身黑衣的謝堯給抱了出去，司徒錦不由得愕然。他們倆什麼時候這麼親密了？瞧緞兒那嫣紅的臉蛋，似乎很享受嘛！

「娘子……」龍隱似乎覺得自己被冷落了，有些不高興地喚回她的注意力。

司徒錦打量了他一眼，問道：「為何這身裝扮？回自己府裡，也這般偷偷摸摸的。」

龍隱警覺地望了望周圍，沒有發現可疑之處，這才壓低聲音在她的耳朵旁邊說道：「皇上昏迷不醒，狀況不太樂觀。太子和三皇子各自為政，都在為爭奪皇位積極籌備。如今王府四周都是他們派來監視的人，若不是我與父王不在府裡，恐怕他們早就進來抓人了。」

「怎的這般嚴重？」堂堂王府，竟然成了他們想進就進的地方？

龍隱眼中閃過一絲戾氣，但很快便消失不見。在他的娘子面前，他不想表現得太過暴戾，怕嚇著她。

輕輕地將她摟入懷中，龍隱的心有著難得的平靜。「我不能待太久，只想抱著妳說說話。近幾日，京城會有些亂，不管什麼原因，儘量不要出府。如今，那兩邊的人都防著我們王府，但我與父王一日不在府裡，他們就不敢動王府一根汗毛。千萬記住，別輕舉妄動，在府裡乖乖等著我回來，嗯？」

龍隱有些話沒說出口，事實上沐王爺已被皇后軟禁，但為了避免王府震動，他選擇隱瞞這個秘密，待父王被平安救出再論。

司徒錦點了點頭，他說什麼，就是什麼。

對於朝廷之事，他比她要看得通透，不管將來發生任何事，她都會為了他保重自己。「你在外面也要加倍小心，那些人都不是善良之輩，你和父王千萬不能有事。」

龍隱親吻著她的額角，動情地說道：「錦兒，為了妳，我一定會沒事的。」

司徒錦眼中隱含淚意，卻不想讓他瞧見，便將頭埋進他懷裡，雙手緊緊地圈住他的腰身，不肯放手。

「時辰不早了，到床上去睡吧。」龍隱在府裡不能待得太久，在走之前，他希望能看著她入睡。

司徒錦點了點頭，任他將自己抱去床榻之上。

司徒錦怕他擔心，便閉上了雙眼，儘量讓自己的呼吸平靜而柔和。不知過了多久，再次睜開眼時，龍隱已經不見了蹤影。

司徒錦睜著眼睛，一夜無眠。

翌日，京城處處戒嚴，大街上不見一個人影。

「怕是要變天了啊，瞧這局勢……」

「可不是嗎？只是不知道將來會有個什麼樣的帝王統治大龍？希望能像現在的皇上這般，體恤咱們老百姓。」

「太子跟三皇子之間的鬥爭，已經不是一天、兩天了，也不知道最後是誰坐上皇位？」

「還是莫要瞎猜了，萬一讓他們的人知道了，還不惹上麻煩……」

看著那蕭條的街道，坐在某個茶館裡悠閒品茶的白衣男子，卻只是蹙了蹙眉，絲毫沒有感受到任何緊迫感。

「公子，已經戒嚴了，您千萬別隨意走動，免得惹禍上身。」掌櫃的瞧著這人渾身充滿貴氣，不由得好意提醒道。

白衣男子微微一笑，不甚在意地說道：「真是有意思！沒想到剛回來京城，就遇到這麼好玩的事情。」

聽了白衣男子的話，掌櫃的差點兒沒暈過去。

第九十五章　天外飛來二皇子

京城籠罩在一層雲譎波詭的陰謀當中，皇上已經十日不曾上朝，太子和三皇子之間的奪嫡之爭，已經正式拉開序幕。午門三不五時就會上演一齣滿門抄斬的悲劇，而那些左右搖擺不定的官員，人人自危，或稱病不上朝，或奏請告老還鄉，整個大龍動盪不安，百姓更是惶惶不可終日。

妍喜宮

「母妃，皇后娘娘派人把守在父皇的寢宮，不許任何人進去探望，司馬昭之心，路人皆知。我們現在要怎麼辦？」龍霜在寢殿裡來來回回走了無數趟，仍舊想不出法子來。

作為聖武帝最疼愛的小女兒，龍霜是真的擔心她父皇的身體，尤其在這個危急時刻，皇后把持了宮中的勢力，皇上的處境更加危險了。

「妳先坐下來歇息一會兒，不累嗎？」齊妃倒是悠閒得很，並沒有因為這些事情而慌亂，彷彿那些事都與她無關。

龍霜臉上滿是愁緒，無處抒發，只得挨著齊妃坐下，撲倒在母親懷裡尋求安慰。「母妃，您就不擔心嗎？若是太子哥哥或三皇兄繼承了皇位，那……」

剩下的話，不用她說，想必母妃心裡也清楚。父皇對母妃的寵愛，眾所周知，若不是母妃一直與世無爭，又有父皇暗中護著，怕是就遭了那些人的毒手了。一旦失去了父皇的庇護，那些人肯定會肆無忌憚欺凌他們母子三人。偏偏五皇兄又對皇位沒興趣，根本沒有任何勢力可言。那些人上位之後，還有他們的好果子吃？

龍霜雖然不在乎這公主的名分，但也不容人欺負到自己頭上去。她想著，趁皇后與莫妃鬥得妳死我活的時候，起碼做些什麼，將來也好有個依靠。

齊妃歪在柔軟的貴妃榻上，身上蓋著一張雪白狐狸毛皮製成的毯子，一雙柔媚的眼睛半瞇著，神態慵懶而高貴。「霜兒，有些事情早就注定，急不來的。」

「可是……」龍霜有些氣餒，最後只得乖乖閉了嘴。

今日的局面，她也是早就預料到了，只怪自己是個女兒身，沒有能耐幫五皇兄爭取皇位。打小，她就與五皇子感情深厚，雖然他的生母只有美人品階，但一直由齊妃娘娘撫養長大，龍霜從未介意過他的出身，對他敬愛有加。

在她的心裡，五皇兄是最合適的皇位繼承人，他個性開朗、聰明異常。大多數時候，他溫和待人，讓人感覺到溫暖，但若是觸犯了他的底線，他也會冷酷至極，下手毫不手軟。這樣能將兩種個性融合在一起，融會貫通的人，才是帝王的不二人選！

太子從小被寵著長大，性子孤傲，聽不進其他人的意見，這樣一意孤行，難以成大事；三皇兄陰柔狡詐、心胸狹窄，毫無大氣可言，若是登上皇位，必定是個暴君。大龍的江山交到這兩人手裡，怕是千秋基業將毀於一旦。

龍霜的擔憂，齊妃不是不知道，只是很多事情，她不想女兒參與其中罷了。她不過是個孩子，那些骯髒血腥的陰謀，不適合她。

「霜兒，以不變應萬變，才是最明智的。」她只能如是勸道。

龍霜也不是不知道這個道理，只是她擔心皇后會對父皇、母妃，以及五皇兄不利。

「啟稟娘娘，御史大人求見。」就在龍霜憂慮重重的時候，一個宮女急匆匆地從殿外跑了進來。

齊妃微微蹙眉，沒料到他會在此時來覲見。「請他進來吧。」

能夠在皇后的眼皮子底下進宮來，那御史大人倒是有些本事。

不一會兒，一個身穿官服，頭戴官帽，年歲在四、五十左右的男人快步走了進來。當見到那高位上斜倚著的皇帝寵妃時，他立刻低下頭去，叩拜起來。「微臣參見娘娘，娘娘萬福；參見公主殿下，公主千歲。」

「柳大人起來吧。何事如此匆忙？」齊妃面帶笑容，看起來和藹可親，與剛才的慵懶判若兩人。

龍霜端坐在齊妃身旁，臉上也是平靜無波，似乎將剛才的憂慮都拋之腦後。在外人面前，她依舊是乖巧的小公主。

「這……」柳大人看了看周圍，張了張嘴，卻沒有說明來意。

他這一舉動，便是昭告有些機密的事情要說。

龍霜也很聰明，立刻將宮殿內服侍的宮女、太監全都遣了出去。「柳大人現在可以說了吧？」

那柳御史是少數沒有參與奪嫡之爭的官員。因為以前受過唐國公的恩惠，因此暗中相助齊妃娘娘，這麼些年來，一直忠心耿耿。「啟稟娘娘，京中盛傳，當初病死在宮外的二皇子……回來了！」

齊妃聽了這個消息，眼睛頓時瞇成了一條縫。

提起這二皇子，整個大龍恐怕都差不多忘記還有這麼一號人物存在了吧？當初他生下來時便是早產，身子一直不大好，宮裡盛傳他的命格不好，不但剋死了自己的母妃，還會剋兄剋父。

這些謠言，皇上本不想理會，但撫養二皇子的奶嬤嬤和宮女，接二連三離奇死亡，就不得不令人心生疑慮了。不過皇上念及姜妃的好，沒有將二皇子秘密處死，反而將他交給他外祖家撫養。

可是後來，楚氏一族又上奏說姜家心懷不軌，還搜羅了一大堆罪證，請求聖武帝裁決。那時的聖武帝皇位還不太穩固，需要楚家扶持，因此不得已將姜家全家發配到邊疆去當苦力。那位二皇子，據說在出發到邊陲的路途中，就夭折了。

從那以後，皇家的玉牒上，便沒有了二皇子的名字，不過保留著一個虛名而已。

時隔多年，他早就被人遺忘了，沒想到這個人居然在此時此刻死而復生了！

「消息是否可靠？皇后那邊有什麼反應？」齊妃撫摸護甲套的手微微一頓，隱約有些顫抖。

柳御史弓著腰，不敢抬頭，唯唯諾諾地回道：「已經證實了，京城中的確出現了這麼一號人物，只是都過去那麼久了，他是否真的是二皇子，也無從得知。當時的他，不過是幾個月大的嬰孩兒，除了姜家，無人認得出他。」

說這番話的時候，他非常的小心，生怕惹怒了齊妃娘娘。

別人對齊妃不了解，認為她是個溫柔如水的女人，但經過長時間的觀察，他早就改變了這個想法。若是她真的不爭不搶，那皇帝的恩寵又豈會這麼長久？若是沒有半點兒心計，又如何能在這吃人的後宮裡占有一席之地，屹立二十年不倒？恐怕別人都被她那溫柔的表相所迷惑，看不清她的內心吧！

齊妃坐了起來，臉上的笑容一點點褪去。「立刻派人去邊疆打聽，看是否有人見過此人。另外，去尋曾經在姜家為奴為婢之人，一定要將二皇子年幼時的畫像給弄到手。」

「微臣這就去辦。」柳御史恭敬地彎下腰去，深深地作了個揖。

龍霜還是頭一次聽到母妃這般嚴厲地跟一個人說話，不由得驚呆了。等到恢復冷靜之後，她才小心翼翼地去拉齊妃的衣袖。「母妃，您這是怎麼了？」

剛才她擔心父皇的安危，也不見母妃這般著急，怎麼那個不知道從哪裡冒出來的二皇兄一出現，她就變了臉色？

「霜兒，母妃一定不會讓他們奪走屬於妳五哥的東西！絕對不！」齊妃突然一把抱緊龍霜，咬牙切齒地說道。

「母妃您在說什麼？您打算幫五哥奪取皇位？」龍霜一天之內聽到兩個如此大的勁爆消息，有些無法適應。

「霜兒，有些事情，母妃瞞著妳，是為了妳好。但到了此刻，母妃也不能再瞞下去了。妳說得對，母妃熬了這麼多年，就是等這麼一個機會。妳五哥並不像平日表現的那樣玩世不恭，他暗中培養了不少勢力，每次出宮並非都是去玩樂，而是秘密聯絡自己的心腹大臣。母妃為了這一日，已經等得夠久了。什麼與世無爭，那都是假象！是母妃為了保護自己和你們兩個孩子的假象！楚皇后和莫妃那兩個賤人，還自以為我怕了她們，哈哈哈……母妃這些年來，裝得是不是很好？」齊妃尖銳的笑聲迴盪在寢殿之內，聽起來十分恐怖。

龍霜是真的被齊妃給嚇到了，她從未見過母妃這般面目。那個溫柔地呵護著她，輕聲細語說話的女人，居然有這麼深的城府！

「母妃……」

「嚇到妳了，孩子？」齊妃平靜下來之後，又變回了往日那個高貴典雅的女人。

龍霜動了動嘴皮子，卻沒有吭聲。

不管母妃變成什麼樣子，她都是她的生母，是一路呵護她成長的偉大母親。她之所以會變成那樣，也是為了她和五皇兄的將來著想。若真讓皇后或莫妃一黨得逞，那他們將要面對的，便是囚禁或賜死。

思及此，龍霜上前去輕輕地攬住齊妃的腰身，將頭靠在她肩上。「母妃，霜兒永遠都是您的霜兒，您也永遠都是霜兒最敬愛的母妃。」

齊妃聽了她的話，眉眼都笑開了。「霜兒乖。」

皇后寢宮

「你說什麼？什麼二皇子？哪裡來的二皇子？」同樣得到消息的楚皇后，驚訝的同時，更是氣憤不已。

那個該死的姜妃生下來的孩子，居然回來了？他不是早就夭折了嗎？如何還能出現在京城？

「母后息怒，這不過是謠傳罷了。我那二皇弟早就不在人世了，恐怕是有心之人故弄玄虛，想要引開咱們的注意力罷了。」太子龍炎高昂著頭顱，一副不可一世的模樣。

早在聖武帝昏迷不醒，皇后派御林軍封鎖皇宮之後，他就變得志得意滿起來。從小他就接受帝王教育，一直將自己當成是儲君，如今皇上還勉強吊著一口氣，若真的有個三長兩短，那麼他就是名正言順的皇位繼承人。

莫妃再怎麼耍心機也是白費！莫家拉攏的那些人中，的確有不少能幹之人，但皇宮大內卻在他的掌握之中。只要他控制住了皇宮，然後讓梓潼將軍裡應外合，就不怕皇位落不到他手裡。

三皇弟謀劃一場，最終也只是白忙活。

如今，莫妃那個可惡的女人，已經被母后打入了冷宮，三皇子龍駿逃離了自己的府邸，不知去向。雖然這個消息他也是剛剛才得知，但早知道晚知道都沒有差別。

這天下，眼看就是他的了！

楚皇后看著兒子那得意的神情，心情頓時好了許多。「不管那個二皇子是真是假，也成不了什麼大事。大局已定，他不過是來送死罷了。」

「母后說得是。兒臣這就派人去將那人抓起來，永絕後患！」龍炎大手一揮，就要離去。

楚皇后畢竟是經歷了數十載宮廷鬥爭的人，知道事情肯定沒這麼簡單。她倒是不擔心那個什麼二皇子，她擔心的，是沐王府的勢力。

如今沐王爺被她控制在手中，但隱世子卻像是人間蒸發了一樣，杳無音信。這個局面，是她沒料到的。

不過，既然沐王爺在她手裡，她不怕隱世子不就範。

世人都說隱世子殘暴冷血，但沐王爺畢竟是他的至親，他應該不會置之不理。只要將沐王府的兵權弄到手，那麼這天下便篤定是她兒子的了。

這樣想著，她突然想到了一個妙招。「炎兒，你立刻派人去沐王府，將世子妃請進宮來。」

龍炎有些不明所以地問道：「司徒錦？母后怎麼會想到她？」

「外界都說隱世子夫妻恩愛，本宮倒要瞧瞧，他會不會為了自己的妻子，將手裡的兵符交出來。」楚皇后陰笑著，眼角的皺紋都顯現出來了。

龍炎眼前一亮，眼帶笑意地說道：「不愧是母后，這主意甚好！兒臣這就去。」

想到那個從來不將他放在眼裡的女人，龍炎頓時起了歹心。他將是大龍新一任的皇帝，這天下都是他的，難道區區一個女人他還弄不到手嗎？

司徒錦那個女人，雖然沒有豔麗的容顏，家世也不頂出眾，但她卻有一顆聰明的頭腦。幾次見識到她的聰慧之後，他便有心將她娶進府裡當側妃。奈何父皇一再拒絕他的提議，還說聖旨一下，便不能回頭。如今有這麼大好的一個機會擺在眼前，他如何能放過？

「記住，要以禮相待，千萬別傷了她。」楚皇后知道她有極大用處，故而特別囑咐。

龍炎眼中閃爍著興奮之色，毫不掩飾。「母后放心，兒臣一定會好好照顧世子妃的。」

楚皇后還沈浸在自己的完美計劃當中，不曾意識到兒子的反常。將他打發出去之後，她又吩咐自己的貼身宮女去端了她最愛的血燕窩來，這才靜下來好好地享受一番。

沐王府

「夫人，您聽說沒？京城都在盛傳，早年夭折的二皇子，居然死而復生了，最近還出現在京裡呢。」緞兒送午膳過來的時候，一臉興味地議論著。

司徒錦心裡卻頗不寧靜，總覺得要發生什麼事了，對緞兒的話題也沒有在意。「管他什麼二皇子，我沒興趣聽。」

最近她的胃口很差，整日病懨懨的，精神也差了許多。但如今王府四周都被人把守著，想要出府去請個太醫都難。

「夫人，您多少吃些東西吧。」春容扶著她起身，臉上滿是擔憂。

王爺和世子都不在府裡，府裡已經亂成了一鍋粥。雖然王妃和世子妃極力破除謠言，說王府會安然無事，但那些下人都惶惶不安，無心做事，更有甚者，怕受到牽連，想要逃走。倒是這慕錦園裡的人還算安分，是向著主子的。

她們幾個丫鬟，都是司徒錦從太師府帶過來的，如今王府面臨危難，她們自然也擔心不已。可是世子妃說沒事，她們也就強自鎮定，不敢有失。

「放下吧，我一會兒再吃。」司徒錦望了一眼那些葷腥之物，頓時胃口盡失。「最近也不知道怎麼的，突然沒了胃口。」

李嬤嬤從外面進來，見她這副沒精打采的樣子，不由得在心裡默默地猜測起來。世子妃該不是有了吧？雖然目前還看不出什麼明顯的症狀，但世子妃這些日子的反常，不正是懷了身子的婦人，頭幾個月的反應嗎？

想到這裡，李嬤嬤便將待在浣衣房的丫頭叫到了身邊。「世子妃的衣物，可都是妳打理的？」

「回嬤嬤的話，的確是奴婢負責的。」那丫頭眉清目秀，雖然不怎麼機靈，但老實本分。

李嬤嬤將她叫到僻靜之處，小聲問道：「夫人今日的衣物上，可有癸水的痕跡？」

那丫頭微微一愣，想了很久才回道：「奴婢已經許久不曾見過了。」

「這樣的時日，大概有多久了？」李嬤嬤聽了這話，更加著急起來。

「大約一個多月了吧？」那丫鬟仔細回想著。

李嬤嬤確認了這件事之後，不由得冒起了冷汗。

世子妃怕是真的有了！

第九十六章　千鈞一髮

司徒錦剛吃了點清粥，便又覺得犯睏了。興致缺缺地放下手裡的針線活，朝著軟榻上一歪，就不想動了。

「夫人……」一道焦急的嗓音突然從門外傳來，接著一個身穿青綠色褂子的丫頭一臉驚慌地闖了進來。

「妳這是做什麼，也不怕衝撞了夫人！」緞兒是司徒錦身邊的大丫鬟，氣勢不一般，說起話來也大聲一些。

那丫鬟戰戰兢兢地朝著司徒錦福了福身，這才勉強找回自己的聲音。「世子妃恕罪，奴婢不是有意的，只是事態緊急，奴婢是亂了分寸，才不得已……」

司徒錦睡眼微睜，見她滿頭大汗，便沒有追究她的莽撞。「說吧，又出了什麼大事？」

那丫鬟看起來有些眼生，一看便不是在內院服侍的。不過司徒錦倒是對她有幾分印象，認出了她是回事處管事的女兒，在慕錦園的門房幫忙，好似是叫純煙。

「有什麼大事非得在夫人休息的時候來打攪？」緞兒不解地蹙眉，不相信她真有什麼重大的事情要稟報。

純煙擦了擦額頭上的汗，不敢有絲毫隱瞞。「啟稟世子妃，奴婢真的有很重要的事情。

是西廂那邊，郡主出事了。」

提到郡主的名號，司徒錦倒來了興趣。「郡主不是好好地待在院子裡嗎，能有什麼事？」

自從絕食的計策無效後，她似乎也想通了一些，恢復了往日的作息。聽說，為了將這些日子枯槁的容顏補回來，還特地向王妃娘娘要了些人參、燕窩之類的好東西，這會兒又能有什麼事？

純煙見世子妃不信，便再也不敢含糊，據實稟報了。「世子妃有所不知，郡主昨日不聽世子妃的訓誡，偷偷溜出府去，沒想到一身傷痕地回來了。西廂那邊的丫鬟都閉緊了嘴，不敢放出任何風聲，直到今日大夫人去看望郡主，見郡主身上無一處完好，這才急了，想要替郡主請太醫。郡主不讓，於是兩人產生爭執，消息便洩漏了出來。奴婢的好姊妹是西廂那邊侍候的，不敢隱瞞此事，便想來慕錦園稟報。奈何守院子的婆子不許她進來，故而找了奴婢幫忙。」

純煙說完，頭垂得低低的，不敢直視世子妃。

司徒錦詫異的同時，也是滿心焦急。龍敏不會真的出事了吧？如今外頭那麼亂，她幹麼還要堅持出府，這不是找罪受嗎？更何況，如今府裡的事務都是她在管著，若她真有個好歹，她可不想平白無故擔這個責任。

「緞兒，速去芙蕖園稟報王妃娘娘；春容，試著去請個太醫回來，記住一定要口風緊的；杏兒，去尋些安神的藥來。走，過去瞧瞧。」司徒錦有條不紊地安排好了一切，便朝著西廂而去。

龍敏的院子裡，下人們神色看起來都有些慌張，見世子妃親自過來了，一個個更加小心謹慎起來。如今王府誰不忌憚世子妃幾分？她們不過是下人，自然是哪個人權勢大，就奉承誰了。

「參見世子妃。」丫鬟、婆子一見到主子駕到，全都上前去行禮。

司徒錦見她們一個個都在院子裡無所事事，便順道訓誡了幾句。「都站在這裡做什麼，沒事可做嗎？王府可不養沒用的閒人。」

那些丫鬟、婆子臉色立刻變得難看起來，但全都低垂著頭，不敢有半點兒埋怨。

司徒錦掃了她們一眼，沒發現她們的不恭，這才轉身去了內院。

聽說世子妃來了，龍敏郡主的心更亂了。昨日遭遇了那麼大的罪，都還沒有緩過勁來呢，如今又讓人將事情捅了出去，無疑是雪上加霜。

「大嫂，我不想見她，妳叫她回去。」龍敏一邊緊握著拳頭，一邊可憐兮兮地向陳氏求救。

不管怎麼說，陳氏是她的親大嫂，再怎麼丟臉，那也是西廂的事情。司徒錦可是東廂那邊的人，她無論如何也不會教一個外人看笑話的。

陳氏無奈地嘆了口氣，說道：「郡主，這事能瞞得了她？王府如今可是她管著的，有一絲風吹草動，她如何能不知曉？要趕她走，談何容易？」

「我不管，我就是不想讓她看了笑話去！」龍敏小性子一起，便有些不可理喻。

莫側妃被送出王府也不是一天、兩天了，如今這西廂裡，還有幾個忠心的丫頭？她這才剛出了事，司徒錦那邊就知道了，想來那些下人都是見風使舵、吃裡扒外的。西廂失了勢，她們就急著討好東廂的主子去了。

她死命咬著下唇，都已經見血了。

「郡主，妳還是要想開些，興許她有辦法補救呢？」出了這樣的事情，司徒錦無法推卸責任。雖說是郡主無視世子妃的話，執意出府才出了事的，但作為一府的管事者，她也有失職的地方。

陳氏不阻攔她過來，就是想看看她如何處置這件事。

龍敏怎麼說都是郡主，是王爺的子嗣，世子妃就算再不喜歡他們，但也不能讓郡主受了委屈。

龍敏還想說些什麼，陳氏卻先一步讓人將世子妃請了進來，她自個兒則是坐在椅子裡，沒有起身的意思。

按理說，司徒錦這個世子妃可是比她的身分高，但她自認為比司徒錦早幾年進府，龍翔又是長子，故而端著長嫂的姿態，想要給司徒錦一些難堪。

司徒錦踏進門檻，遠遠看見陳氏也在，不著痕跡地挑了挑眉。既然她不懂規矩，那她也就不打算將她放在眼裡了。似乎沒瞧見她一般，司徒錦逕自走到郡主的床榻邊，軟聲問道：「聽說郡主身子不太利爽，可好些了？」

龍敏見她沒有出言諷刺，反倒充滿了關心，心情頓時好了一些。不過，基於以前對她的厭惡，一時之間口氣改不過來。「王府裡的事務繁忙，嫂嫂怎麼親自過來了？不過是風寒，沒什麼大礙。」

龍敏一邊說著，一邊將手臂往被子裡攏去，有些心虛。

她昨日想要趁著父王不在府裡，去外面透透氣。結果，不知道怎麼的，就遇上一群地痞。她一個弱女子，哪裡鬥得過他們！一開始她還仗著自己的身分，大聲斥責他們的無禮，但那些人可都是街霸流氓，哪裡會畏懼她一個女子的威脅？

接下來的事，她無法啟齒。她堂堂一個郡主，居然會被幾個流氓給欺負了。不光是她，就連她帶出去的丫鬟，也沒有一個能逃脫。一個膽小的，回府後就上吊了，要不是她處置得妥當，恐怕這事在府裡早就鬧開了。

她雖然也是悲痛欲絕，但心中還是存著幾分僥倖。因為京城戒嚴，街上根本沒幾個人，出事的地點又是在後巷裡，起碼沒有鬧得人人皆知，否則就算她是郡主，也沒臉活在這個世界上了。

想到那些骯髒的手在她身上製造出來的痕跡，她就恨不得將那些人碎屍萬段，以洩心頭之恨！龍敏緊咬著牙關，生怕一不小心就洩漏了自己的真實情緒。

她的心願還未達成，她絕對不可以死！

儘管龍敏將自己捂得嚴嚴實實，但那脖子處的瘀痕卻十分清晰，還有她的臉，也有些浮腫，一看就知被搧了巴掌。不過司徒錦倒是沒興趣揭開她的瘡疤，只是叮囑了一番，放下一些安神的熏香和湯藥，就離開了。

自始至終，她都沒瞧過陳氏一眼。

將郡主的事情宣揚出去，對王府絕對沒好處，這個唯恐天下不亂的人，正是陳氏。她這樣做，無非是想離間郡主和她，另外一個目的，就是為了給她使絆子，要讓外人懷疑她的能力。

她一個後來者，接管了府裡的管家大權，陳氏自然不肯信服。她可是世家大族出身的嫡出小姐，自小嬌生慣養，哪裡受過這般氣？被一個庶出之女壓了一頭，豈會善罷甘休？不過她這樣做，無疑是搬石頭砸自己的腳，王府丟了面子，她又能得到什麼好處？真是沒腦子！

司徒錦走後，陳氏就沈不住氣地站了起來。「郡主，妳瞧瞧，她這是什麼態度？簡直不把咱們西廂的人放在眼裡！」

龍敏沒有說話，不知道在想些什麼。

司徒錦的表現令她有些摸不著頭腦，被陳氏這麼一喝，她這才回過神來。「大嫂，妳嚷嚷什麼呢？若是被別人聽見了，要我如何做人？」

陳氏見她不幫著自己，居然還數落起她的不是來了，頓時有些氣惱。「郡主這是說的什麼話，我這不是為了妳好嗎？妳瞧瞧，自從母妃被送走，下人們眼裡可還有我們這些主子？一個個都努力巴結著東廂那邊，快騎到我們頭上去了！」

龍敏蹙了蹙眉，對陳氏的話有些反感。要說，世子妃能夠這麼快得知她的事情，怕就是被她給宣揚出去的。昨晚回來時，也不見東廂那邊有什麼動靜，倒是陳氏早上來探望過後，司徒錦才趕過來的。

仔細這麼一推敲，陳氏的嫌疑倒是最大。

龍敏死死地瞪著這個大嫂，不知道說什麼好。如今大哥迷戀那個青樓女子，很少踏進她的屋子裡，就算不出去鬼混，也是召幾個通房侍候。說到底，還是陳氏沒有本事，握不住大哥的心。要是她真的有些能耐，豈會放任大哥這麼胡鬧下去？

「大嫂，我知道妳為我好。我頭有些疼，想要歇息了，妳還是快些回去照顧月兒吧，她怕是要餓了。」說完，龍敏也不管她如何回答，就面朝裡躺下了。

陳氏見郡主這般態度，心裡又氣又急。還沒有扳倒司徒錦呢，她們倒是先起了內訌！這個小姑子真不知道是聰明還是糊塗，居然給她甩了臉子。想到這裡，陳氏不由得跺腳。

不過，郡主不搭理她，她也沒辦法，只得回自己的祥瑞園去了。

司徒錦剛回到慕錦園，椅子還沒有坐熱，又有丫鬟急急地進來稟報，說皇后娘娘傳來懿旨，要請她進宮。
司徒錦眉頭一下子就皺了起來，大腦飛快轉動著。難道皇后想要將她留在宮裡當人質？她想要利用她牽制王府？
「夫人，這可怎麼辦？爺交代過，讓您待在府裡等他回來。但皇后的懿旨，又不得不遵從，這……」緞兒聽了這個消息，就急了。
「來宣旨的，可知道是何人？」司徒錦冷靜下來，仔細問道。
那丫鬟支支吾吾了一番，最後才吐露出實情。「據說是太子爺身邊的隨侍太監。車輦都已經備好了，只等著世子妃出去領旨呢！」
司徒錦聽了這話，眉頭皺得更緊了。
這般迅速，還將車輦準備妥當，看來是早有預謀！既然太子爺身邊的得力助手都來了，想必太子殿下也在。
「夫人……」緞兒擔心地喊了一聲，眼中滿是焦急。
無論如何，夫人都不能進宮去。
如今太子把持了朝政，三皇子不知下落，顯然皇后一黨在奪嫡之爭中取得了優勢。太子爺一心想拉攏世子爺，但每次都以失敗告終，不知失了多大的面子，如今得了勢，還不趁此機會打壓沐王府？
世子妃一個弱女子，如何能反抗？那皇宮大內，豈是那麼容易能出來的？皇后娘娘表面上看著大度仁慈，但在這次宮變中，手段可謂狠辣。莫妃被打入冷宮、三皇子下落不明的事情已經傳開了，據說莫妃早已被她折磨得不成人形，求生不得，求死不能。

夫人若是進了宮，說不定下場比那莫妃還要淒慘……不行，她絕對不能讓夫人受半點兒傷害。如今世子爺不在，她必須擔負起保護夫人的職責！這樣想著，緞兒便悄悄退了出去，找機會給世子爺報信。

王妃在聽說這個消息之後，也匆匆趕了過來。「皇后娘娘真的要接妳進宮？」

司徒錦上前去，福了福身，道：「確有此事。」

「這可如何是好？隱兒不在，妳這一去，怕是……」沐王妃擔心地看著這個兒媳婦，心中有些不捨。

司徒錦雖然不是她心目中最完美的媳婦，但懂事能幹，近來她將府裡打理得井井有條，她也都看在眼裡。龍敏出了那樣的事，她也不慌不忙，處理得很妥當。因此以前那些怨言都隨著時間的推移漸漸散去，剩下的只有欽佩和讚賞。

司徒錦不想讓王妃替她擔心，於是勉強笑了笑，說道：「母妃不必擔心，諒他們也不敢不把沐王府放在眼裡。宮裡不是還有齊妃娘娘嗎？她一定不會讓兒媳有事的。」

自從隱世子透露了與五皇子的關係之後，她便知道齊妃從很早以前就開始為自己的兒子打算了。如今表面上看來是太子占了優勢，但皇上畢竟還剩一口氣，而且兵權大部分還握在沐王爺手裡，他們暫時不敢對沐王府出手。

將她弄進宮去，無非是想要多一個籌碼，將來好威脅世子，自然得護她周全。想通了這一點，司徒錦倒是不急了。

「可是，那個女人心狠手辣，我怕……」想到皇宮裡那些女人的手段，她就不由得擔心。

司徒錦面露笑容，不見絲毫慌張。「母妃多慮了。這眾目睽睽之下，我被請進宮去。若真的有個什麼三長兩短，天下人都不會心服口服。他們想要謀朝篡位，也得在乎名聲。」

聽到司徒錦這般有信心，沐王妃這才鎮定下來。「既然如此，那……母妃陪妳一起進宮去。」

司徒錦格格地笑了，說道：「就算母妃有這份心，但皇后娘娘的懿旨只說讓兒媳一個人進宮，母妃還是安心在府裡等消息吧，畢竟這府裡還需要有人掌家。」

若是王妃也去了宮裡，那王府豈不是全都落到了西廂那些人手裡？儘管現下莫家已經失勢，但她也不想便宜莫側妃那一夥人。

「妳總是有那麼多大道理。」王妃愛憐地看了司徒錦一眼，眼中滿是疼惜。

司徒錦對王妃態度的轉變，也很是欣喜。所謂患難見真情，看來王妃這一次是真的接受她這個兒媳了。

精心裝扮了一番，司徒錦正要踏出慕錦園，突然兩個身穿黑衣的女子將她攔了下來。

「世子妃不必去了，車輦已經接了人，朝皇宮去了。」

「接了人？我不是還在這裡嗎，他們接的什麼人？」司徒錦驚訝地問道。

當看清來者何人時，司徒錦認出了她們。這不是朱雀安排給她的兩個影衛，如風跟如墨嗎？她們最近都出去辦事了，不在府裡，怎麼突然回來了？

「妳們倒是說說，到底誰頂替我去了皇宮？」司徒錦意識到了問題的嚴重性，不由得厲聲問道。

她雖然也想留著性命等世子回來，卻捨不得身邊的丫鬟替她去送死，她知道這些影衛都很有本事，能夠幫人易容，若是誰頂替了她……想到身邊少了緞兒，司徒錦心裡一陣發涼。

該不會是緞兒自作主張，替她進宮了吧？

想到這裡，司徒錦的眼睛濕潤了。

見世子妃這般傷心，如風、如墨互望了一眼，便由如風上前抱拳道：「夫人莫要擔心，代替您進宮的，是朱雀。緞兒是為了不讓人起疑，才跟著進宮的。」

聽到朱雀的名字，司徒錦的情緒這才稍稍好了一些。朱雀的本事她很清楚，但皇宮裡面那麼危險，她們只有兩個人，豈會是那些人的對手？

她該怎麼辦？她們還那麼年輕，也跟了自己不短的時日，她如何捨得她們替她去受罪？

她一定要想辦法，將她們平安救回來！

第九十七章　荒唐要求

永和宮偏殿

「世子妃，您真要吃她們送來的東西啊？」綴兒侍候在「司徒錦」周圍，連呼吸都格外小心翼翼。

自從進宮見了皇后娘娘之後，皇后娘娘便安排她們在偏殿住了下來，倒也沒怎麼為難。不知道是不是因為時局尚不穩定，所以她們過得還算舒心。只是就算表面上沒什麼問題，起碼該有基本的防備之心吧？

瞧「世子妃」肆無忌憚、大快朵頤的樣子，哪裡是王府少主的作派，簡直就是個鄉野村姑嘛！

似乎是吃飽了，「司徒錦」打了個飽嗝，然後才注意到一旁的綴兒。「妳怎麼不吃？再不吃就要涼了！宮裡的伙食果然不錯，我都吃撐了。」

不雅地打著飽嗝，「司徒錦」往金絲織錦的軟榻上一歪，伸開雙腿，攤在上面。

綴兒一邊幽怨地看著她，一邊猶豫著該不該吃。她畢竟只是個凡人，不吃飯絕對撐不到獲救的時候。

「放心吃吧，他們不敢在飯菜裡動手腳的。」「司徒錦」蹺起二郎腿，一派輕鬆地說道。

緞兒抿了抿嘴，慶幸這屋子裡沒有外人，不然讓外人看見世子妃這副德行，沐王府的顏面可就丟大了。

隨意塞了幾口食物，緞兒便叫守在門外的宮女將碗筷收拾下去了。

「司徒錦」吃飽喝足之後，便安心地打著呵欠，準備睡覺。不睡足，她可沒精力跟那些壞人鬥。

緞兒走到她身邊，碰了碰她的胳膊。「妳倒是注意著點兒，萬一穿幫了，那可是吃不完兜著走。」

扮演世子妃，就要有世子妃的樣子，哪有她這樣的，真是太不敬業了！

「這裡又沒有外人，我還不能放鬆一下嗎？」朱雀撇了撇嘴，臉上的人皮面具絲毫沒有鬆動。

頂著一張世子妃的臉皮，卻露出那樣的表情，實在太詭異了。

緞兒扯了扯嘴角，一句話都說不出來。

要不是朱雀及時趕到，恐怕到宮裡來涉險的，就是世子妃了。為了不露出絲毫破綻，她也跟了過來，為的就是更讓人信服。她是世子妃身邊的大丫鬟，自然要貼身侍候。

朱雀似乎覺得屋子裡太安靜了，不由得又開口說道：「這宮殿裡還真是奢華，所謂朱門酒肉臭，路有凍死骨。這些人為富不仁，終究不會得民心的！」

緞兒聽她蹦出這麼一句感慨來，頓時訝異地張大了嘴。「妳……妳什麼時候會吟詩了？這不像妳啊！」

朱雀給了她一個白眼。

她可是來自未來世界的精英，這些詩句早就爛熟於心，不過她不會跟一個古人計較，畢竟這是抄襲來的，作不得數。

「咳咳……跟隨在主子身邊，就不能學到一些皮毛了？」

緞兒聽了這解釋，表示贊同。「的確。咱們夫人，那可是真真有本事的。」

朱雀對她的說辭沒有否認，而是跟著點了點頭。她這個現代人對司徒錦也是敬佩不已，在這種三從四德、男尊女卑的年代，那樣的女子的確很稀少。她的頭腦也不簡單，絕頂聰明。

兩個人在寂靜的大殿內有一句沒一句地聊著，但聲音都壓得很低，沒有給別人偷聽的機會。這裡是皇宮，可不是王府，她們的一言一行都要十分謹慎，才不至於落人把柄。

不一會兒，門外傳來一陣腳步聲。接著，殿門被人由外推開了，一個黃色的身影踏著月色走了進來。

「妳下去吧，本殿與世子妃有要事商談。」來者不是別人，正是志得意滿的太子殿下龍炎。

緞兒先是望了朱雀一眼，得到她的示意之後，才帶著擔心退了出去。

等到屋子裡只剩下兩人時，朱雀這才從軟榻上起來，緩緩地蹲下身去。「臣婦給太子殿下請安，殿下千歲。」

龍炎沒有讓她起身，而是居高臨下地睥睨著她。「妳……可後悔當初拒絕了我？」

朱雀微微挑眉，她學著司徒錦的語氣，說道：「臣婦不知道殿下所指何事？」

「到了這個時候，妳還在跟本殿打馬虎眼？」他眉宇間生出一絲狠戾，上前去一把捏住她的下巴，逼得她不得不與他平視。

「司徒錦」不卑不亢地抬起眼眸，沒有絲毫畏懼之色。「殿下這番舉動，於禮不合。深更半夜，孤男寡女同處一室，若是傳出去，對殿下的名聲不大好。」

不急不緩的語氣，讓龍炎愣了一愣，繼而狠狠地甩手。「司徒錦，妳真不知好歹！本殿留著妳一條性命，就是給妳向我低頭的機會。妳竟然……那隱世子有什麼好？總是一副冷冰冰的模樣，沒有絲毫溫情可言。本殿再問妳一句，妳……可否願意自請下堂，嫁與本殿做庶妃？」

「司徒錦」眼裡滿是震驚，還有不屑。

這太子殿下犯傻了吧？居然把主意打到世子妃頭上來了！世子妃一個有夫之婦，有什麼值得他惦記的？他竟這般不顧禮義廉恥，提出如此荒唐的要求！

「太子殿下！」她怒喝一聲，也顧不上什麼禮儀，逕自站了起來。「恕臣婦不敢苟同！臣婦乃有夫之婦，還是您叔父的兒媳，論輩分得稱您一聲堂兄。就算不顧及自己的顏面，您好歹也得為皇家的面子著想，豈能說出如此荒唐的話來？」
被「司徒錦」一番教訓，龍炎的臉色更加難看了。
這個女人，簡直是不知死活。「司徒錦，本殿看上妳是妳的福氣，妳不但不感恩，還敢教訓本殿何謂禮義廉恥?!妳吃了熊心豹子膽了?!」
「臣婦不敢。」「司徒錦」蹲下身去，但神色卻沒有任何屈服之意。「臣婦只是好心提醒殿下，莫要做那損人不利己的事情。殿下要什麼樣的女人沒有，為何偏偏要一個有夫之婦？就算臣婦可以不顧廉恥，委身於殿下，但皇后娘娘豈會同意這等荒謬之事？殿下恐怕想得太過簡單了。」
龍炎喉嚨一梗，頓時說不出話來。
今晚，他的目的只是來試探她，這事他沒敢跟母后說，畢竟皇家的規矩十分嚴厲。且不說司徒錦是王府的世子妃，就算她雲英未嫁，他也不可能封她為庶妃。他可是未來的帝君，後宮的女人必定都是名門貴族的大家閨秀，她一個半吊子的嫡女，恐怕沒那個資格封妃。
不過，她愈是反抗，他就愈想要征服她，那種太容易得到的女人，他沒多大的興趣，至於絕色佳人，他見過太多，早就膩味了。只有這種不卑不亢、有幾分頭腦的女子，才是他欣賞的。對司徒錦，他勢在必得！
「太子殿下，太子妃進宮了，正在到處找您呢！」不知何時，龍炎的隨侍來到了門口，輕聲提醒道。

說起這太子妃，龍炎的眉頭又緊了緊。

那個女人是母后替他選的，他一直以來對她都沒什麼感情，但考慮到他目前還需要母舅一族的支持，因此一直對楚濛濛再三忍讓。只不過他畢竟姓龍，為了自己的江山，待以後站穩了腳跟，勢必會剪除楚家的勢力，免得讓外戚專權。

「知道了，你先下去。」龍炎吩咐道。

那隨侍往屋子裡瞟了一眼，便恭敬地退下了。

龍炎見她依舊沒有屈服的意思，便一甩衣袖走了。不過，臨走之前，他還是放下話來，若她想通了，便可以派人去太子府傳個信，他的諾言依舊有效。

不過「司徒錦」才不屑他許的什麼勞什子庶妃呢！這大龍的皇位由誰來坐，還是個問號，他未免也太大言不慚了一些。

翌日，太子妃不知道從哪裡聽到一個消息，說是太子曾經偷偷去永和宮偏殿私會沐王府世子妃，心裡就來了氣。

她如今可是有身子的人，沒想到她一個不注意，太子殿下居然就惦記上了別的女人，而且那個女人還是她恨之入骨的人！

「賤人！居然不守婦道，勾引太子殿下！」楚濛濛黑著一張臉，恨不得將司徒錦碎屍萬段。
「娘娘息怒！這消息未必是真的，太子殿下怎麼會喜歡一個有夫之婦呢？」太子妃的貼身宮女怕她多想，影響到肚子裡的胎兒，只能這般勸解道。
楚濛濛豈是那麼容易善罷甘休之人？也不想想這太子府裡，到底是誰當家作主！就算是丞相府的大小姐周悅熙，見了她也只能乖乖守著本分，不敢跟她爭寵。那個該死的司徒錦算個什麼東西，居然敢背著她與太子私會?!
哼，不好好教訓她一頓，她就不是楚家的女兒！
「備轎！本宮要進宮看望皇后娘娘。」楚濛濛是個行動派，想到什麼就要立刻去做。
宮女拗不過她的命令，只好按照她的吩咐去做了。
當楚濛濛挺著一個大肚子出現在「司徒錦」面前時，「司徒錦」正在午睡。她與緞兒近日輪流守夜，不敢有絲毫鬆懈，昨夜輪到她守夜，一晚上沒睡，大白天的自然沒精神了。
「大膽！太子妃駕到，還不趕緊上前來見禮？」服侍太子妃的宮女也是狗仗人勢，大言不慚地對著世子妃吼道。
朱雀的美夢被吵醒，不由得發起脾氣來。
見到楚濛濛那張恨不得撕碎了她的臉，她頓時清醒了不少。「原來是太子妃來了，我說這宮殿之內怎麼瀰漫著一股濃烈的酸味呢？」
說著，她還假裝捂著鼻子，揮了揮手，似乎真的有難聞的氣味一般。

緞兒恭敬地福了福身，卻沒有上前去相迎，而是乖乖站在朱雀身旁。這太子妃來者不善，想必聽到了什麼風聲。以前她就與自家小姐不對盤，三番兩次想要設計陷害，如今得了勢，還不顯擺威風？

朱雀這一反應，不用說，肯定激怒了太子妃。

「司徒錦，妳好大的膽子！見了本宮，居然不知道上前行禮！妳的規矩都學到哪裡去了？」楚濛濛死死地盯著「司徒錦」那張令人憤恨的臉，牙齒咬得喀喀作響。

朱雀眨了眨眼，假意福了福身，卻不算恭敬，只是做做樣子罷了。「臣婦給太子妃請安。」

「妳……居然這般敷衍！來人，給本宮去教教世子妃，也好讓她知道皇家的規矩！」楚濛濛眼中的狠戾一閃而過，打著冠冕堂皇的理由，想讓自己的心腹將「司徒錦」好好地修理一頓。

「司徒錦」自然也不是會吃虧的主兒，那些凶狠的嬤嬤還未碰到她的衣角，就一個個跪了下去，哀嚎起來。

「這是做什麼？不必多禮了，嬤嬤們請起啊！」朱雀故意高呼一聲，假裝大方。

楚濛濛氣得一口氣憋在胸口，差點兒沒暈倒。她不明白那些嬤嬤怎麼突然就倒下了，不過她想這一定是司徒錦從中搞的鬼。「妳們跪在地上幹麼，還不給我起來?!」

要她的人給司徒錦下跪，沒門兒！

朱雀見楚濛濛氣得七竅生煙，不由得在心裡樂開了花。欺負人的感覺真好！這個太子妃除了凶狠一點兒，也沒多大的本事嘛！這樣的示威方式，簡直太小兒科了。

「唉唷……還是太子府的規矩教得好。見了本妃，居然行此大禮，真是罪過！」朱雀沒有甘休的意思，還在繼續火上澆油。

楚濛濛氣得一張臉都脹紅了，但又拿她沒辦法。

看見剛剛那副詭異的景象，此時楚濛濛手下的人全都畏懼司徒錦，不敢貿然上前，她只有自己親自動手了。

「既然世子妃知道規矩，那還不給本宮下跪？難道妳想株連九族嗎？」

「嘖嘖嘖……楚家的女兒，口氣就是大！動不動就殺頭，還株連九族，妳以為妳是皇太后啊？」朱雀輕蔑地望著她。

楚濛濛是被氣糊塗了，才沒有發現眼前這個「司徒錦」不太對勁。若是她能保有理智，就會發現司徒錦絕對不會這麼光明正大地與她發生口舌之爭的。

不過，她現在在氣頭上，早已顧不上許多。於是她大步走上前，不顧宮女們的驚呼，揮著巴掌，就要教訓司徒錦。

朱雀豈會任人欺負？別人要打她的臉，她就得把脖子伸出去給人打嗎？在心裡冷哼一聲，她掃了太子妃的肚子一眼，暗中運功，朝她的肚子拍去。

「啊！」太子妃還未走到「司徒錦」面前，整個人就像踩到濕滑的東西一般，直挺挺地朝後面倒去。

宮女們一個個嚇得臉色青紫，想要上前去攙扶，卻已經來不及了。太子妃本就是個嬌養在深閨的女孩子，哪有什麼自保的功夫？這一倒下去，著實摔得不輕。

朱雀捂住自己的眼睛，不忍看到那麼慘痛的一幕。

「我的肚子……啊……」太子妃臉色頓時慘白起來，捂著肚子直呼痛。

那些嬤嬤和宮女全都嚇傻了，一個個愣在當場。若不是「司徒錦」好心提醒，她們估計會石化在這宮殿之內。

「都愣著幹麼？妳們主子摔倒了，還不去扶一把？」

聽到這個聲音，那些宮女才反應過來。但楚濛濛經過這麼一摔，下身早已見血，那紅豔豔的顏色，頓時染紅了白色的羅裙。

「啊……不好了，太子妃小產了！」一個老經驗的嬤嬤見到這場景，不由得驚聲尖叫起來。

早產的孩子，大多活不成。

太子妃的肚子才五個多月大，還不到生產的時候，如今這麼一摔，孩子怕是保不住了。

朱雀心裡沒有一絲愧疚，畢竟是太子妃挑釁在先，她不過是給她一個教訓罷了。再說了，太子一黨勢必會被五皇子扳倒，將來楚家的人自保都成問題，太子妃的孩子就算保住了，將來也會被除掉。

與其生下來後生生地被害死，還不如讓他不要出生的好！

「世子妃，妳怎麼這麼狠心？太子妃不過好心來看望妳，妳不但不感激，還將她推倒在地，妳到底安的什麼心？」一個宮女見太子妃痛得暈死過去，不由得惡狠狠地瞪著「司徒錦」，將所有的罪都推到了她身上。

太子妃小產，這後果她們可承擔不起！

不找個替死鬼，她們的性命肯定不保。

「對，是世子妃害太子妃小產的！」

「我去找太子殿下和皇后娘娘過來為太子妃作主！」

「娘娘……快來人啊！宣太醫！」

屋子裡亂成一片，責罵聲、埋怨聲此起彼伏。

朱雀安然坐在軟榻上，根本沒將她們的話放在心上。她們栽贓，她就要承受下來嗎？真是笑話！

第九十八章　反攻

太子妃小產的消息，頓時在宮中傳遍。因為宮女一再指認是世子妃所為，故而皇后娘娘大怒，將世子妃囚禁了起來。

從永和宮偏殿轉移到冰冷的地牢裡，待遇還真是差了不只是那麼一丁點。好在皇后娘娘忙於應付那突然冒出來的二皇子，無暇審問她，倒讓朱雀撿了個便宜。

「哇……這裡好多老鼠跟蟑螂！好可怕！」朱雀像是變了個人似的，一直躲在緞兒的身後，尖叫聲不斷。

緞兒撇了撇嘴，還以為她在演戲呢。「妳別再叫啦，她們都走了。」

「不是啊，那些老鼠啊蟑螂啊，身上有很多病菌。在這樣的房子裡待久了，會染上病的。」作為一個現代人，這點兒常識還是有的。

「那……那怎麼辦？」緞兒被朱雀的話給嚇著了。

「當然是想辦法離開這裡啊，笨蛋！」朱雀一邊尖叫，一邊蹦跳著，生怕那些髒東西碰到她的身體。

緞兒苦了張臉，嘟囔著：「這裡是皇宮的地牢，哪裡那麼容易逃出去？」

「那是妳沒辦法，不代表我沒有辦法。」朱雀自信地昂起頭。

緞兒揚了揚眉，不信到了這個地步，朱雀還能有什麼招。「妳倒是說說，有什麼辦法？」

「等。」朱雀說了她的一字秘訣。

緞兒給了她一個「果然如此」的眼神，繼而垂頭喪氣地坐了下來。

朱雀一邊捂著鼻子，一邊打量著四周。這裡還真不是人待的地方，潮濕陰暗不說，到處都是灰塵。不過幸好這屋子也不算是完全沒有光線，在牆壁的頂端開了一扇小窗，外面隱約有陽光照射進來，在斑駁的地面上形成一道道光影。

朱雀就看著那扇窗子發呆。

她在等一個人，一個能夠救她出牢獄的人。那耀眼的陽光穿透窗戶，照耀在身上，讓人打從心底熱起來，就如同他的胸膛，寬闊而溫暖。

「啾啾啾啾……」窗子外，一陣貌似鳥叫的聲音不斷傳入朱雀的耳朵。

臉上的笑意逐漸擴大，朱雀拍了拍身上的灰塵，站了起來。「緞兒，準備一下，我們要離開了。」

緞兒睜開矇矓的雙眼，似乎不大相信。「走去哪兒啊？」

「當然是逃出去啦！別坐地上了，一會兒腿麻了怎麼逃啊？」朱雀說著，就將緞兒從地上拉了起來。

這裡因為地處偏僻，又只有一道門可以進出，因此皇后只派了十個人把守這裡。因為太子妃小產，朝堂之上又掀起了新一波的奪嫡之爭，皇后也忙得不可開交，根本沒時間來管這個害死太子妃孩子的凶手。

「門口那麼多侍衛把守著，我們如何能出去？」緞兒偷偷從門縫裡往外面打量，剛剛升起的希望，瞬間又破滅。

「這幾個蝦兵蟹將，我還沒看在眼裡。」朱雀的功夫深厚，是這個世上少有的高手，不然她也不會被龍隱收入旗下，成為他的四大護法之一了。

只是，緞兒是個絲毫不懂武功的丫頭，一會兒出去的時候，怕是有些麻煩。不過……憑那人的本事，將緞兒給帶出去，應該是小菜一碟吧？

想到這裡，朱雀已經做好了準備，打算搏一搏。

突然，門外響起了一陣悶哼聲。那些侍衛一個接著一個倒在了地上，來不及發出任何警告。

「原來還有這麼一招？」朱雀摸了摸頭髮，覺得那人真是比她還乾脆。愣了一會兒之後，她才從髮絲裡找出一根纖細的鐵絲，三兩下就將那門上的鎖給撬開了。

這些本事，是她跟白虎護法學的，這下子派上用場了。

「就這麼簡單？」緞兒看著地上那些暈過去的侍衛，不由得驚嘆。

「別廢話了，快點離開這裡吧。有些事情，回去再說。」朱雀一邊觀察著周圍的環境，一邊催促著緞兒。

兩個人先是在樹叢裡躲了一陣，沒有發現什麼異常，這才悄悄從永和宮宮牆邊上的側門溜了出去。

金鑾殿上，皇后娘娘一身大紅色的朝服，優雅高貴地坐在龍頭寶座旁的捲簾後面，代替皇上早朝。本來後宮不得干政，但在這非常時期，皇上依舊昏迷不醒，都說國不可一日無主，作為後宮之主、母儀天下的皇后，只能親自出來主持大局了。

「各位愛卿，有本啟奏無本退朝。」平穩而嚴謹的嗓音在大殿上響起，帶著一股不可漠視的威儀。

朝廷之上，大臣個個低垂著頭，明哲保身，只有那些親近皇后一黨的，才敢昂首挺胸地做人。

「啟稟皇后娘娘，三皇子逆黨已全都抓捕歸案，不知要如何處置？」率先發言的，便是此次政變中功勞不小的大將軍——譚梓潼。

皇后娘娘的鳳眸中閃過一絲笑意，但臉上卻依舊保持端莊。「各位愛卿有什麼要說的嗎？」

原先保持沈默的大臣，不得已抬起頭，你看看我，我看看你，全都不敢說話。畢竟這「叛逆」一詞，都是給敗北之人扣的帽子。所謂成王敗寇，原先跟隨三皇子的那些人，也不知道會有這樣的結局。

皇后見大臣們沒什麼意見，便用眼神對自己的兒子示意。太子龍炎見狀站了出來，奏請道：「母后仁慈，雖然三皇弟做出了大逆不道之事，但畢竟手足情深，加上父皇的子嗣本就鮮少，因此兒臣建議留他一條性命，將他幽禁在火龍城反省。至於其黨羽，全部發配邊疆，以儆效尤。」

大殿之上的臣子們，沒料到太子殿下居然會做出如此深明大義的舉動，不由得讚嘆起來。

「太子殿下寬厚仁慈，是我大龍之福啊！」

「是啊，我大龍有這樣仁德的繼承人，是大龍之幸，百姓之福啊！」

「太子千歲千歲千千歲！」

聽著那些朝臣對太子的讚美之詞，皇后娘娘臉上的笑容不知不覺綻開了一些。「各位愛卿若沒有意見，就按太子說的去辦吧。」

「皇后娘娘英明！太子殿下英明！」那些追隨太子一黨的，立刻跪下來謝恩。

至於那些左右搖擺不定的人，心裡則暗暗焦急。

當初，他們沒有追隨太子，會不會招來殺身之禍？

龍炎聽著那些恭維的話，心裡十分得意，他的謀士獻上的良策，果然不同凡響。原本他打算殺一儆百，將那些逆黨一舉剷除的，但謀士卻說，如今正是收服人心的時候，不宜展開過多的殺戮，不如免了他們的死罪，改為流放和囚禁，如此不但能夠博得世人的讚許，還能籠絡朝廷臣子們的忠心，一舉兩得。

等皇后回到永和宮，才聽到宮人前來稟報，說是關著司徒錦與緞兒的地牢，不知怎的突然走水了。皇后正在疑心之中，又聽到皇上醒過來的消息，不由得怔了好半晌，才回過神來。

「妳說什麼？皇上醒了？」皇后突然拔高了聲音，聽起來十分刺耳，失了往日的端莊。

宮女戰戰兢兢地低著頭，不敢與皇后娘娘對視。「回娘娘的話，九龍宮那邊傳來消息，說皇上的確醒過來了，御醫正在看診呢。」

楚皇后從貴妃榻上站了起來，顧不上整理儀容，就匆匆朝著九龍宮去了。當她到達時，宮裡的妃嬪全都聚齊了，連太子和許久未露面的五皇子都到了。

「臣妾參見皇后娘娘。」

「兒臣參見皇后娘娘。」

屋子裡的人見到後宮之主，自然得上前請安。

楚皇后一甩衣袖，逕自走到皇上的龍榻旁邊，眼中似有疑慮，但仍裝作關切地問道：「皇上可算是醒了，這些日子真是嚇壞臣妾了！」

聖武帝張了張嘴，卻發不出任何聲音。

皇后正要詢問，御醫立刻上前來解惑。「啟稟娘娘，陛下大病初癒，久未進食，故而沒力氣說話。」

楚皇后點了點頭，吩咐宮女去準備補品，又轉過頭來輕聲細語地在皇帝耳邊說了一番安慰的話，便領頭將九龍宮裡的人全都帶了出去。

「皇上剛醒過來，不宜勞累。你們都回去吧！」

那些後宮的妃子，膽小得不敢違背皇后的懿旨，乖乖退下了，但有些恃寵而驕的，例如寧貴嬪，就有些不服氣地嚷嚷開了。「皇后娘娘，皇上大病初癒，身邊沒個服侍的人怎麼行？平日裡皇上大多歇在驕陽宮由妾身侍候，不如讓妾身留下來照顧皇上吧？」

她一開口，皇后就忍不住喝斥。「妳當本宮的命令是耳邊風嗎？皇上自有御醫和宮女們照顧，何須妳來操心？再說了，妳知道怎麼伺候人嗎？再敢多嘴，別怪本宮不客氣！」

往日溫柔典雅的皇后，為了維持自己的形象，才對寧貴嬪一忍再忍，如今太子的對手已經剷除，將來繼承皇位再無障礙，她的脾氣自然是大了起來。她可是聖武帝的嫡皇后，未來的太后，難道還會怕一個妃嬪不成？

被皇后這麼一喝斥，寧貴嬪顯然不能適應。她可是皇上心尖上的人，哪裡受過這般委屈，頓時有些氣惱地頂嘴。「皇后娘娘莫不是怕皇上專寵於臣妾，才故意阻攔的吧？」

不少的人聽了這話，全都忍不住抽了口氣。

這個寧貴嬪，簡直不知好歹！她以為皇上醒了，就能為她作主了？真是笑話！如今這後宮，可是皇后的天下，那些侍衛御林軍，都是皇后的親信。惹惱了她，只有死路一條，這個不長眼的寧貴嬪，怕是死到臨頭了。

「居然敢藐視本宮！來人，拖下去，賞她個一丈紅！」冷眼掃了寧貴嬪一眼，皇后毫不憐惜地讓嬤嬤將她拖了下去。

「皇后娘娘，您不能這樣對我！皇上……救命啊，皇上……」寧貴嬪一邊叫喊著，一邊被拖了出去。

其他的妃嬪，全都嚇得白了臉色。

齊妃並沒有過來插上一腳，不過這些宮內的傳聞，不到一炷香的工夫，就全傳到了她的耳朵裡。「她果然沒什麼耐性了。」

「母妃，父皇醒了，是不是代表皇后娘娘的好日子，就要到頭了？」龍霜公主依偎在齊妃身邊，高興地說道。

齊妃摸了摸女兒的頭，說道：「霜兒想父皇了嗎？」

龍霜乖乖點頭。「兒臣有月餘沒有見到父皇了，是有些想念。」

齊妃淡淡笑著，替女兒整理了一下衣衫。「不急，妳父皇剛醒過來，還不能開口說話呢，等他好一些了，再去看望他，嗯？」

龍霜自然是聽從齊妃的話，沒有任何異議。

送走了女兒，齊妃的臉色頓時變得深沈起來。皇上一醒，皇后娘娘急了吧？好不容易將大權攬到自己的手裡，如何能輕易交出去？她為了剷除異己，可是損耗了不少財力、人力。

「楚燕，真要謝謝妳為我兒作嫁衣了，哈哈哈哈哈……」

皇后替她除去了三皇子這個勁敵，那麼她的計劃也可以開始實行了。

太子府

「怎麼會走水？人呢？可救出來了？」太子一回府，就聽說地牢起火了，頓時又氣又急。

那前來報信的侍衛一直低垂著頭，不敢吭聲。要知道，那被燒死在火裡的，可是沐王府的世子妃，這要是傳出去，還不引起大亂？

「說話，到底有沒有救出來？」龍炎急了，一腳就踹在那侍衛的心口處。

侍衛猛地向後倒地，又趕快爬起來，伏倒在地。「殿下，節哀順變啊！」

別人不知道，他可是清楚得很，太子殿下對那位世子妃可是不一般。就算是她害得太子妃小產，白白失了個孩子，太子爺也沒有追究，只是將她關了起來。要是發生在別人身上，指不定抄家滅族了幾次呢！

「本殿不信……她怎麼會死？」龍炎一時腿軟，癱坐在蒲團之上。

那侍衛不敢接話，只得匍匐在地上，儘量減少自己的存在感。因為據他的了解，太子在這樣一陣沈寂之後，便是勃然大怒。

果然不出他所料，龍炎只是傷心了一會兒，便一下子從地上爬起來，急匆匆朝著太子妃的院落而去。

一路上，不少婢女都被太子爺那副要吃人的模樣給嚇得驚叫不已，個個閃到一邊。而正在床上喝著補湯、容顏蒼白的太子妃，還被蒙在鼓裡。

「太子妃，不好了……太子爺過來了！」太子妃院落裡的嬤嬤火燒屁股似地跑了進來，來不及擦去額頭上的汗珠，便急急稟報道。

「太子爺過來就過來，有什麼大不了的。」楚濛濛還在為那失去的孩子傷心不已，對其他的事情一概表現得很冷淡。

她與太子本來就沒多少夫妻之情，不過是基於一同長大的情誼，還有些親戚關係，所以有點情分罷了。自她心有所屬，卻不能得償所願之後，她的心早就死了。

太子腳還未踏進門檻，怒氣沖沖的聲音便率先傳了進來。

「楚濛濛，妳給本殿出來。」未見其人，先聞其聲。

太子妃吃了一驚，有些不滿地說道：「妾身身子不適，殿下有什麼話，就進來說吧。」

「好妳個楚濛濛，妳到底有沒有將本殿放在眼裡？居然公然違抗本殿的命令！」太子一臉凶神惡煞，手裡還提著長劍，這情形怎麼看都驚心動魄。

屋子裡的奴婢和嬤嬤全都嚇得跪了一地，根本不敢上前去勸阻。就連太子妃的奶娘，也只能瑟瑟發抖地跪在一旁，連頭都不敢抬起來。

楚濛濛身子虛弱，但她也是心高氣傲，哪裡聽過這些重話，一口氣差點兒沒緩過來。

「太子殿下，妾身到底做錯了什麼，您要這般糟踐我？」

「妳到現在還不知悔改嗎？那好，本殿問妳。是不是妳派人去宮裡的地牢放火的？」太子將劍往前一提，直直指向他的太子妃。

楚濛濛先是一驚，繼而高昂著頭顱，說道：「太子殿下太看得起妾身了！莫說妾身如今病著，根本無暇顧及其他，就算妾身有那個能耐，也斷然不會做出如此膽大妄為的事情來！」

「妳真的不曾命人去地牢放火，不曾命人暗中除去司徒錦?!」太子知道太子妃善妒，平日也沒太在意，只是她這次傷害的是他最在意的女人，一個想要征服的女人，他就不能不過問個清楚了。

「殿下這是在質問妾身？您可別忘了，她是隱世子的世子妃，是您的堂弟妹。」太子妃聽到「司徒錦」這個名字就很不舒服，說話的語氣也沒有了尊敬。

她的警告就像一把尖刀，深深地戳在他的心口。司徒錦，是他心中永遠的痛。那種得不到的念想，像一根刺，扎在心上，拔不得也除不去。

就在他找到機會，可以將她納入自己羽翼之下的時候，一場大火燒毀了所有的希望。在這一刻，他似乎覺得，就算得到了天下，也不會有那種勝利的喜悅了。

第九十九章　密室生活

沐王府

司徒錦舒服地歪在密室的軟榻上，手裡捧著一本《本草綱目》，有一搭沒一搭地看著，細白的雙手不時翻動書頁，顯得寧靜而美好。

「夫人，這是您最愛吃的鳳梨酥，醉仙樓剛做好的，吃一點兒吧？」春容和杏兒一人在門口把守，一人端著點心走上前去勸說。

自皇后召了世子妃進宮，司徒錦就不便出現在眾人的視線當中。為了安全起見，她暫時藏在隱世子書房裡的密室。王府中知道司徒錦仍在府裡的，就是她身邊這兩個丫頭，以及李嬤嬤了。

司徒錦側了側身子，望了那盤香酥誘人的糕點，有些動心。近來她胃口不怎麼好，一來是擔心緞兒和朱雀的安危，二來則是身體真的有些不適。但這個關頭上，她也不敢請太醫進府來診治，而那個隨傳隨到，連王妃都十分喜愛的花郡王，也像突然從人間蒸發了一般，再也沒見過。

「端過來，我瞧瞧。」司徒錦慵懶地應了一聲，春容便將鳳梨酥置在她跟前的矮几上。

司徒錦輕輕地挾起一塊鳳梨酥放到嘴邊，正要品嚐的時候，卻被那一陣香味薰得喉頭發緊，對甜食一向喜愛的她，現在只覺得反胃。

「夫人怎麼了？」春容見她將糕點又放回了盤子裡，不由得緊張地問道。

夫人近來真的很不對勁。

再美味的食物，總是淺嚐輒止，不像以往那般吃得多了。為了能夠讓夫人多吃一些，她們幾個跟前服侍的丫頭真是想方設法，但夫人吃了兩頓便又覺得不適。

夫人的性子，她們再了解不過，儘管地位尊貴不凡，卻從來不苛待下人，也很少有心煩氣躁的時候。

近來夫人變得有些奇怪，想必也是為了世子的安危操碎了心，她們也就沒多放在心上。可是這愈來愈反常的舉動，卻讓她們漸漸生出一絲憂慮。

看著夫人日漸消瘦，她們只能暗暗焦急。好不容易託了可靠之人去醉仙樓買了最精緻的糕點，但夫人似乎還是沒什麼胃口，照這樣下去，身子哪裡吃得消啊！

司徒錦也知道丫頭們擔心她的身子，可是她真的沒胃口，再好吃的東西，多吃幾頓，就會膩歪了。「妳們拿下去分了吃吧，我不想吃。」

春容和杏兒互望了一眼，臉上寫滿了擔心。

「夫人您不吃東西怎麼行？要是世子回來，看到您這副模樣，還不心疼死?!」春容好生勸道。

司徒錦微微漾起笑容，安撫道：「也難為妳們了，每日得變換不同菜色。去煮些清淡的粥來吧，記得別放葷腥在裡面。」

春容和杏兒應了聲，便一臉愁容地帶上房門，恭敬地退了出去。

李嬤嬤見她們二人沒精打采地出來，忙走上前去低聲問道：「怎麼樣？夫人還是不肯吃東西嗎？」

春容和杏兒低垂著頭，滿臉沮喪。

李嬤嬤見她們這副模樣，不由得哀嘆一聲。看來夫人是真的有喜了，這症狀是有了身子的婦人頭兩個月的反應，嗜睡、食慾不振、脾胃不調，怎麼都打不起精神來。她這個生了好幾個孩子的老人，自然再清楚不過的。

想著這件大事，李嬤嬤的眉頭就皺得更深了。

若說之前沒提醒世子妃這件事，是因為還不確定，現在不告訴她，就是擔心世子妃的身心恐怕無法承受。

若世子妃真的懷了小世子，這樣下去怎麼得了？先不說飲食方面，那密室密不透風，空氣也不怎麼新鮮，長期待在裡面會頭暈目眩，對身體更加不好。如今朝廷局勢尚未明朗，王爺跟世子不在府裡，太子又對王府虎視眈眈，既然讓人頂替了世子妃進宮，就更出不了密室了，長此以往，夫人的身子怎麼受得住？

「唉……」李嬤嬤長嘆一聲，渾身充滿了無力感。

「不好了，不好了……」一個年紀稍微小一些的丫鬟冒冒失失地衝進院子，慌張地叫喊了起來。

身為慕錦園的管事，李嬤嬤自然是喝斥她幾句。「是天要塌了，還是地要陷了？慌慌張張的，成何體統！」

那丫頭一見到李嬤嬤，立刻閉了嘴。

李嬤嬤狠狠地瞪了她一眼，怒斥道：「有什麼事值得妳這般不懂規矩地亂闖，要是衝撞了主子，可還得了?!」

那丫鬟委屈地癟了癟嘴，這才吶吶地說道：「小婢也是聽外面守門的人說的，說是……說是……宮裡出了事。」

見她這般神神秘秘，李嬤嬤起了疑心。想到緞兒和朱雀姑娘代替世子妃進了宮，不由得多問了一句。「到底發生了何事，還不快講！」

那丫鬟吞嚥了一口口水，這才老老實實地回道：「從宮裡傳來消息，說是世子妃害太子妃小產，皇后娘娘盛怒之下，便將世子妃打入了地牢。不承想……地牢突然走水，世子妃……世子妃和緞兒姊姊……」

說著說著，那丫頭就嗚咽地哭了起來。

李嬤嬤聽到這個消息，十分震驚，她愣了半晌，都沒有回過神來。雖然心知世子妃還好好地待在密室裡，她天天都可以瞧見，但是緞兒和朱雀姑娘，那可是世子妃打心眼兒裡喜歡的人，若是她們真的有個三長兩短，世子妃必定傷心不已！

如今她的身子不太好，若是再禁受這般打擊，豈不是更加糟糕？如是想著，李嬤嬤內心便有了決定。

「此事尚未定論，休得胡說！若真是世子妃有個好歹，宮裡早來人了，哪輪得到你們在私下議論紛紛？該幹麼就幹麼去！」

李嬤嬤是世子妃身邊的老人，也是極為信任之人，她的話自然有些分量。那小丫鬟聽她這麼一說，頓時止住了淚，福了福身便下去了。

「以後要是誰再亂嚼舌根，影響王府的聲譽，可別怪嬤嬤我不客氣！」李嬤嬤威嚴地對著院子裡其他丫頭訓誡著，以穩定府裡的人心。

若真是世子妃害得太子妃小產，那王府豈會有好下場？

慕錦園這邊剛剛平息下來，芙蕖園又開始鬧了起來。

沐王妃本來就憂心王爺和世子的安危，如今又傳來這樣的消息，怎能不教人著急？

「這可是真的？世子妃她……」接下去的話，沐王妃沒有說完，但早已熱淚盈眶。

珍喜心思透澈，怕王妃因為傷心而損了身子，便好生勸道：「小姐莫要心急，這事怕是有蹊蹺。若真是太子妃小產，那太子和皇后娘娘豈會到如今還沒有任何動靜？雖說世子妃跟此事有關聯，但以世子妃的智慧，定不會讓人白白的冤枉了自個兒，小姐還是放寬了心，千萬別再傷神了。」

沐王妃側過頭去，認真地看著珍喜，問道：「真的？」

「小姐還不了解皇后娘娘的為人嗎？若真有人欺負到了楚家頭上，那還不肆意報復、下旨定罪，王府哪還有這樣的安寧日子？」珍喜說的也是實話。

最近京城頗不寧靜，三皇子謀朝篡位，被太子發現，莫氏一黨悉數被擒。要不是因為莫側妃早就嫁入王府，否則株連起來，她也躲不掉。

可到如今，太子也只是派兵在王府四周監視，並未對王府的人動手動腳。這番舉動，想必是因為忌憚王爺手裡的兵權。

「珍喜，妳說得對，我不該自亂陣腳。」沐王妃努力平穩氣息，想著對策。

不管錦兒是否真的害太子妃小產，她始終是王府的媳婦，是兒子唯一的妻子，是外人眼裡高高在上的世子妃。

若說司徒錦就這麼被燒死在宮裡，沐王妃也是不信。

那丫頭頭腦靈活，不像是短命人。她相信那不過是皇后一黨栽贓陷害的把戲，想藉著此事奪回王爺手裡的兵權而已。

想通了這一點，沐王妃整個人便冷靜了下來。「去，將各個院子裡的管事叫來。」

珍喜應了一聲，便去吩咐丫鬟們做事了。不一會兒工夫，幾個年紀稍長的管事來到王妃面前。

「給王妃請安。」領頭的老管家老鍾帶頭給她見了禮。

其他人也跟著他一同給沐王妃磕頭。「見過王妃。」

「今日叫你們來，是有些事要叮囑你們。」沐王妃優雅地捧著手爐，雙手放於膝蓋上。「近來，府裡的下人們越發沒有規矩了。這皇宮大內的事情，豈是他們可以隨意議論的？若是日後再讓本王妃聽到那些流言蜚語，絕對不會心慈手軟。滿嘴胡說八道的，先行杖斃，全家也都要發賣，可清楚了？」

那些管事中，有不少是莫側妃的心腹，他們從未見過王妃這般嚴肅認真的一面，頓時都噤了聲，不敢有半點兒輕視。

如今三皇子一倒，莫家也跟著遭了殃，而他們又都是莫側妃提拔起來的人，行事只得更加謹慎小心，生怕被人拿捏住把柄，以同黨之罪論處。因此王妃一頓訓話，他們全都規規矩矩地聽著，不敢有半點兒不滿。

「謹遵王妃教導。」

沐王妃掃了這些管事一眼，這才放他們回去做事。

經過此事之後，王府的人心又安定了不少。雖然還有不少人惶惶不安，但因為有王妃出來主事，他們也不敢有太大的意見。

遠安城郊

「世子，京裡來的急報。」謝堯跟隨龍隱多年，一直冷心冷面，但此刻他似乎神色焦急，完全跟平日那個冷情的江湖俠客有著天壤之別。

龍隱接過他手裡的飛鴿傳書，快速地瀏覽了一遍。當看到世子妃進宮，生死不明的語句時，不由得蹙了蹙眉。

他離開京城多日，王府傳來的消息也有限，在這個非常時期，情報的傳遞都格外艱難。他沒想到，他剛一離開，皇后就讓太子帶著他的錦兒入了宮。龍隱緊拽著的拳頭不曾鬆開，可以看得出他焦躁不安。

能夠跟隨司徒錦身邊的丫鬟，除了緞兒，還會有誰？因此謝堯的反常，也是可以理解的。那個時而羞怯時而霸道的丫頭，不知何時已經進入了他的心裡，一聽到她可能出事，他的心如何能平靜無波？

「世子，可要派人進京查探一番？」謝堯雖然著急，但在隱世子面前，還是很有分寸。

龍隱將那字條捏在手裡，不一會兒便化為了碎紙。「世子妃不是那般魯莽之人，行事定會格外謹慎，如今還未得到各路軍隊的消息，不宜出動。」

儘管有些擔心司徒錦的安危，但他作為三軍主帥，還是不能輕舉妄動。所謂牽一髮而動全身，他必須一舉擊敗那些狼子野心之人，不能給他們任何轉圜的餘地，否則後患恐將無窮。正因為他懂得這個道理，所以才能強迫自己冷靜下來。

謝堯聞言，靜靜地退到一旁，不再開口。

龍隱望著京城的方向，一遍又一遍地在心裡呼喊著：錦兒，等我，一定要等我！很快，我就會回到妳身邊！

太子府

「太子殿下，您不能這樣對太子妃啊！」楚濛濛身邊的嬤嬤見他那惡狠狠的模樣，嚇到不行，但還是擋在太子妃面前，誓死保護主子的安危。

太子妃因為小產，本就身子虛弱，如今被太子這麼一冤枉，心情更加鬱結。「為了一個不能碰的女人，你居然敢這麼對我？」

龍炎冷哼一聲，道：「說，是不是妳派人幹的?!」

楚濛濛忽然大笑起來。「哈哈哈哈……真是可笑！她害我失去了孩兒，你不追究，反倒是跑到我這裡來質問我！你這樣做，對得起母后？對得起我？對得起那還未出世就掉了的孩兒嗎？」

說著說著，楚濛濛就哭了。她是真的傷透心了！她好不容易接受現實，肯與太子親近起來，還懷了他的骨肉，沒想到自己想要嫁的男人不願娶她，被逼著嫁的男人又想著別人的女人，這教她情何以堪！

更何況，她心心念念的男人，就是太子妄想著的女子的丈夫，她心理就更加的不平衡了。憑什麼司徒錦可以得到那麼多人的愛，而她除了太子妃的身分，卻什麼也得不到?!她是楚家的寶貝，是皇后娘娘最喜歡的侄女，為什麼她的人生這麼悲慘！

龍炎見太子妃這般絲毫沒有形象地啼哭著，感到更加厭惡。他本就不喜歡母后為他定下的這個太子妃，如今又見到她如此沒有風度的一面，心裡更加不快。「哭什麼哭，妳以為哭就可以讓本殿心軟，放過妳這個心狠手辣的毒婦嗎？」

「毒婦？你罵我毒婦？」楚濛濛不敢置信地望著他。

「難道不是嗎？司徒錦到底哪裡得罪妳了，妳三番兩次想要害她！以前的事情就算了，本殿不予追究，但妳不該將她視為眼中釘、肉中刺，害死無辜的她！」龍炎愈說愈憤怒，整個人氣得直發抖。

太子妃冷眼看著他，到了這個時刻，她也不想隱瞞他了。「你就這麼肯定是我派人在宮裡縱火？你還沒有那個資格，令我醋意大發！太子府的那些女人，只要是安分的，我都可以給她們一個容身之處，只有那些不知好歹的人，我才會懲戒一下，免得讓她們爬到我的頭上來作威作福！好歹我也是楚家的人，不是嗎？你有多少女人，我一點兒都不在乎！」

龍炎猶如被雷擊一樣，睜大了眼。

他一直以為太子妃處處針對司徒錦，必定是女人家的心胸狹窄，見不得他對別的女子好，可是聽了這一番話，他的自尊心受到了極大的打擊。

他是太子，未來的皇帝，她居然這般瞧不起他，不將他放在眼裡！哪個女人見到他，不是含羞帶怯，希望得到他的垂憐？這個女人，自嫁入太子府的那一天起，就沒對他和顏悅色過，也一直不肯與他同房。那時候，他以為是她年紀太小，想要等長大一些才肯接納他。

後來，她漸漸地放鬆了戒備，也容許他歇在她的屋子裡，甚至還懷了他的子嗣。這麼一來，他更加確信自己的魅力無邊。

可楚濛濛的這一番話，讓他覺得十分羞辱。他的太子妃，居然這麼不在乎他！這教一向尊貴驕傲的他，如何能接受？

楚濛濛冷眼瞧著他，不屑地撇了撇嘴。「你也不動腦子想一想，那皇宮大內，豈是我說了算的？你也不想想，那是誰的地盤！那宮裡的太監宮女，是聽誰調遣的?!」

一語驚醒夢中人，龍炎在知道了事情的可能性之後，手裡的寶劍無力地掉在地上，發出清脆綿長的響聲。

第一百章　二皇子現身

「混帳！」永和宮內的宮人全都低垂著頭，不敢發出半點兒響聲，生怕惹怒了高高在上的皇后娘娘，招來殺身之禍。

因為地牢走水一事，皇后反而變得被動了起來。原本打算先將司徒錦關著，好拿來要脅龍隱的，結果她就這麼不明不白地燒死了，她豈會甘心？

「查！給本宮徹查，一定要將那縱火之人抓到！」侍衛回稟的結果，令皇后鳳顏大怒，非要找出那個暗地裡給她使絆了的人不可。

地牢本就陰暗潮濕，怎麼可能輕易著了火？想必是有人故意為之，為的就是破壞她的大計。她手裡沒有了司徒錦這個人質，日後要拿什麼來牽制沐王府？想到那個壞她大計的人，她就氣不打一處來。

「皇后娘娘息怒。」宮人們嚇得跪伏在地，一個個噤若寒蟬。

楚皇后凌厲的雙眸掃過那跪了一地的宮女、太監們，良久才找回自己的聲音。「都下去吧！」

宮人們急急地退出，不敢稍作停留。

一直服侍在皇后身邊的老嬤嬤見她這般生氣，便將早就準備好的參茶端了上來。「娘娘息怒，為這些小事氣壞了身子，不值得。」

「一個個都是廢物，本宮如何能夠不氣?!」想到最近發生的種種，楚皇后就一陣頭疼。雖然整個皇宮都在她的掌控之中，但畢竟皇上還健在，只要他還剩一口氣，她的兒子就沒有辦法名正言順地登基。

她原本企圖利用那些所謂的長生丹藥控制皇上，好讓他立下詔書，讓位給自己的兒子的。可是沒想到那丹藥帶來的後果，竟然如此嚴重，讓皇上病重昏迷。不過這樣也好，他死了，對自己的兒子也極為有利。可令人更加意外的是，在生死邊緣徘徊的聖武帝，居然又醒了過來！她好不容易建立起來的威信和到手的權力，就這樣白白溜走了，她如何能不氣？

「娘娘，此事蹊蹺得很，現在下結論還為時過早。」那嬤嬤也是親眼見識了宮內鬥爭的老人，說起話來老道得多。

楚皇后對她極為信賴，因此耐著性子問道：「嬤嬤有什麼看法，但說無妨。」

那嬤嬤微微屈了屈身，這才直言不諱地說道：「依老身看來，那死在地牢中的，未必就是沐王府的世子妃和她的丫鬟。」

「哦？」楚皇后冷凝的臉，在聽了這話之後，才稍稍展開了一些。「可有憑證？」

那嬤嬤上前一步，認真分析道：「其一，世子妃身分尊貴，就算葬身火海，必定會留下一些證實身分的物件，但就奴婢所知，地牢裡並未留下任何能夠代表身分的東西。當然，這也有可能是被大火燒光了，但起碼還是有些殘留物，不可能完全燒乾淨；其二，就是那兩具燒焦的屍體，個頭有些對不上。世子妃奴婢也見過幾回，不算高挑，而她身邊侍候的丫鬟，也是嬌小玲瓏。那兩具燒焦的乾屍，骨架略顯大了些；其三，地牢裡曾發現火油的痕跡，要想殺掉這二人，也不必如此麻煩，直接投毒或滅口不是更好，為何還要焚屍，搞得這般麻煩？」

聽完嬤嬤的分析，楚皇后頓悟。「這麼說來，那兩個燒死的人，並不是沐王府世子妃和她的丫鬟了？」

「奴婢是這麼認為的。」嬤嬤恭敬地退到一邊。

楚皇后一拍桌子，氣憤地站起身來。「是誰這麼苦心地製造出如此一場戲碼，想要迷惑本宮？真是費了不少的心思啊！」

「娘娘認為，這宮裡誰最有本事與娘娘作對呢？」那嬤嬤雖然低垂著頭，但說話的時候，嘴角卻以一個不容易發現的弧度微笑著。

楚皇后挺直了脊背，高傲地抬起下巴，仔細回想著後宮的每一個女人，最後將焦點放在了一個人的身上。

「難道是她？」

「娘娘可想到了些什麼？」那嬤嬤問道。

楚皇后緊握著手裡的帕子，眼神變得十分怨毒。「本宮原本沒將她放在心上，但自從皇上醒來之後，一直由五皇子陪著，很多事情也就能想通了。沒想到那看起來與世無爭的女人，居然也為自己的兒子盤算起來了。」

「娘娘，這後宮的女人，都是母憑子貴，如今三皇子一倒，就剩下一個五皇子。齊妃平日裡不爭不搶，並不代表她就是認命的人，能夠在後宮屹立幾十年不倒，即使生不出兒子來，卻備受皇上寵愛，也是需要過人的手段的。」

經過嬷嬷的提點，楚皇后這才醒悟過來。

她一直以來都將莫妃視為最大的競爭對手，沒想到齊妃才是那個隱藏得最深的敵人！五皇子雖然不是她親生的，卻更勝親生。而且，傳聞五皇子與沐王府世子交好，看來她早就在為五皇子做打算了。

她真後悔沒能先發制人，將司徒錦這個女人給弄死！

如今皇上清醒了，她再想要除去那個女人，就難上加難了。

「賤婦！居然想做那黃雀，真是癡心妄想！」她兒子才是真龍天子，是名正言順的皇位繼承人，那些妄想皇位的人全都該死！

「娘娘息怒，身子要緊。」嬷嬷一邊勸著，一邊替她披上斗篷，生怕她氣壞了身子。

楚皇后的雙手微微發抖，她從未如此嫉恨過一個人。就算皇上後宮佳麗三千，偶爾專寵幾個年輕貌美的妃嬪，她也沒有如此生氣。在她看來，男人喜新厭舊再正常不過，畢竟她年紀大了，歲月也在臉上留下了痕跡，那些年輕妖嬈的女子，自然更能吸引皇上的目光。

但齊妃那個女人在皇上心裡的地位，卻是那些新晉的寵妃無法比擬的。她的年歲不小，身子又虛弱，憑什麼獲得皇上一如既往的寵愛，甚至是尊重？她連個兒子都沒有生，到底憑什麼獲得這份尊崇！

「齊妃……本宮不會讓妳如意的！咱們走著瞧！」楚皇后氣得將案几上的杯子全都掃落到地上，一臉嫉恨地發誓。

九龍宮

「父皇，您想說什麼？」五皇子一改往日的玩世不恭，一直陪伴在聖武帝的身邊，盡心伺候著。因為那些丹藥的關係，聖武帝的性命雖然是保住了，但暫時卻開不了口，因此有什麼吩咐，只能用手比劃著表達。

聖武帝眼中有些激動，一雙手顫抖得厲害。

「父皇，您說，兒臣聽著呢。」五皇子乖巧地走到他身邊坐下，握住他的雙手。

聖武帝輕輕地抬手，在兒子的掌心畫著些什麼，五皇子琢磨了半晌，總算明白了。「父皇想問關於二皇兄的事？」

聖武帝點了點頭，眼中充滿了期待。

那個被他遺忘的兒子，居然還活著！對於一個子嗣不多的男人來說，是多麼大的欣慰！如今三皇子謀逆，被囚禁在火龍城，為了對朝野有個交代，他自然不可能釋放他，而三皇子也再無可能繼承大統。如此一來，他等於失去了一個兒子，若二皇子真的還活著，那也不錯，起碼他內心會好受一些，將來下了地府，也能對列祖列宗有個交代。

如今的局勢，聖武帝即使臥病在床，也很清楚。太子和皇后掌控京城和皇宮裡的一切，司馬昭之心，人盡皆知。雖然太子是他的長子，是名正言順的繼承人，但用這種見不得光的手段來逼迫他退位，令他心裡很不舒服。

他正值盛年，還可以掌控大龍一段時間，但他們居然連這些年的時日都不給他，就急著想要奪位了，真是可惡！

龍夜自然深諳帝王之術，也明白聖武帝的心思，於是將最近京裡的那些傳言說了一遍，最後還安撫著他，說一定幫他將二皇兄找回來。「父皇，那二皇兄可有什麼特徵？兒臣找到了人，也能替父皇辨認清楚。若是有不軌之人蓄意欺騙，兒臣定饒不了他們！」

聖武帝哀嘆一聲，繼續在他手心裡寫著。

龍夜又花了一些時間，才了解到關於二皇子龍吟的一些消息。等到伺候著聖武帝躺下，他才退出了九龍宮，朝著齊妃的宮殿走去。

齊妃聽到宮人稟報說五皇子來了，微微有些訝異。「快請。」

龍夜進了宮殿，先是恭敬地給齊妃請了安，這才說明了來意。「當年被送到宮外的二皇兄，母妃可有印象？」

當初齊妃與宮內各妃嬪的關係不錯，那位姜妃據說也是個性格溫順、儀態大方的女子，想必與母妃的交情不淺，因此龍夜才有此一問。

齊妃微微瞇了瞇眼，這才問道：「夜兒怎麼會問起這個？是不是你父皇對你說了些什麼？」

龍夜倒是沒有對齊妃有所隱瞞，據實以告。「父皇的意思，是想尋回二皇兄，讓他認祖歸宗。」

齊妃聽了他的話，不由得在心裡冷笑。

聖武帝還真會盤算，居然想要拉另一個兒子進來攪局。他就那麼放不下這皇位嗎，不惜犧牲幾個兒子的性命?!

那二皇子在這個時候回到京城，想必是有備而來。這樣會審時度勢的人，又豈會是簡單的主兒？

如此一來，她兒子的登基之路，又多了一些不穩定的因素。正常人在一般情況下，絕對不會將這麼一個危險的人物弄到身邊。

不過，龍夜有自己的想法，也對自己有絕對的信心。「父皇子息單薄，二皇兄若是還活著，也是好事，起碼皇后不會這麼快想到要對付咱們。兒臣可是聽說，皇后那邊最近常常派人監視母妃的宮殿，想必是因為父皇醒來，一直單獨召見兒臣，故而起了疑心了。」

齊妃沈思了一會兒，繼而笑道：「還是夜兒思慮得周全，你果真長大了。」

這麼隱含深意的一句話，讓龍夜感到一絲惶恐。「母妃過獎了！兒臣能有今日，也是母妃悉心栽培的結果。若是日後兒子能有作為，全都是母妃的功勞，兒子絕對不會虧待了母妃和妹妹的。」

龍夜這般卑微的說辭，並沒有降低齊妃的戒心，畢竟不是親生的，還是有些芥蒂。雖然她養育了他十幾年，母子之間的感情也很好，但日後的事情誰說得準？男人一旦坐上了那個位置，就會變得陌生。

為了那個位置的穩固，什麼事情都做得出來！

在宮裡待了這麼些年，她早已看得通透。

「夜兒說的什麼話，這都是你自己得來的，母妃可不敢居功。」齊妃的臉上滿是溫柔慈愛的笑意，看起來還真像一位仁慈的母親。

龍夜笑了笑，轉移話題說道：「母妃今日身子可好？兒子要服侍父皇，好久沒過來請安了。霜兒人呢？怎麼不見她？」

說起女兒，齊妃臉上的線條頓時變得柔和。「你父皇大病初癒，需要你在一旁照顧，你也是盡孝道，母妃豈會有怨言？倒是你，清瘦了不少，可要保重身子。至於霜兒，聽說世子妃過世了，她心裡難受得緊，躲在自己的宮殿裡難過呢。」

提到那死在火裡的世子妃，龍夜就一臉疑惑。「這事太過蹊蹺，母妃相信表嫂真的不在了嗎？」

齊妃搖了搖頭，道：「我自然不希望她有事。」

其實地牢起火，不過是朱雀故意命人找了替死鬼燒死在裡面的。只要眾人都以為司徒錦已死，那麼她的人身安全就暫時無虞。只不過這一番作為，卻令太子、皇后各自懷疑起他人，倒是朱雀始料未及之事。

龍夜坐了一會兒，又跟齊妃說了幾句話，便起身告辭。「父皇有令，兒臣不得不出宮一趟。皇后那邊，母妃可要格外小心。」

見他這般在意她的安危，齊妃心裡還是隱約有些高興。「你放心去吧，母妃不會有事的。她要想動我，也要有那個本事。」

龍夜點了點頭，便轉身出了宮殿。

如今皇宮到處都是皇后娘娘的人，要想出去，還真需要費一番功夫。不過，這倒是難不住龍夜，他在江湖混跡了一段日子，易容術什麼的倒也學了不少。隨意裝扮一下，龍夜就混出了宮去。

不等他去找那二皇子龍吟，那人倒是先找上了他。

一個乞丐拿著一封信，在龍夜走出皇宮後不遠，就跟了上來，將信遞給了他。看到署名給他的信，龍夜先是驚訝，繼而鎮定下來，展開了那帶著蒼勁筆力的信件。

細細讀下來，龍夜更是震驚得說不出話來。

按照信上的約定，龍夜悄悄來到了城裡的逍遙客棧。

「客官，您住店還是打尖？」儘管京城局勢緊張，但有些店鋪還是正常經營，絲毫不受影響。

龍夜頂著一張妖媚的臉，尖著嗓子說道：「天字一號房間在哪裡？」

「客官是來找人的？」那掌櫃的也有幾分眼力勁兒，抬起頭來問道。

龍夜點了點頭，不願意多說。

心中很多疑問還沒有弄清楚，他的心實在無法平靜。

掌櫃的給小二使了個眼色，那小二立馬恭敬地笑著上來相迎。「天字一號在二樓左側，客官請。」

龍夜不再遲疑，跟著那小二就上了樓。

天字一號房，是客棧最好的房間，不僅空間大，各種擺設都是最精緻奢華的，價格方面自然也是貴好幾倍。能夠住得起這樣的客棧、這樣的房間，必定不是普通人。

小二帶著龍夜到了天字一號房的門口，就笑著退下了。

龍夜深吸一口氣，然後才輕輕地敲了敲門。房裡半晌沒有人應聲，直到他快要失去耐心時，才響起一道略帶磁性的動聽嗓音。「進來吧。」

龍夜先是憤怒，但聽到那聲音後，整個人微微怔住。忍不住心裡的好奇，他還是推了門進去了。

那房間果然奢華不凡，地上更鋪了一層價值不菲的地毯。香爐裡的熏香還燃著，散發著醉人卻不令人難受的香味。

一個身穿白色衣衫的年輕男子背對著龍夜坐在桌子旁的圓凳上，一隻手端著杯子，另一隻手執著酒壺，只聽見潺潺滴落的酒水落在杯子裡的響聲。

龍夜仔細地打量著那年輕男子的身形，發現了一些可疑之處。首先，作為男子，他也太過潔淨了一些；其次，那纖細的手指，不似男子所有；再來，就是他的個子比一般男子矮，而且清瘦得過分。

這樣的身形，只有兩個可能的結論。

一，她是女扮男裝的紅妝。

二，他是個娘娘腔。

「是你找我來的？」龍夜蹙了蹙眉，對於他背對著自己，感到十分不悅。他好歹也是個皇子，對方卻如此輕慢，實在有些大不敬。

那年輕男子噗哧一聲笑了，繼而起身轉過頭來。「五皇子別來無恙啊！」

龍夜見到她那張臉，頓時僵在當場。

第一〇一章　真假二皇子

「是妳？」龍夜驚愕地張著嘴，俊朗的面容有著不可思議的表情。但不管他如何否認，眼前的事實卻是改變不了。

這個身著男子衣衫的俊逸少年，不正是個女扮男裝的紅妝嗎？

「五皇子請就座。」朱雀笑著做了個請的手勢，然後端起桌上的酒壺，為另一只空杯子也倒上了酒水。

龍夜一甩衣袍，冷靜下來之後，又恢復了那股皇家子弟的矜貴模樣。「是隱世子派妳將我引來此處的？」

對於朱雀，龍夜僅知她是隱世子影衛四大護法中的一個，而且，還是其中唯一的女子。這樣一個有膽識、有魄力的女子，世上罕見。

朱雀放下酒壺，輕抿了一口酒水，這才開口說道：「自然不是世子吩咐的。」

龍夜蹙了蹙眉，問道：「既然不是隱世子的吩咐，妳如何能自作主張，引我來此？」

「既然敢約五皇子來此，自然是有重要的事了。」朱雀倒是不怕這個時而冷漠時而溫和的五皇子，仍然打著迷糊仗。

龍夜有些失去耐性了，轉過身去，不再看她。

朱雀也不生氣，依舊我行我素地喝著小酒，一派悠閒。

「本皇子還有要事，有何事，趕緊說。」見她這般慢吞吞的，一向自持的五皇子也忍不住發怒了。

朱雀仍舊笑意盈盈，這才不緊不慢地說道：「奴家知道五皇子是個大忙人，豈敢耽擱？不就是要去替皇上尋找那失蹤多年的二皇子嘛，也不在乎這一時半刻的。」

龍夜眉頭皺得死緊，一臉錯愕地看著眼前這個媚眼如絲的女子，有些說不上話來。他出宮的目的只有極少數人知道，而且他還是易了容才出宮的，她如何能在最短的時間內打聽到這些？她又是如何知道他要出宮，還派人在宮門口等著？

這個女子果然不簡單！

朱雀笑得像隻小狐狸，顯然她剛才一番話令這位皇子殿下起了疑心，不過這樣正好，也省得她浪費唇舌了。

「怎麼，難道殿下不是來尋二皇子的嗎？」她眨了眨眼，假裝無辜。

龍夜胸口起伏不定，一雙銳利的眸子死死地盯著這個女子，心裡有些亂。那種被人猜中心思，還大剌剌地告訴他的難堪感覺，實在不好受。「姑娘何以知道？莫非是在宮裡安插了人，時時刻刻監視著不成？」

「殿下誤會了。」朱雀雲淡風輕地說道：「並非奴家刻意監視，不過是簡單的推理罷了。」

「那妳又是如何認出本皇子來的？」他自認易容術不差，怎麼輕易就被人識破了？他很不服氣地問道。

朱雀掩著嘴笑了笑，繼而認真回答道：「易容術的奧妙之處，便是言行舉止完全像樣，成為另一個人。殿下的容顏改變，但走路的姿勢、說話的語氣，卻絲毫沒有變化。有哪個做奴才的，雙手這般白嫩，走路還昂首挺胸的？殿下能唬得住別人，可騙不過我的眼睛。」

「可妳並沒有守在宮門口，又如何知道那是我？」龍夜被她揭穿，有些鬱結。

「那個乞丐雖然身分低微，但長年在京城的大街小巷混跡，察言觀色的本事一流，不然也不會活到現在。」朱雀淡淡說著。

她說的，都是最淺顯的道理。

作為前世排名前十的特種部隊成員，這些是最基本的小兒科。

龍夜見她不焦不躁的模樣，心中暗暗佩服。他算是明白了，龍隱為何會容許一個女子成為自己的屬下，還委以重任，看來她並非浪得虛名！

見他有些信服，朱雀臉上的笑意更深。「殿下不要沮喪，您的易容術還算高明，起碼能順利出了宮，這就是最好的說明。」

這就是打你一拳，再給你一顆棗兒。

龍夜有些氣惱，但始終發洩不出來，只能轉移話題道：「那妳又是如何知道我今日會出宮的？」

「其實，我也不確定殿下幾時會出宮，不過是派人在宮門口守著，守株待兔罷了。」朱雀說出這樣一番話的時候，臉上絲毫不見羞愧之色。

臉皮夠厚！這也是特工應變能力的考核項目之一。

龍夜一句話沒接上來，整個臉都垮了。

原先他還以為她有多高明呢，以為她掐掐手指就能算出這一切來呢！誰能料到她竟然是用這麼個笨法子。

被他幽怨的眼神盯著，朱雀諂媚地笑了。「殿下也別惱，這世上人無完人，更何況奴家一個弱女子。」

她這也叫弱女子？龍夜差點兒沒氣得吐血。她要是弱女子的話，這世上便沒有女人了！

「好了，不說這些了。殿下要去尋那二皇子，可有什麼線索？」朱雀見他臉色凝重，這才收斂了一些，正經起來。

龍夜本不是玩世不恭的性子，但偽裝了多年，一時改不過來。「朱雀姑娘有何見解？說來聽聽。」

朱雀格格地笑著，道：「殿下真是太抬舉奴家了。」

一身男子裝扮，一口一聲奴家，龍夜的心肝顫了顫，渾身抖了一抖。這女人簡直是個奇葩，往後他還是少接觸為妙，免得被氣得折了陽壽，就不划算了。

「朱雀姑娘有什麼話就直說吧，何必拐彎抹角。」

朱雀停住了笑聲，神色忽然嚴肅了起來。「如今京裡的形勢，相信殿下您也知道。皇后那邊似乎有些沈不住氣了，皇上這回若尋了二皇子回去，怕是又要引起一陣腥風血雨。好不容易安靜了一段時日，百姓又要遭殃了。」

「姑娘還真是菩薩心腸。」他略帶諷刺地說道。

不是他故意這般嘲諷，只要仔細思量一下朱雀的身分與責任，就能知道皇宮地牢那一場大火，怕是與她脫不了關係吧？那兩個替死鬼，也是兩條活生生的性命呢！

「殿下謬讚了，奴家不過實話實說，並非往自己臉上貼金。」朱雀假意屈了屈身，臉上卻沒有絲毫恭敬。

「三皇兄被一舉擊敗，莫氏一族也被發配邊疆，生不如死，皇后娘娘空出手來，怕是又要拿我開刀了。父皇身邊，如今只剩下太子和我兩個皇子，難道我就該乖乖伸出腦袋，等著他們來取？」五皇子自然也不愚笨。

只有找回二皇子，讓他在前方替自己擋一擋，他才能做那事後的黃雀。雖然太子在與三皇子鬥爭後，損耗了不少元氣，但三皇子那邊是臨時有人倒戈，才讓皇后他們撿了個大便宜。如今他們氣焰正盛，他可不想做那出頭的鳥兒。

若真是有那麼一位二皇子存在，他便可以繼續養精蓄銳，等到他們雙方鬥個你死我活，他再出手，如此一來勝算就大一些。

朱雀明白他的心思，也替這些皇子們感到悲哀。同室操戈，互相殘殺，哪裡還有半點人倫可言？

「殿下的考慮，的確精妙。只是那二皇子神出鬼沒，前一段時間還鬧得滿城風雨，如今卻下落不明。殿下要如何將他找出來？」

龍夜微微蹙眉，也為這個難題而傷腦筋。「既然傳聞他來了京城，那就挨家挨戶去搜，總會有線索的。」

這不失為一個辦法，但如此大張旗鼓地搜人，豈不是鬧得人盡皆知？皇后那邊的人馬，怕是早就出動人手吧，如今也沒個消息，看來那二皇子並不好惹，不僅沒被找到，還將自己藏了起來。

「這般去尋，怕是要打草驚蛇。」朱雀很不客氣地回道。

龍夜也知道這個法子不太周全，但一時之間也想不出別的辦法，只能死馬當作活馬醫了。「姑娘請我過來，就是為了告訴我這些？」

朱雀淡淡一笑，道：「自然不只是為了這個。世子臨走時吩咐，一定要竭盡全力幫助五皇子殿下。這不，奴家一得到消息，就請殿下過來了。」

「什麼消息？難道是……」龍夜的眼睛頓時亮了起來。

「正是殿下想的那個。」朱雀證實了他的想法。

「妳有他的消息？他在哪裡？」龍夜的神情有些激動，恨不得一把抓住朱雀的手，但礙於男女之防，還是克制住了。

朱雀緩緩地開口，說道：「遠在天邊，近在眼前。」
龍夜愣了許久，才反應過來。「妳？妳說妳是二皇子？」
她一個女子，如何能是二皇子？但她的易容術非常了得，難道那個二皇子是她假扮的？
朱雀從腰間拿出一把摺扇，風度翩翩地擺了個姿勢，笑道：「難道不像嗎？」
「怎麼可能？」她的氣勢是很夠，但身材上就不符合了。
「身高問題不算什麼，只要穿上內增高鞋就可以解決了。」朱雀自信滿滿地說道。
「內增高鞋？那是什麼？」龍夜不解地問道。
「就是……就是能夠做出高眺身段假象的鞋子。」朱雀輕咳一聲，倉促地解釋著。「先不管那些。若是想要將真的二皇子引出來，只有以假亂真，逼他自己露面了。」
龍夜聽完她的解釋，頓悟了。
「果真是個好法子，我怎麼沒想到呢！」他拍了怕手，懊惱地說道。
「殿下自然能想到，不過是時間問題。」朱雀覥著笑說道，有些諂媚的嫌疑。
這個男人將是大龍未來的國君，她不好好奉承一下怎麼行?萬一將來翻了臉，追究起這些舊帳，那可就不划算了。
龍夜倒是沒注意到她的這些小心思，重心全放在那二皇子身上了。「就怕他不上當，那一切都白費了。」
「若真的有損他的清譽，他豈會坐得住？」朱雀繼續說道。

「嗯，那我就放心了。只是，妳打算如何敗壞我那二皇兄的聲譽？」龍夜頗感興趣地問道。

朱雀搖著扇子，一臉認真地說道：「偶爾得了空，去青樓或倌兒館坐坐，極好。」

龍夜聽了這話，差點沒摔倒在地。

虧她想得出來，居然出這樣的損招！

雖然男人去青樓妓館是常有的事情，但若是去小倌館，那就值得商榷了。男人嘛，都是要面子的，若是讓人知道他不喜歡女子，反倒有斷袖之癖，那可就丟人丟大了。何況，這位朱雀姑娘勢必會將事情鬧大，到時候怕是那二皇子會氣得吐血，不得不站出來澄清。

如此一來，要找他倒是容易多了！

沒多久，二皇子遊走於各個青樓妓館的消息便傳遍了京城，那些見過二皇子的人，全都驚為天人。朱雀的容貌自是不用說，扮起男子來，也是風流倜儻，俊逸不凡的。加上「他」對女子很溫柔，更讓那些青樓女子也對「他」著迷不已。

當然，這些謠言自然也傳到了某些人的耳朵裡。

「你說有人假扮二皇子，在京城裡招搖撞騙？」身穿藏青色錦袍，正在書房核對帳目的男子微微抬起頭，臉上的神情冷淡，語氣卻十分嚴肅。

跪在地上的黑衣男子恭敬地將最近的傳聞講述了一遍，不過聲音卻是愈說愈小，最後都吞進了喉嚨裡。

「果真是妙計。」有著一張神仙面孔的男子放下手裡的筆，臉上有著似笑非笑的笑意。

黑衣男子不敢吭聲，低下頭去。熟悉主子的人定然知道，這笑容意味著那些得罪主子的人要遭殃了。

「薛易，給我盯著那人，隨時彙報他的一舉一動。」

「是，主子。」薛易小心翼翼地應著。

吩咐完任務以後，男子又重新埋頭在一堆帳冊裡，似乎對此事不甚在意。

又過了幾日，傳聞二皇子不但喜歡流連聲色場所，近來又喜歡上了京城貴族裡流行的一項癖好，那就是褻玩孌童。

此事一傳出，二皇子的名聲就瞬間變壞了。

原先那些認為他風流瀟灑的人，全都改了口，一個個在背地裡辱罵這個二皇子不學無術，是個紈袴子弟，簡直丟盡了皇家的顏面。

事態演變到這一地步，那個原本沈穩的男人，再也坐不住了。在某一個漆黑的夜裡，他悄悄離開藏身之處，出了門。

「就是這裡？」男子低沈的嗓音慵懶地問道。

黑衣男子單膝跪地，答道：「屬下最近一直跟著他，不會有錯的。」

男子點了點頭，揮了揮手，然後一躍而起，悄悄潛進了這家京城有名的客棧裡。雖然知道這是對方故意引他出來的招，但天性高傲的他，又如何能任人抹黑自己？他的大仇還未報，他可不能就這樣任人擺布！

客棧燈火通明，沒有絲毫異常，人來人往的客人們在大廳裡喝著酒，划著拳，好不熱鬧。男子在屋頂上觀察了許久，沒有發現任何不對勁，不由得蹙了蹙眉。

「主子，還是讓屬下先去探路吧？」薛易是個忠心不貳的奴才，自然不會讓自己的主子冒險。

那些人能夠想出這樣的招數來逼迫主子現身，定是有所準備。

男子伸出手制止了他。「退下。」

「是。」薛易不得已退到了他身後。

「你們留在這裡接應，我一個人去就行了。」男子似乎是下定了決心，開口道。

「主子！」身後好幾個黑衣人都站了起來，不想讓主子去承擔風險。他們從小就跟著他，對他的命令不敢質疑，卻不願讓他以身犯險。要知道，姜家就剩下這麼一根獨苗，要是出了什麼差錯，他們萬死難辭其咎。

「退下。」男子輕喝一聲，眼中充滿了威懾力。

那些黑衣人不好再開口，只得眼巴巴地看著主子一躍而起，飄進了那天字號房的門口。

男子在門口停留了片刻，沒有輕易進去。房中的燭火搖曳，杯盤狼藉，看似空無一人，只有床榻處傳來一些異常的響動。

那嘎吱嘎吱的響動，讓人遐想無限。

男子捏了捏拳頭，輕輕推門而入。他倒要看看，是誰在背後搞鬼，壞了他的大計！只是，還沒來得及出手將紅帳中的人給揪出來，一陣頭暈目眩過後，他漸漸有些不支地後退了幾步。

糟糕，居然中了迷藥！

他都如此小心了，怎麼會被這樣下三濫的手段給制住了呢？男子運了運內力，發現竟然一點兒都提不起勁來。

「別浪費力氣了，你中的可是無色無味的醉仙哦。」朱雀笑嘻嘻地從暖帳中鑽出來，滿臉的笑容。

她的計劃果然奏效了。

她倒想看看，這位傳說中的二皇子，是個什麼樣的人物！這樣想著，她便朝著那癱軟在桌子旁的男子走去，輕輕地拉下了他的面紗。

第一〇二章　二皇子真身

朱雀怎麼也想不到，這個惹得天下大亂的二皇子，居然會是她熟悉的人！

兩個人相視良久，誰也沒開口說話，一直保持緘默。客棧樓下人來人往，熱鬧非凡，但這天字一號房間裡，卻是安靜得異常。

好不容易，朱雀才找回了自己的聲音。「怎麼會是你？」

她想過千萬遍，但絕對沒料到會是他！這怎麼可能呢？他可是楚家的當家，是皇后娘娘最為倚重的弟弟，是京城首富。他要風得風、要雨得雨，他如何能是那個早已夭折了的二皇子？這簡直太滑稽可笑了！

朱雀退後了好幾步，直到再無後路，這才停了下來。

楚羽宸此刻，也睜著有些迷濛的雙眼，認出了她來。「朱雀？看來，咱們算是扯平了。」

他一邊無力地咳嗽了兩聲，一邊無奈地笑著。

這個不像丫頭的姑娘，果然另有身分。她整日頂著一張普通的臉皮四處晃悠，還常有驚人的言論破口而出，這樣一個離經叛道的女子，如何能是普通人？其實他早就想到了這一點，只不過沒有仔細推敲罷了。

更何況這個女子，還是那唯一能夠闖入他心房的人，他就算再懷疑，也不會做出什麼傷害她的事情來。

只是不曾想到，那個引他出來的人，竟然會是她！

是他太過自信了，還是被感情蒙蔽了雙眼？微微閉上眼睛，楚羽宸倒是顯得十分平靜。

「你不打算好好地解釋一番嗎？」朱雀愣了半晌，然後才開口問道。

「既然已經落到了妳的手裡，還有什麼可說的？」他睜開雙眼，似笑非笑的看著她。

朱雀不自在地撇過臉去，不敢與他對視。這個男人是天之驕子，又在楚家混得風生水起，四處逢源，不得不說他是一個極為聰明的人。怕是直到如今，那些倚仗他的人，也不曾想到他的另一個身分吧？

「你……你若是二皇子，如何能在楚家立足？他們不曾懷疑過你嗎？」

據說楚夫人三十多歲才有這麼一個幼子，必定是看得十分金貴，他又是如何被掉包，在楚府養大的呢？

要知道，當年姜氏一族，可是被楚家設計陷害的。

他在楚家長大，也過得不錯，還是當今太子的舅舅，身分何等尊貴，為何現在又要以二皇子的身分站出來？他到底意欲何為？

似乎看出了朱雀的疑問，楚羽宸挪了挪身子，找了個舒服的位置依靠，沒有任何隱瞞地說道：「妳覺得奇怪，我為何是二皇子，卻在楚家長大？既然有了新的身分，為何又要站出來跟太子爭奪皇位，是嗎？」

朱雀抿了抿嘴，卻沒有吭聲。

他自己老實交代自然好，省得她尷尬不已。畢竟他們的關係僅止於一時的男歡女愛，根本沒有任何承諾。

她是個思想開放的女子，來自於異世，對古人三妻四妾的封建禮教，排斥得厲害。故而，就算委身於他，她也沒有想過要與他成親，去做他眾多女人中的一個。兩情相悅足矣，她不敢奢求。

見她不吭聲，楚羽宸便緩緩道來。「這要從二十年前說起了。我的母妃，也就是當初的姜妃娘娘，在懷了我之後，便隱隱察覺到皇后娘娘的野心。她雖然是個溫柔善良的女人，卻也不愚笨，早就想好了退路。楚家的勢力強大，不是父皇一個人能夠壓制得住的。因此，在生產之前，母妃就託宮外的外祖父家，暗中準備好了替代之人，在我出生後不久，外祖母便進宮探望，悄悄地將我換了出去。」

「後來的事情，想必妳也是有所耳聞。楚家為了排除異己，栽贓姜家有圖謀不軌之心。父皇雖然不信，卻忌憚楚家的勢力，不敢明目張膽地去調查。就這樣，姜氏一族便沒落了，而我的母妃也被皇后秘密處死。碰巧，過了不久，楚家夫人生下一個男嬰，但因為先天不足，身子很是虛弱。

「外祖父怕我遭到迫害，事先就打聽清楚了。所謂最危險的地方，就是最安全的地方。

楚家人萬萬想不到，我外祖父會收買楚家夫人身邊的丫鬟和太醫，將我偷換了過去。這二十年來，曾經不少人對我的外貌產生過質疑，因為我既不像楚老爺子，也不像楚夫人，倒是跟太子有幾分相似。都說外甥多似母舅，在皇后娘娘力保下，竟然再也沒有人敢懷疑我的身分，是不是很可笑？」

他一邊說著，一邊大笑出聲。

朱雀看著他那俊逸的臉上湧現出無限落寞，心裡突然微微泛酸。

他何嘗不痛苦？恐怕這麼多年來，他一直都當自己是楚家人吧，畢竟送去楚家的時候，他還是個襁褓裡的嬰兒。

只是，後來不知道怎麼的，知道了自己的身世，興許是姜家人找到了他，告訴他要為姜家報仇，所以他才不得不擔起這個重任，在左右為難中掙扎吧。

一方是生養自己的親人，一方是養育他的楚家，這個優秀的男人必定深受煎熬，在報仇與放棄報仇的糾結中徘徊。

身為姜妃所出的二皇子，他的確該為自己的母妃和姜氏一族洗刷冤屈，還他們一個公道。但楚家將他養育長大，還細心培養，給了他莫大的權勢。儘管知道這血海深仇是楚家一手造成的，但他也不是個沒有心的木頭，他也有感情啊！

朱雀不由自主地走過去，伸出手想要撫平他眉宇間的愁緒，可是還未有動作，外面突然傳來一陣腳步聲，讓她警覺起來。

糟糕！她怎麼把這事給忘了？那五皇子可是在此等著她的消息呢！要是被他知道楚羽宸就是二皇子，那他的性命豈能保得住？

別說五皇子與楚家勢不兩立，按照他的性格，怕是要將這二皇子推出去，讓他跟楚家人自相殘殺吧？

朱雀一邊飛快地動著腦子，一邊將楚羽宸扶起，朝著床榻後面的暗格走去。這逍遙客棧是隱世子的勢力，因此她對這裡的環境一清二楚。

將他扶到暗格中藏好之後，朱雀這才整理了一下衣服，迅速在桌子旁的圓凳上坐了下來，假裝飲酒。

砰一聲，大門被人從外面推開，接著便是龍夜帶著一隊人馬衝了進來。「怎麼樣，今晚有沒有動靜？」

朱雀長嘆一聲，道：「殿下看奴家這個樣子，哪裡有什麼事？說來也奇怪，那人還真是沈得住氣，居然到現在都沒有反應。」

「難道是計劃洩漏了出去？還是他果真心機深沈，不輕易就範？」五皇子不客氣地在她對面坐下，深思熟慮起來。

朱雀為他斟上了酒，勸道：「殿下切勿心急，說不定很快就有消息了。」

此時，屋頂上等候已久的薛易早就按捺不住了。當看到五皇子帶著一行人闖進那屋子的時候，他就知道要壞大事了，於是顧不上主子的吩咐，悄悄地朝著天字一號房間靠近，前去營救自己的主子。

他們都是訓練有素之人，在屋頂上行走，竟沒有發出任何響動。只是五皇子也不是泛泛之輩，早在有人靠近的時候，就警覺了起來。他給了屬下一個暗示，便打住朱雀的話，緩緩地站起身來。

在他一個手勢下，那些侍衛突然拔地而起，抽出寶劍，朝著屋頂而去。

朱雀驚訝的同時，也跟了上去。

那是一群蒙著面的黑衣人，一看就是身手不弱的私人暗衛。想必這些就是他帶來的幫手吧？如今不見他出去，這些人便急了，想要前來搭救。

不過這樣也好，倒是幫了她一個大忙。

若是沒有這些人來攪局，怕是五皇子都要懷疑到她頭上來了。

楚羽宸的暗衛與皇家的侍衛碰在一起，頓時引發了一場惡鬥。雙方都頗有實力，一時半會兒倒是分不出勝負來。不過，五皇子一心想要儘快找出二皇子的下落，頓時坐不住，飛身上前去助陣。

朱雀一眼就認出那個領頭的黑衣人。她跟楚羽宸關係匪淺，對他身邊的人也有印象。那人是楚羽宸的左膀右臂，萬一他被擒了，恐怕有些不妙。

因此，朱雀也欺身上去，與他們纏鬥在一起。

表面上，她是幫五皇子擒拿那些賊人，但實際上，她一直在暗中給那人使眼色，讓他先行退去，以後再作計較。

那些都是死士，一旦被擒，要麼制裁，要麼被賜死。因為楚羽宸的關係，朱雀不忍心看他們白白犧牲。

薛易在與五皇子交手之後，就發現了他身旁那個女扮男裝的年輕女子。當看清她的面容時，他不由得微微失神，也就是這一失神，讓五皇子鑽了個空子，刀劍刺了過去，在他的肩上留下了一條傷痕。

「大膽賊人，還不速速就擒！」五皇子大喝一聲，誓要將他們一舉拿下。

薛易回過神來，見朱雀不斷地給他使眼色，頓時稍稍放了心。他也是見過朱雀幾面的，而且知道她與自己的主子關係匪淺，頓時明白她不會加害自己的主子。而且，剛才那五皇子帶著人出來，並未發現主子的蹤跡，便知道一定是朱雀姑娘救了他家主子。他們若是繼續糾纏下去，怕是要連累主子了。

於是薛易二話不說，從袖子裡拿出幾枚煙幕彈來，朝著屋頂上一丟。一陣白煙過後，那些黑衣人就這麼消失在夜空之中。

五皇子沒料到他們還有這麼一手，有些措手不及，不過能夠發現他們，也算是不小的收穫。「來人，給我懸賞一萬兩，一定要找到這些人的下落！」

如今不只是他，皇后那邊也在加緊搜人，可惜效果甚微，沒有發現任何蛛絲馬跡。如今這些黑衣人現了身，就算輕功再好，也難免會被人發現。重賞之下必有勇夫，相信在利益誘使之下，會有人出來提供線索。

朱雀微微鬆了口氣，躍下屋頂，回到屋裡。不一會兒，五皇子跟了上來，看向她的目光有著一絲欣賞。「沒想到朱雀姑娘不但頭腦靈活，連功夫都這麼出神入化。」

「殿下謬讚了，不過是些花拳繡腿，防身而已。」朱雀假裝謙虛著，眼中卻是滿滿的自豪感。

不是她吹噓，她的功夫在影衛裡可是拔尖的，要不世子大人也不會提拔她做了護法。

「時辰不早了，殿下回去歇著吧。事情既然有了眉目，相信很快便有結論。」朱雀打了個呵欠，假裝犯睏。

這五皇子不是個簡單的角色，因此她總是小心翼翼，生怕有個什麼疏忽。

楚羽宸還躲在她這裡，若是被發現，那可是不得了的事情。萬一連累了沐王府，那她萬死難辭其咎！

五皇子聽她這麼說，也不再耽擱，帶著侍衛們就離開了。不過臨走之前，他還是忍不住打量了一圈屋子裡，確定沒有發現任何不對勁的地方，這才安心離去。

等到門扉關上了，朱雀這才吁了一口氣。

「總算把這位大爺送走了。」她踏著輕鬆的步子，朝著暗格走去，想要看看他是否還在。

朱雀相信，以楚羽宸的實力，絕對不會將自己置身於危險當中。剛才，他的屬下來營救他的時候，屋子裡的人全都出去幫忙了，這麼好的時機，他自然不會錯過。

她打開暗格去瞧一瞧，也是想要懷念一下他在身邊的日子。

自從京城動亂開始之後，他們便沒再見過面。一來，朱雀有任務在身，必須服從世子的安排；二來，楚家正張羅著給楚羽宸娶妻，她又何必留下來，徒增傷感呢？

原本沒有什麼期待，可是在看到他沒有離開，虛軟地坐在地上，一瞬不瞬地望著她的時候，朱雀的心忽然一軟，上前走了兩步，然後緊緊地抱住了他。

不管她如何保持理智，可是情到深處，她依舊是個普通的女人。

感受到她情緒的激動，楚羽宸伸出手去，圈住了她的身子。不僅僅是因為感激她的相救，還因為她是他唯一在乎的女人。

「你……我還以為你已經走了……」朱雀哽咽著，儘量讓自己的聲音聽起來正常。

楚羽宸撫摸著她絕世的容顏，說道：「雀兒……我捨不得妳。」

迷藥的效力雖然還在，但楚羽宸已動用內力盡速逼出，此刻他只想擁抱這個令他心疼的女子。

一句話，讓朱雀隱含的熱淚再也抑制不住地滴落，在白皙的臉龐上留下一道道淺淺的痕跡。

「別哭……妳知道我會心疼的。」此刻，他不再是楚家的當家，不再是皇家的二皇子，他只是一個心疼自己女人的男人，一個再正常不過的男人！

美人在懷，又哭得那般動人，作為一個男人，如何能不激動？楚羽宸捧著她的臉，將她納入自己的懷裡，緊接著滾燙的唇瓣輕輕地印了上去，不急不緩地吮吸起來。

朱雀只覺得呼吸一窒，整個人都變得暈乎乎的，有些透不過氣來。什麼禮義廉恥，什麼身分阻礙，全都被拋到了九霄雲外。這一刻，她只知道，她深愛這個男人。

一隻手臂輕輕地攬著他的脖子，另一隻手則抵在他的胸前。兩個人吻得有些忘我，溫度漸漸升高了起來。

朱雀只覺得身子一輕，整個人就被抱起，來不及驚呼出聲，楚羽宸已經大步抱著她朝暗格外那紅鸞床榻上而去。

許久沒有這般親熱過，楚羽宸顯得有些急切。朱雀雖然是個女孩兒家，但已將世俗禮教看得很淡，主動幫他脫起衣物來。

兩個人彼此撕扯著礙事的衣服，他們已顧不上許多，只想著能夠再親近一些。衣服散落一地，房裡的蠟燭不斷地滴著蠟淚，床榻發出嘎吱嘎吱的響動，紅色的帳幕之中，不斷地傳出羞人的聲音，教月亮都躲進了雲層裡。

翌日，朱雀睡到日上三竿才起身。

身旁溫熱的軀體早已失去了蹤影，但她臉上卻沒有任何失望與不滿，能夠與他有這麼一段露水姻緣，已經足夠。

永和宮

「你說什麼?沐王爺不見了?」楚皇后在聽了這個消息之後，不由得勃然大怒。那可是她好不容易得到的一顆棋子，怎麼能說不見就不見了呢?

「愣在這裡做什麼，還不快去找?!」楚皇后見那侍衛首領低著頭不言不語，頓時更加氣惱。

她怎麼就養了這一群廢物，這麼點兒小事都做不好!那沐王爺被她關了起來，還下了讓他昏睡的迷藥，這樣竟然都能讓人給跑了，她如何能不生氣?!

太子龍炎近來精神有些不濟，也很少來宮裡請安。今日好不容易爽利了一些，卻不曾想到，剛踏進宮門，就聽到這麼驚人的一個消息。

他從來不知道，母后背著他扣押了沐王爺當人質。

「母后……您剛才說什麼?沐王爺一直在您手裡?」他不可思議地走上前去，眼裡滿是驚愕和質疑。

楚皇后見是自己的兒子，這才安了心。將殿內的宮人全都趕了出去之後，她才笑著將他喚到自己身旁。

「炎兒，母后這麼做，也是為了以防萬一。那隱世子至今下落不明，有沐王爺在手裡，也算是一種牽制。」

隱世子的勢力，太子不是不清楚，可是母后居然都不事先跟他商量，他心裡難免會有一些疙瘩。

自古以來，後宮不得干政，這個規矩大龍也是延續至今，可是自從父皇病倒之後，這大大小小的權力都落在了母后一人的手裡。雖說她這麼做也是為了自己的將來打算，可是在朝臣們面前，他就像是個傀儡一般，根本沒有威信可言。那些追隨他的臣子們，對他還算恭敬，但全都聽從母后的命令，他根本就是個沒有實權的空殼子。

他這個太子，做得可真窩囊！

想到這些，龍炎心理更加不平衡了。

「炎兒，你怎麼不說話？」楚皇后見他半晌沒有吭聲，不由得起了疑心。

龍炎淡淡笑了，敷衍道：「太子妃小產，兒臣心情很不好，讓母后擔心了。」

想到那個無緣的孫子，楚皇后也是憤恨不已。「炎兒不必擔心，孩子以後總會有的。你們都還年輕，不必為一時的不如意而傷懷，更重要的是以後。你回去也勸著濛濛點，母后知道她心裡也不好受。如今那害她之人已經得到了報應，她應該可以安心了。」

說起世子妃司徒錦，龍炎心裡頓時又泛起痛意。

那個女子，是他唯一一個心動過的人，可是卻不明不白地死在了地牢裡，死狀慘不忍睹。就算她是隱世子的世子妃，將來或許是他們的死敵，可是她畢竟只是一個弱女子，又能有多大的威脅？為何母后就是容不下她，非要置她於死地？儘管宮人們都說，那場大火是個意外，可是這皇宮是母后說了算的，要是沒有她的命令，如何會發生這樣的慘案？

楚皇后看見兒子眼角的傷痛，不由得吃了一驚。難道兒子真的對那司徒錦動了心思？這可有些不妙。

萬一兒子對她起了疑心，母子之間生出嫌隙，那往後她怕是要寢食難安了。如今她掌著朝中大部分的勢力，幫他打理著一切事物，倒是讓他沒有了實權。

若是有心之人稍微挑撥一下，豈不是要壞大事？

她對到手的權力依依不捨，但心知終究得把這一切交給兒子，可若是真要她將權力都歸到兒子的手裡，她又不大放心。

龍炎是有能力，但卻很平庸，由他出馬，必定壓制不住那些野心勃勃之人。在楚家的勢力裡，有不少都是他姓的世家大族，那些人心裡打的什麼主意，她不是不知道，怕是要借著楚家的勢力，慢慢往上爬吧？

這教她如何能放心？

「炎兒，你是不是聽說了些什麼？是不是對母后有所誤會？」

龍炎低垂著頭，不敢抬頭看她，只能吶吶地說道：「母后說哪裡話？兒臣如何會懷疑母后的用心？您多慮了。」

「那就好。母后還以為你為了那世子妃，怨恨上了母后呢！說起來，那世子妃挺不錯的，只是運氣不好。炎兒，她畢竟是別人的妻子，在外人面前，你萬萬不可露出這樣的心思來，知道嗎？」

龍炎點了點頭，勉強應下了。

母子倆說了一會兒話，皇后就藉口去探望生病中的皇上，去了九龍宮。

龍炎回到太子府，左思右想，還是覺得愧對沐王府，於是準備了一箱子的禮物，派人送了過去，當作是賠償。

沐王妃見太子送來禮物，先是驚訝，繼而傷心欲絕。

如此一來，豈不是坐實了世子妃已經香消玉殞的消息了？

沐王妃慟哭了一陣，差點兒沒暈過去，整個沐王府的人知道了這個消息，也都陷入了深深的哀痛當中。

說起世子妃，誰不知道她善待下人，對人都彬彬有禮，就算王妃脾氣古怪，最後也接納了她，將她視為親生女兒一般對待。更何況，隱世子對這位世子妃百般疼愛，恨不得將世上所有的好東西都送到她手上。

都說世子妃出身低微，但在王府下人們的眼中，她比起那些世家大族出身的大小姐們還要更知書達禮，即使西廂那邊一直沒將她放在眼裡，她也沒有故意針對他們，而是寬以待人，還處處為對方著想。

這樣一位識大體的世子妃，誰不喜歡？

只不過，也不是每個人都替世子妃難過，甚至有人感到開心。

王府中聽到這個消息最高興的，莫過於陳氏，她一向對世子妃心有不服，如今世子妃死了，她甭提多開心了。

「這下子，王妃不將管家之權交給夫人，也說不過去了。」服侍她的丫頭一邊替她捏著腿，一邊諂媚地說道。

自從莫氏一族被打壓下去，莫側妃的地位也是一蹶不振，聽說她在別院的日子，過得十分艱難。原本盼望三皇子繼位之後，她能重新回到王府裡作威作福的，誰想到三皇子竟然這麼不堪一擊，兵敗如山倒！她想要回王府，也遙遙無期了。

加上王爺已經厭倦了她，一門心思都在王妃身上，她想要東山再起，無異癡人說夢！

作為莫氏的兒媳婦，陳氏的地位自然也低了很多，所以王妃才將管事權給了司徒錦那個後來者，直接忽略她的存在。

「哼，那個老太婆最好傷心死！這樣，我管家也是名正言順。」陳氏大言不慚地享受著丫鬟們的服侍，整個人看起來神清氣爽。

沒有了司徒錦，她似乎看到前途一片光明。

陳氏一族雖然也受到了不少排擠，但至少沒有被逐出京城，這讓陳氏看到了希望。前段日子，龍翔還打算娶那個京城名妓到府裡來，如今見事態有了變化，居然隻字不提，還時不時到她的屋子來大獻殷勤。

這樣明顯的差別，更讓陳氏趾高氣揚，不可一世。

同樣的，因為司徒錦的死而興奮不已的，還有龍敏郡主。莫氏一族被發配邊疆，但因為王府的庇護，她得以繼續當她的郡主，如何能不開心？

不過，莫氏一族倒臺，讓她的地位也降了不少，院子裡的下人服侍起來也不甚用心了。龍敏雖然懊惱，但因為沒有了依靠，也只能忍氣吞聲。

司徒錦被燒死在皇宮裡，她不知道有多高興，如此一來，王妃必定憂慮過度，不能繼續當家，那麼權力又將落到西廂這邊。她雖然是個姑娘家，但也是可以學著當家，將來嫁了人，也不會被人看低。

尤其是楚皇后，最是喜歡能幹之人，若是她將來表現得好，說不定楚家就接受她了呢！這樣想著，她就激動不已。

「采兒，快給我梳妝打扮，本郡主要去見王妃。」

芙蕖園

「王妃娘娘，郡主和大夫人求見。」

沐王妃此時還沈浸在悲傷之中，哪裡還有心思見她們，於是揮了揮手，想要珍喜將她們給打發走。

但那兩個人豈是那麼容易打發的？王妃不見她們，她們就會乖乖地離開嗎？畢竟是莫側妃教出來的人，膽子也不是一般大。

「好妳個狗奴才，居然假傳母妃的旨意！本郡主是王府的郡主，妳們竟然也敢攔著？一會兒見到母妃，定不會饒了妳們！」龍敏拿出郡主的架勢，對著芙蕖園守門的丫鬟大聲喝斥著。

陳氏也不甘落後，昂著頭顱睥睨著這些下人。「沒聽見郡主的話嗎？還不趕緊讓我們進去！」

守門的丫鬟、婆子不敢大意，豈會輕易被她們唬住？於是，一來二去，雙方爭執不下，在外面吵了起來。

沐王妃本就有些頭痛，如今被她們的爭吵聲一攪和，就更加不舒服了。「吵吵鬧鬧，成何體統！給我趕出去！」

珍喜領命出了屋子，對院子裡的小廝們吩咐了幾句，便頭也不回地進屋。「小姐請放心，已經派人去趕她們走了。」

她在心裡哀嘆一聲，世子妃那麼好的人，居然就這麼沒了，而這些不省事的人，偏偏在這個時候上門來鬧，真是太沒良心了！

王妃如今病著，她們也不前來侍候，一聽說世子妃沒了，倒是上門來了，目的為何，她比任何人都清楚。

不過是想接了世子妃的位置，將管家大權弄到手罷了。這樣狼子野心，真不配生為人！

不一會兒，院子門口傳來一陣陣咒罵聲。

「你……你們居然敢這麼對本郡主，吃了熊心豹子膽嗎？」龍敏見凶神惡煞的小廝拿著棍棒出來，不由得一陣心慌。

她以為只要她拿出郡主的架勢來，他們就不敢對她怎麼樣，可是沒想到，許久不到芙蕖園，王妃倒是厲害了起來，將院子裡的下人都訓練得這般聽她的話。

陳氏也是氣不打一處來，她何時受過這般委屈，頓時撒起潑來。「唉唷……你們這些膽大的奴才，居然欺負到主子頭上來了！這要是讓外人知道，指不定說我們王府如何管教不嚴呢！」

想要用王府的聲譽來要脅？顛倒是非！

那帶頭的管事將棍棒一橫，喝道：「恕奴才們無禮！這芙蕖園是王妃的院子，沒有王妃的命令，誰都不能進去！郡主和大夫人還是請回吧，若是惹惱了王妃，到時候誰的面上都不好看。要知道這般對王妃不敬，可不是做兒媳、子女該有的態度。」

一席話，讓門外的兩人全都閉了嘴。

她們氣憤的同時，也在暗自驚訝。一個奴才都能有這般的氣勢，更何況這院子的主人？難道是沒了莫側妃，王妃就變得硬氣了起來？照此下去，西廂那邊的人，豈不是永遠要低人一頭？

龍敏不甘心地咬著下唇，狠狠地在心裡發誓。為了她將來的幸福，她一定要在王府抬起頭來做人，即使王妃給不了她這個待遇，她也會另想他法。總之，她不會永遠屈居於別人之下。

她聽聞楚羽宸已經打算娶妻了，她說什麼都不會放棄的，就算是去跪求皇后娘娘，她也一定要進楚家的門！

第一〇三章　遣送庵堂

永和宮

「娘娘，沐王府的敏郡主今兒個遞了帖子進來，說要求見娘娘。」宮女畢恭畢敬地蹲在地上，如實彙報每日的情況。

楚皇后此刻正在梳妝，一頭青絲垂在肩後，像一疋上好的錦緞，光澤誘人。「哦？她怎麼會想到要來見本宮？」

莫側妃的女兒一向不肯對東宮低頭，如今這是怎麼了？居然覥著臉來求見她，想必有什麼為難之處吧？

「或許敏郡主是為了替族人說情吧？」服侍她多年的宮女大膽地猜測著。

楚皇后搖了搖頭，道：「說是求情，也不會等到現在。莫家人已經全部被逐出京城，她早先幹麼去了？」

「娘娘說得是，奴婢妄言了。」宮女退到一邊，繼續幫她盤髮。

「既然不是為了莫家，定是為了自己了。」楚皇后冷笑，帶著一絲嘲諷。

關於敏郡主的事蹟，她可是有所耳聞。那郡主原先是沐王爺最寵的女兒，在王府裡橫行霸道，連正牌的王妃都不放在眼裡。那樣一個驕傲的女子，如今在王府的日子想必不好過吧？

沒了莫側妃的保護，沒了莫家這個靠山，她拿什麼來顯擺？王妃與那莫側妃一直不對盤，如今莫家人出了事，王妃必定更不會善待莫側妃留下來的兩個孩子。那敏郡主求到她這裡，想必也是為了讓自己替她撐腰吧？只是，她算盤打得不怎麼好。她憑什麼要幫一個外姓的人，而且還是死對頭的後代？這個敏郡主是腦子有問題，還是自視過高，認為她還有什麼利用價值嗎？

簡直是笑話！

「將帖子退回去吧，本宮可沒那個閒工夫見她。」楚皇后撫摸了一下頭髮上的金釵，慵懶地說道。

皇宮裡的事情，就夠她忙得焦頭爛額了，她自然沒心情理會一個無關緊要的人。

帖子被退了回來，讓龍敏非常沮喪。她一遍又一遍問著那宮裡來的公公：「皇后娘娘為何不願意見我，難道你們沒將我的意思表達清楚嗎？」

那公公不屑地瞥了她一眼，頓時覺得這個郡主不但不懂規矩，還沒眼力勁兒。就憑這一點，皇后娘娘也不會待見她。

「郡主還是小心一些，免得禍從口出。娘娘日理萬機，還要打理整個後宮，哪有那些個閒工夫召見妳？郡主還是打消這個念頭吧，也省得惹出事端，得不償失。」那公公幾乎是用鼻子哼出這麼一段話來，頓時惹得龍敏臉紅氣躁，恨不得將他身上燒出一個洞。

她堂堂一個王府郡主，居然要看一個太監的臉色！這教人情何以堪?!

不過幸好她身邊的丫頭懂事，拉扯了一下她的衣袖，這才沒讓她說出什麼過分的話來。「公公辛苦了，這些是郡主請您喝茶的。」

那公公掂了掂手裡的荷包，這才緩和了一下臉色。「郡主也別太心急，娘娘近日來很是繁忙，等娘娘得了空，咱家再為郡主跑一趟吧。」

龍敏聽了這話，心裡才舒服了一些。

她身邊的丫頭趕緊上前相送。「有勞公公了。」

「嗯。」那公公得了不少好處，這才揚長而去，只留給她們一個傲然的背影。

「哼！不過是個太監，竟然敢在本郡主面前拿喬，不知死活！」龍敏等人走了之後，頓時將心裡的怒火發洩了出來。

「郡主稍安勿躁，皇后娘娘這是對您有戒心呢！所謂欲速則不達，相信日子久了，皇后娘娘就想通了。」這丫鬟是莫側妃臨走時留下來給敏郡主的，很是能幹。要不是因為有她在一旁勸著，怕是龍敏又要闖禍了。

龍敏雖然不服氣，但事實擺在面前，她還是不得不低頭。

過了幾日，皇后娘娘稍微得了空閒，又接到龍敏郡主的帖子，不由得好奇起來。於是她悄悄地對貼身的宮女吩咐了幾句，打算先將王府的近況打探清楚，再做定奪。

說起來，那沐王妃與她的另一個死對頭齊妃是表姊妹，這更是讓她心裡有些不安。隱世子不見蹤影，又手握重兵，始終是她的心頭大患，若能夠藉由敏郡主的手控制王妃，也是不錯。

沐王府的世子妃在皇宮裡出了事，雖然對外宣稱是暴病身亡，但不少人都知道她的死與楚家脫不了關係。為了太子的將來著想，她不得不先委屈太子妃，隨便找了個藉口，對世子妃謀害太子妃肚子裡的孩子一事，避而不提。

一日沒有隱世子的消息，她就一日不能輕舉妄動。若是真的對王府不利，激怒了隱世子，那可就麻煩了。

為今之計，只有利用龍敏郡主牽制王妃，也好多一個把柄在自己手裡。這樣想著，皇后的心裡就舒服了一些，也肯聽一聽那郡主所求為何了。

「怎麼樣，打聽清楚了嗎？」皇后威嚴地坐在軟椅上，鳳目裡閃過一絲算計。

貼身宮女張了張嘴，卻不知道如何開口。那郡主實在是太不知廉恥了，居然敢妄想國舅爺！要知道，皇后娘娘對這位國舅爺可是十分倚仗，若知道那敏郡主竟想要嫁入楚家，怕是又要大發雷霆了。

「有什麼好隱瞞的？說！」楚皇后等得有些不耐煩，大聲喝斥道。

那宮女嚇得跪倒在地，戰戰兢兢說道：「娘娘恕罪，奴婢實在是不知道如何開口。那敏郡主實在是……奴婢都沒臉說下去，怕衝撞了娘娘。」

「哦？」如此一來，皇后就更加疑惑了。「妳且說來聽聽，本宮恕妳無罪。」

宮女咬了咬下唇，不敢再隱瞞，於是支支吾吾地將敏郡主所求之事大概地講了一遍。果然，她的話還未說完，皇后的臉色就沈了下來。

「好一個沐王府郡主，居然有臉提出這樣的要求，實在恬不知恥！」在她的心裡，弟弟是這世上最有才華、最能幹之人，那些庸俗的女子，豈能配得上他？因此他的婚事才一直耽擱至今。

沒想到這敏郡主不但沒腦子，還喜歡作白日夢。她無才無德，憑什麼妄想楚家當家之妻的位置?!雖然她沒有說要做弟弟的正妻，但以她郡主的身分，豈會伏低做小？怕是打著主意，想要成為楚家的當家夫人吧！

哼，還真是好算計，居然算到她頭上來了！

她憑什麼做出這樣的請求，又憑什麼讓她這個皇后來做說客?!不自量力！

「娘娘恕罪，奴婢真的沒想到，敏郡主居然如此大膽妄為……」那宮女早就嚇得跪伏在地，連連磕頭。

皇后娘娘深吸一口氣，這才克制住失控的情緒。「妳起來吧。」

「傳本宮的口諭，沐王府郡主龍敏，品行不端，不順父母，仗著郡主的身分，目中無人，膽大妄為，且行為不檢。罰她去庵堂思過，在菩薩面前懺悔吧。」

「娘娘仁慈。」宮女重新站到她身後，恭維道。

「沒將她處死，已經算好的了。但願她能夠感恩戴德，別生出什麼事端才好。」楚皇后冷笑，對覬覦自己弟弟的女子全都看不順眼。

「娘娘的恩典，旁人想都想不到呢。郡主定當感激才是，怎麼會拂了娘娘的好意呢？雖然古佛枯燈是寂寞了點兒，但很是清靜，最適合修身養性了。說不定日後還能虔誠修行，成為一代宗師呢！」

楚皇后聽了這番話，臉上的狠戾之色才稍稍淡去。

龍敏郡主見宮裡來了人，頓時喜笑顏開，可是當聽清楚皇后娘娘的旨意時，整個人就癱倒在地，暈死了過去。

「娘娘的旨意，咱家已經傳到了，你們也趕緊替郡主收拾收拾，出發吧。」臨走時，皇后特地派他來監督，生怕龍敏郡主鬧起來，不肯去庵堂裡，他自然不敢違背主子的心意，必須堅決執行。

沐王妃得知這一消息，連眼睛都沒有眨一下。敏郡主不顧臉面，求到皇后娘娘那裡去，早就棄王府的顏面不顧，她還有什麼好關心的？去庵堂裡也好，省得以後再惹是生非。更何況，她早已不是清白之身，若是將來嫁了人，指不定會給王府帶來什麼災難呢！

「我不要去庵堂，我還這麼年輕……」醒過來之後的敏郡主，回想起皇后娘娘的旨意，不由得放聲大哭起來。

一直在她身旁照顧她的丫鬟，此刻也沒了主意。原本以為皇后娘娘會考慮郡主的建議，沒想到一提起楚公子，皇后娘娘就氣炸了。

想到郡主日後要在那種地方度過餘生，她就覺得愧對莫側妃，是她沒有用，沒有阻止郡主的任性妄為。

「郡主，妳要想開一些，說不定……說不定事情還有轉機。」她勸著龍敏，又好像在安慰自己。如今皇后一族的勢力滔天，而太子又是名正言順的繼承人，若是將來得了天下，哪裡還容得下沐王府？別說郡主沒有好下場，恐怕跟王府有關的，都會受到牽連。

龍敏哪裡聽得進這些話，只是一個勁兒地哭著。「我的命怎麼就這麼苦呢？要我一輩子待在庵堂裡，要我怎麼活啊！」

屋子裡的丫鬟們也黯然拭淚，所謂一榮俱榮，一損俱損。主子沒有好的歸宿，那她們還有什麼盼頭？

陳氏聽說了這事，也沒有多大的反應。雖然這個小姑與她的關係尚可，但她也不想有一個人來跟她爭這個王府的管家之權。因此聽聞郡主要被送走，她一點同情心都沒有，倒是龍翔有些不捨，還想著如何去救上一救。

「你跟著瞎摻和什麼，不怕惹怒了皇后娘娘？」陳氏如今說話的聲音大了許多，在自己的夫君面前頤指氣使。

龍翔悻悻地低下頭，有些不忍地說道：「敏兒畢竟是我妹妹……難道要我眼睜睜看著她去當姑子嗎？」

「不是她自己說的嗎？若是嫁不了楚公子，寧願去當姑子的！皇后娘娘這是如了她的願啊，你有什麼好難過的？」陳氏不屑地說道。

「可是……」他只有這麼一個妹妹，多少有些感情。

如今母親被送去了別院，他的日子本來就很難過了，本來還能倚仗的莫家，也在一夕之間土崩瓦解，他這個王府公子，倒是比普通官宦之家的公子還不如了，連出去喝個酒，都沒有人敢作陪。

那些勢力眼，以往還處處巴結著他，生怕他不理他們，可如今，那些狐朋狗友聽說莫家遭了難，就都避而不見了，弄得他活像喪家之犬。

「沒什麼好可是的。聽我的話，準沒錯！」陳氏喝斥著，一副恨鐵不成鋼的模樣。有這麼個軟弱無能的夫君，哪個女子會甘心？陳氏對他也是失望至極，奈何一女不能侍二夫，她再不甘心，也改變不了事實，只能努力扶持他，想讓他有些出息。

「你沒事的時候，多去芙蕖園那邊走動走動，別沒事就往外面跑，聽見了嗎？」想要重新爬起來，勢必要與王妃處理好關係。

陳氏的算盤打得響，只是龍翔哪裡是那種肯向人低頭的人。

就算莫側妃的勢力已經不在，但他為人子女，哪裡會向母親的死對頭低頭？

「要去妳去，我是不會去的！」龍翔咬牙說道。

陳氏狠狠地瞪了他一眼，說道：「你怎麼這麼笨！討好她，你又不會少一塊肉！將來對你有得是好處，忍一時之氣，得富貴平安，有什麼不划算的！你有骨氣，就離開王府，自己出去賺錢養家啊！」

提到這個，龍翔又垂下了腦袋。

他從小到大錦衣玉食慣了，哪裡吃得了那創業的苦？平時花錢倒是大手大腳，但要他出去自己營生，那還不如殺了他來得直接。

最終，龍翔只是扯了扯嘴皮子，便閉了嘴。

陳氏見他沒話說了，這才軟了下來。「夫君不為自己想想，也要為月兒想想啊！雖說她是個姑娘家，可也是你的女兒，將來若是能夠尋一門好親事，也算是有個依靠。」

龍翔聽了這話，心裡隱隱有些觸動。

月兒他也是很喜歡，雖然不及兒子重要，但好歹是他第一個，也是目前唯一的孩子，怎麼能不寶貝？

「只要我去討好王妃，就能繼續過好日子？」他不確定地問道。

陳氏忍了忍，才勉強說道：「母妃心腸不狠毒，你畢竟是王爺的長子，她也不能拿你怎麼樣。如今莫家算是倒了，你再繼續埋怨下去，也無濟於事。還不如跟王妃搞好關係，將來就算要分家，也能得到不少好處。」

那世子之位暫時沒有指望了，她也只能往別的方面想。

龍翔臉上總算露出了笑意。「還是娘子妳想得比較周全。也罷，明日起，我就去給母妃請安。」

說著，他便從奶娘手裡將月兒抱過來，親了又親，儼然一副慈父的模樣。

陳氏見他想明白了，也放下心來，一起逗著月兒說話。

兩個時辰之後，不管敏郡主如何不願意，在那公公的監視下，她還是被送去了城外的尼姑庵，當眾被剃了頭髮，成了名副其實的姑子。

話說太師府得知了女兒的死訊，又引起了一陣不小的風波。司徒長風原本就已經病得不輕，這一來更是急得臥床不起，只剩下一口氣了。

江氏也是悲痛不已，女兒好不容易找到了個好歸宿，怎麼說沒了就沒了！若不是因為錦兒，她也不會振作起來，成為太師府的當家主母。

「我可憐的孩子……」江氏抱著小兒子，痛哭出聲。

「夫人，您節哀順變啊！」江氏身邊的紫鵑一邊勸著，一邊擦拭眼淚。

小姐在的時候，對下人們雖然嚴厲，卻不輕易責打。她們這些做下人的，感念她的仁慈，全都忍不住傷懷。

江氏嗚咽著，根本聽不進任何勸導。

司徒巧幫她順著氣，嘴巴也格外甜。「母親，二姊福大命大，不會這麼輕易有事的。是不是先弄清楚，免得徒增傷悲？」

江氏聽到這裡，頓時一愣。「巧兒說得對，妳二姊姊是個有福之人，怎會這麼早就……來人，速去王府求見王妃娘娘，說我要見她。」

丫鬟們聽了吩咐，都止住了哭泣，按照她說的去辦了。

江氏擦乾了眼淚，努力讓自己振作起來。「我絕對不能倒下，不能倒下！」

「二姊姊不會有事的，母親。」司徒巧見江氏情緒漸漸穩住，心裡也跟著高興。母親近日來為五姊姊的婚事操勞，本就有些疲憊，整個太師府的擔子又都壓在她一個人身上，自己幫不上什麼忙，只能在言語上安慰她幾句了。

整理好了衣物，江氏便坐了馬車，去了王府。

沐王府這邊聽說江氏上門來了，沐王妃這才勉強打起精神應付。待江氏被請到芙蕖園之後，王妃一見她，便紅了眼眶。

「是我們王府對不起錦兒，親家……妳……妳可要想開些。」

江氏聽了這話，不由得一陣頭暈，若不是身後的丫鬟及時將她扶住，怕是要摔到地上去了。

沐王妃原本就傷心，見江氏這般，又是一陣難過。

「王妃娘娘、司徒夫人，保重身子啊！」珍喜瞧著她們這副模樣，也是十分心疼。

江氏好不容易緩過勁來，想起女兒的噩耗，頓時忍不住熱淚盈眶。「我可憐的女兒，妳怎麼就拋下娘自己一個人走了呢?妳教娘白髮人送黑髮人，妳如何忍心吶……」

王妃也是陪著一同落淚，想起兒媳婦的好來。「親家母……都是我們王府沒能保護好她，讓她著了人家的道啊！」

「王妃娘娘，您告訴我，是誰害死我的女兒，是誰！」江氏惡狠狠地咬著牙齒，恨不得將那凶手碎屍萬段。

沐王妃揮退了屋子裡的丫鬟，只留下珍喜一人。「不瞞親家母，錦兒的事，我也很難過。若不是皇后娘娘執意要將錦兒召進宮，也不會發生後來那些事。」

「皇后娘娘？」江氏將這四個字死死地咬著，恨不得將她生吞活剝。

雖然她只是個沒權沒勢的小婦人，但也不是卑微到連女兒的死活都不顧的狠毒之人。那高高在上的皇后娘娘，仗著自己的身分，就可以隨意將人處死嗎？她倒要看看，這天下顛覆之後，她還如何翻手為雲、覆手為雨！

「親家母，妳……這是怎麼了？」見江氏那可怖的模樣，沐王妃難免有些膽戰心驚。她沒想到司徒錦的母親，竟然也不柔弱可欺！她們母女還真是有些像，是那種不會對權貴低頭的性子。

「王妃娘娘，民婦想去錦兒的院子裡看看……」江氏回過頭來，似乎沒聽見她剛才的問話，逕自說道。

沐王妃知道她對司徒錦的死感到很難過，也沒有阻止她，派了丫鬟上前去帶路。「隱兒也許久沒有回府了，本王妃想念得緊，就陪著親家母一起過去看看吧。」

「多謝娘娘。」江氏一邊道謝，一邊在丫鬟攙扶下去了慕錦園。

當看到那屋子裡熟悉的擺設，和一絲不苟正在做事的丫鬟時，王妃難免又是一陣心酸。若是兒子媳婦都在，該有多好！

「參見王妃娘娘、司徒夫人。」屋子裡的丫鬟們正忙著，見到她們走進院子，趕緊上前去行禮。

李嬤嬤此刻正端著一碗燕窩，卻不承想見到了王妃，頓時避之不及，只得蹲下身去行禮。「王妃娘娘安好。」

沐王妃沒注意到她手裡端著東西，隨意揮了揮衣袖，便將她們打發了。倒是江氏眼尖，又對李嬤嬤比較熟悉，故而留了個心眼兒。

按理說，世子妃不在了，這屋子裡的丫頭們定是沒心情做事的，可是瞧著這有條不紊忙碌著的丫頭們，她心裡忽然生出一絲希望來。

那燕窩她也吃過不少，自然不會認錯。下人是沒有資格動用這些珍貴補品的，除非她們不守規矩。但以她對李嬤嬤的認識，她絕對不是個膽大妄為的奴才，她這麼做必定有原因。

或者，正如巧兒所說，女兒根本就沒有死，而是不能夠現身？想到這裡，江氏心裡稍微放鬆了不少。

「親家母隨意看吧。」王妃也沒有拘著她，任她在屋子裡隨意走動。

她平日裡總會來這裡坐坐，今日格外想念兒子，便放江氏一個人在屋子裡，自己去了書房。

江氏在屋子裡轉了轉，然後不動聲色地將李嬤嬤叫到了自己身邊。「李嬤嬤，妳與我說實話，妳家小姐是不是還活著？」

她的眼中充滿希冀，蒼白的面容上有著未乾的淚痕。

李嬤嬤不忍見夫人這般傷心，便朝春容使了個眼色，讓她將屋子裡的丫頭都帶出去，然後才扶著江氏朝內室走去。「夫人恕罪，這都是小姐吩咐，奴婢不敢自作主張。在這非常時期，小姐也是怕引來禍端，才避而不見。」

「這麼說來，錦兒她還活著，是不是？」江氏聽了這話，眼睛頓時就亮了。

「夫人猜得不錯，小姐的確活著，而且似乎有身孕了。」李嬤嬤沒想瞞著夫人，因此將一切都告訴她。

「妳說什麼？錦兒有了身孕？」江氏的聲音突然拔高。

儘管她早已做好了準備，但這個消息還是過於震撼，讓她大喜過望。

李嬤嬤望了望周圍，沒有發現任何異常，這才繼續說道：「小姐怕是現在都還不知道呢！那密室裡陰暗得很，怕是不利於生養。」

「那還不將她接出來？」江氏一急，就忘了其他。

「夫人，奴婢也想過這個問題，只是目前所有人都當小姐已經不在了，若是貿然出現在王府，那還得了？這可是欺君之罪！」李嬤嬤解釋道。

江氏知道自己失言了，立刻壓低聲音，道：「那總不能繼續在密室裡住著呀！」

「夫人放心，奴婢會好好照顧小姐的，目前來說，小姐身子還算康健。只希望世子趕快回來，將大局給穩住，否則奴婢真的很擔心小姐的身子能否撐得住。」李嬤嬤擔憂地說道。

江氏沈吟了一會兒，這才問道：「此事，王妃娘娘知道嗎？」

「娘娘還不知道呢！畢竟這府裡人多嘴雜，萬一洩漏了風聲，怕是要出大事。」李嬤嬤老實地回答。

江氏點了點頭，很是贊同。

兩個人在屋裡商量了一番，江氏這才走出來。

「親家母，逝者已矣，您可要保重身子。」王妃去書房轉了一圈，也回到了院子裡。

江氏拜謝了王妃，便打道回府了。

沐王妃也沒有挽留，派人送了一些禮物，便回芙蕖園去了。

密室裡，司徒錦的心還在怦怦地跳個不停。

剛才她正要出密室透透氣，忽然聽見一陣腳步聲。由於已經熟悉了春容、杏兒還有李嬤嬤的腳步聲，因此她對於那陌生人的到來十分敏感。

好在她閃得快，才沒有暴露自己的藏身之處，當看清來者是誰時，她稍稍鬆了口氣。不過，當聽到王妃娘娘痛哭失聲時，她有些於心不忍，若不是自制力夠強，怕是早已忍不住走出去解釋了。

王妃的院子裡，說不定還有別的眼線，她不能因為一時意氣，而去冒這個險。正當她打算悄悄地躲回密室去的時候，突然胸口一緊，胃裡一陣難受，差點兒吐了出來。

強壓下心口的不適感，司徒錦慢吞吞地走回密室的軟榻上，閉目養神起來。因為擔心隱世子的安危，她幾乎夜不能寐，雖然偶爾能收到一些外面的消息，但沒見到他的親筆信，她還是有些放心不下。而這種擔心，似乎讓她忘記了某些重要的事情。

比如，她的小日子似乎很久沒有來了。想到這裡，剛才那股不適感就更加清晰起來。愣了許久之後，司徒錦的腦海裡頓時出現了兩個大字：孩子！

她，是不是有身孕了？

第一〇四章　司徒嬌出嫁

二月初八，宜嫁娶

原本就定下的親事，縱使司徒嬌一百個不願意，還是逃脫不了嫁給府尹大人家二公子的事實。

江氏在得知女兒的死訊之後，消沈了一陣子，如今好不容易振作起來，自然不能耽擱了五小姐的親事。

「五小姐還是不肯梳妝嗎？」江氏一邊替兒子整理衣衫，一邊冷著臉問道。

紫鵑撇了撇嘴，說道：「夫人一片好心，五小姐也不知道感激。這張家的花轎都快到了，她還在那邊拿喬，實在太不尊重您這位嫡母了。」

江氏掌家以來，太師府儼然變了天，底下的僕人也看清了形勢，不敢對她不敬。那五小姐本就是庶出，沒有外祖父可以依靠，王姨娘又瘋瘋癲癲的，她早該認清事實，如今卻在出嫁的當口鬧了起來，真是不知好歹！

「去那邊傳個話，五小姐要是真的不想嫁也可以，那就去家廟裡待著，也好為太師府祈福。」江氏不冷不熱地說了這麼一句，就再也沒有開口的意思。

紫鵑領會了她的意思，歡歡喜喜地出去了。

原本五小姐還忌憚著二小姐，前一陣子傳出二小姐在皇宮裡出了意外香消玉殞之後，她膽子就漸漸大了起來。夫人因為痛失愛女，因此沒那個閒工夫管事。於是五小姐越發囂張起來，彷彿又變回當初那個被老爺寵壞了的嬌蠻千金。

只可惜，好景不長。

夫人振作起來之後，她的好日子就到頭了。

五小姐也很愚笨，居然對當家主母不服，還三番兩次挑釁，又拿二小姐的事情來刺激夫人。後果可想而知，五小姐剛過了幾天舒服日子，又被禁足。

紫鵑來到五小姐居住的蘭園時，便聽見屋子裡傳出一陣陣打罵聲，眼神不由得更加輕蔑。

「紫鵑姊姊來啦？」守在蘭園門口的丫鬟跟婆子見到夫人身邊的大丫鬟，便笑著迎了上去。

「五小姐又在發脾氣了？」紫鵑昂著頭，臉色有些不好看。

「唉……五小姐那性子，大家都知道，如今迎親隊伍將到，她還是不肯乖乖妝扮。眼看就要誤了時辰，這可如何是好？」跟隨司徒嬌多年的丫鬟、婆子全都被替換了，如今她身邊服侍的，都經過江氏重新安排，自然向著江氏。

聽到她們這般回話，紫鵑的眼神就更冷了。

「夫人讓我給五小姐帶個話兒。若五小姐執意不肯上花轎，那就只有去家廟剃了度，古佛枯燈的過一輩子了。妳們也都好生勸著，到底是去當官家少奶奶，還是當姑子，她自個兒選。」說完，紫鵑也不等那些人反應過來，就離開了。

蘭園服侍的丫鬟聽了這個消息很是震驚，立刻通報給五小姐司徒嬌。

司徒嬌很是生氣，覺得自己命苦。那張家雖然是官宦之家，但與太師府比起來可是差得遠了，她一心想要嫁入王侯世家，也好揚眉吐氣一番。但奈何無依無靠，爹爹不疼，娘親又失寵，婚事只能落到嫡母江氏的手裡。她一味想要高攀，卻不曾想到，如今太師府早已名存實亡，根本算不上什麼名門。若不是因為世子妃出自司徒府，怕是早就有人欺負到頭上來了，更何況她不過是個小小的庶女，豈有資格嫁入王侯之家？

江氏的話傳到司徒嬌的耳裡，她氣得差點沒昏厥過去。「好妳個面慈心毒的母親，這不是將我往死路上逼嗎?!枉我平日裡對妳恭敬有加，不敢有半點埋怨，妳卻這般歹毒心腸，要斷了我的退路！江氏，我與妳勢不兩立！」

「小姐，快別這麼說了，小心隔牆有耳！」司徒嬌房裡的丫鬟聽見她口出狂言，立刻上前去阻止，生怕連累到她們這些下人。

「妳們一個個都是她的走狗幫凶！我是堂堂太師府的五小姐，妳們竟也不將我放在眼裡？狗奴才，賤奴婢！」司徒嬌鬧騰起來，簡直與市井潑婦無異。

丫鬟們不敢近身，只能遠遠地站著勸說。「小姐，吉時就快到了，您還是趕緊上妝吧。嫁入張府，還不是吃香的喝辣的，總比當姑子強吧，您還有什麼不滿意的？」

「妳們懂什麼?!那張家不過是個小小的府尹，才四品官銜！那張家二公子還是個庶出的，哪裡配得上我這一品大員家的小姐！這教我如何滿意?!」司徒嬌蠻橫地將桌子上的東西掃落一地，根本聽不進勸。

丫鬟們妳望望我，我望望妳，有些沒轍了。只不過，有些膽子比較大的丫鬟，在聽了她這一番長篇大論之後，輕蔑地笑了。「五小姐還真當自己是名門大戶的嫡出小姐呢，居然挑三揀四！夫人能夠為妳謀一個四品官家已是不錯了，妳還指望能嫁入王侯將相之家呢！也不看看自己是什麼身分，那些人家也是妳高攀得起的？」

「庶女怎麼了？司徒錦還不是個庶出的！憑什麼她可以嫁入王府，我就不行?!」提到這嫡庶之別，她就有氣。

「五小姐怕是忘了吧？二小姐可是正正經經的嫡出，名字是上了族譜的。五小姐妳只是個姨娘所出，憑什麼跟二小姐比？」那丫鬟也不服輸，很不客氣地反駁。

司徒嬌聽了這話，氣得頭上冒煙，臉色通紅。「上了族譜很了不起嗎？我也是爹爹的女兒，是太師府的千金小姐！那江氏不過是個姨娘，她有什麼資格坐上當家主母的位置，她憑什麼?!」

「我勸小姐還是別逞強了，免得禍從口出。夫人可是老爺的平妻，周氏被貶為妾，夫人名正言順扶了正，是正經的主母。妳這般口沒遮攔，就不怕夫人怪罪嗎？妳以為妳還是那個嬌滴滴、備受寵愛的五小姐嗎？」

「妳……妳們……全都給我滾！」

「小姐還是別任性了，若真的惹惱了夫人，後果可是不堪設想。」

「哼！她驕傲個什麼！司徒錦已經死了，沒有了王府撐腰，我看她還能風光到幾時！」

司徒嬌被氣瘋了，什麼話都說得出來。

「住口！」突然，門口傳來一聲喝斥，將她的話打斷了。「這就是咱們太師府的五小姐，真真是沒有教養！對嫡母不敬也就算了，還敢口出狂言，對世子妃不敬，妳不要命，司徒府還想要面子呢！一個閨閣千金，居然連這樣大逆不道的話都說得出口，果然好樣的！」

江氏原本是過來看看她裝扮好了沒有的，畢竟花轎已經進門了，再拖下去，太師府的面子豈還掛得住？

但沒想到，她才剛走到這院子，就聽見司徒嬌在這兒大放厥詞，忍不住出口阻止。雖然司徒嬌出嫁沒有邀請什麼賓客，但張家的人已經上門，若被他們聽到，極為不妥。

司徒嬌見江氏一臉怒氣地進來，頓時將脖子往衣領裡縮了縮。但一想到自己有今日，都是被她和司徒錦害的，頓時又嚷嚷起來。「母親就是這般不待見我們庶出的女兒嗎？我說的難道有錯嗎？二姊姊已經死了，這是事實，王府跟咱們再也沒有什麼瓜葛了，難道還會看在二姊姊的面上照拂一二？母親還是不要妄想了！」

「冥頑不靈！」江氏罵了一聲，然後給身邊的嬤嬤使了個眼色。

那嬤嬤是個粗使婆子，也是江氏的心腹，她假裝走上前去請安，然後以迅雷不及掩耳之勢，和另外兩個婆子，一把將司徒嬌給架了起來。「花轎已經上門了，五小姐還是趕緊梳妝吧！」

司徒嬌是個嬌滴滴的閨閣小姐，哪裡是她們的對手，頓時就被壓制住，動彈不得。「妳們反了，居然以下犯上！」

「給我堵住她的嘴！」江氏冷冷掃了她一眼，繼而吩咐道。

那些丫鬟不敢遲疑，立刻上前去，塞了一個帕子在司徒嬌嘴裡，這才省去了一些麻煩。丫鬟、婆子幾個人一起動手，很快就將司徒嬌妝扮好了。雖然不是很精緻，但看起來也算有新娘子的樣子了。

「將這包藥給她餵下去！」江氏怕她一會兒上了花轎，又會胡說八道或做出什麼離經叛道的事情來，乾脆一不做二不休，打算餵食她一些迷藥。

司徒嬌哪裡肯任人擺布，她又掙扎了起來，一雙帶血的眼眸看向江氏的時候，恨不得能將她身上燒出個洞來。

幾番折騰之下，司徒嬌總算安靜了。

「夫人，姑爺來了。」

江氏輕輕地嗯了一聲，然後就在丫鬟攙扶下，回到主位上坐下。

不一會兒，一個白面書生模樣的男子走了進來，他一身大紅喜服，臉上洋溢著淡淡的笑容，見到江氏的時候，禮貌地鞠了一躬。「小婿見過岳母大人。」

「賢婿快快請起。」江氏臉上的笑容燦爛，儼然一副慈母的樣子。

「岳母大人，不知道五小姐是否已經妝扮妥當？」那張公子看起來長得不錯，白白淨淨的，但言語間總是透著一股陰柔的氣息，與正常的男兒相比，多了一絲柔媚。

江氏打量了他一會兒，這才笑道：「賢婿這是等不及了？也罷，將五小姐扶出來吧。」幾個丫鬟、婆子聽見江氏的吩咐，便將已經蓋上紅蓋頭的司徒嬌給扶了出來。因為藥效已經發揮作用，司徒嬌早已渾身無力了。

「吉時已到，請姑爺揹新娘子上轎吧。」喜婆跟隨在他身邊，笑嘻嘻地催促著。

那張家公子笑了笑，有些忸怩地走到司徒嬌身邊，一把將她給揹起。若不是旁邊還有兩個身強力壯的婆子扶著，怕是那張公子會支撐不住，將司徒嬌給摔下去。

「我們公子從小體弱，沒多少力氣。」張家的丫鬟在一旁陪笑著說道。

江氏自然知道一些內幕，也沒有怪罪，反而一臉愧疚。「說起來，也是怪我。這揹新娘子上花轎的事情，本來該府裡的少爺來做的，可惜我兒年幼，負擔不起這個責任，這才煩勞賢婿。」江氏只提到了自己的兒子司徒念恩，對司徒青卻隻字不提。

張家也沒在意，一再道謝之後，就將人接走了。

因為京城戒嚴的關係，這婚事也沒有太鋪張，簡簡單單一頂花轎就將人接走了，連鞭炮都不曾放。

解決掉了一門心事，江氏臉上的笑容漸漸柔和了起來。

「夫人，五小姐出嫁了，接下來是不是該輪到四少爺娶親了？」服侍在她身邊的紫鵑笑著問道。

江氏揉了揉額頭，說道：「四少爺年紀是不小了，只是他如今惡名昭彰，誰敢將女兒嫁給他？此事，我說了不算，還得請老爺定奪。」

江氏這一番推諉的言論，聽起來似乎挺在乎司徒長風這個大家長，對他十分敬重，其實她只是不想將這個活兒攬到自己身上。那司徒青原本被趕出府，送至鄉下的莊子裡，是司徒芸為了爭奪家權，將他從莊子弄了回來。原本想借著周氏的名義，將他扶上家主的位置的，可惜後來被司徒錦一攪和，他不但沒能得逞，還被打斷了腿。

如今，周氏也成了妾，又病殃殃的，眼看著只剩下一口氣，都已經自顧不暇了，如何還能照顧司徒青？縱使丞相府再相逼，說是要讓司徒長風將周氏重新扶正，但司徒長風早已是半個廢人，府裡的一切都由江氏作主，自然對他們的話充耳不聞。

這本是太師府的家事，嫁出去的女兒，潑出去的水。丞相府就算想要干涉，也站不住腳跟。

幾番下來，丞相府還是沒有得逞，最後只得不了了之。

司徒青如今住在竹園，而六小姐司徒巧已經搬到江氏隔壁的院落去了。這竹園本就濕氣重，又長年不見光，長此以往住著，不生病都很困難。

不過江氏倒是沒有苛待他，依舊一日三餐讓人好生伺候著。司徒青也懶散慣了，是個扶不起的阿斗，想著自己一條腿已經斷了，索性破罐子破摔，好吃懶做起來。

反正有吃有喝，他也懶得去想別的。

「少爺，五小姐已經出嫁了。」在他跟前服侍的小廝笑著稟報道。

「早就該嫁了，省得看見她就心煩。」當初王姨娘還得寵的時候，處處針對他們母子，如今王氏得了癔症，瘋瘋癲癲的，他倒是覺得這是報應。

他本就與府裡的姊妹不熟，又不屑與女孩兒家混在一起玩耍，因此那些姊妹有什麼事，都與他無關。

見他沒什麼反應，那小廝的膽子便大了起來，繼續說道：「聽說夫人在為少爺您的婚事考慮，就是不知道會定下哪個府上的小姐。」

見提及自己，司徒青這才認真了起來。他跛著腿跳下床，往太師椅上一坐，問道：「你可打聽清楚了？是哪家的小姐？長得漂亮嗎？」

以前他可是常常在外面眠花宿柳的，如今一陣子沒有碰過女人了，自然是有些心癢。若是能夠娶上一個漂亮的女人回來服侍他，也是不錯。

江氏將竹園的丫鬟全都撤走，換成清一色的小廝，說是讓他靜心休養。司徒青雖然有些怨言，但忌憚司徒錦這個世子妃，倒也不敢辯駁，只能安分地在院子裡待著。聽說司徒錦死了，他倒也沒輕易相信，畢竟吃過太多悶虧，不敢掉以輕心。

「這個……小的就不清楚了。」那小廝故意吊他的胃口。

司徒青狠狠地瞪了他一眼，說道：「那你還愣在這裡幹麼，還不給本少爺打聽去？」

過了一段落魄的日子，他的脾氣仍是沒有改過來，依舊蠻橫霸道。

「是是是，小的這就去打探。」那小廝一臉諂媚，笑起來賊眉鼠眼的。

司徒青不耐煩地揮了揮手，便又拿起案桌上的瓜果啃了起來。

過了兩、三日，那小廝來回話了。「少爺大喜啊，夫人為您聘娶的，是太常寺少卿家的小姐，聽說曾經參加過秀女選拔，相貌定是一等一的好。」

那小廝說的話，只說了好的方面。

那太常寺少卿是莫氏的遠方親戚，杜雨薇的父親。三皇子造反的時候，恰逢他生了一場大病，沒來得及為他效力，故而躲過了一劫。但太子一黨對他也不甚信任，雖然沒有被逐出京城，卻也只是保留著他的官職，是個名副其實的虛銜。

杜家尚未出嫁的小姐，便是杜雨薇了。

當初，莫側妃將她接到王府，本打算找個機會送到隱世子身邊，只可惜最後沒有成功，還被世子給趕出王府。如此一來，京裡聽聞了這事兒的大戶人家，還有誰敢娶這個名聲不佳的女子？

杜雨薇年紀也不小，已經十六、七了，長得還算周正，只是個性太過小氣，又是個長舌婦，喜歡搬弄是非，這樣的官家千金，沒幾個人會喜歡。

司徒青對那杜雨薇不甚了解，聽說她長得好看，也就動了心。「那母親有沒有說什麼時候迎娶？」

那小廝頓了頓，說道：「還在商談之中，怕是還要費一番周折。」

如今的太師府早已沒了往日的威風，司徒長風這個家主一病不起，族裡的人心渙散，早就有脫離出去的打算，只是礙於司徒錦這位世子妃，才不敢明目張膽打太師府的主意罷了。

那杜家小姐也是心高氣傲，豈會看上這沒有實權，空有一個名頭的太師府？這婚事，確實還需要商討。

「本少爺可是太師府的正經少爺，是爹爹最疼愛的長子！她有什麼好介意的？」司徒青不認為自己的名聲有多臭，依舊洋洋自得，自詡風流倜儻。

他長得還算有幾分英俊，只是長時間在外面胡鬧，早已將身子掏空了，身體也微微發福，看起來就像三十多歲的男子。

府裡的下人們，背地裡都調侃地叫他小老爺，只有他自己不曉得。

「夫人也挺看好那杜家小姐，奈何對方嫌棄少爺您沒有功名……」說到這裡，那小廝立刻住了嘴，一副說錯話的表情。

「哼，功名頂個屁用！這太師府又不會少了她吃喝，有什麼不滿意的？等到爹爹榮休的時候，再為我謀個一官半職不就行了？真是婦人之見！」司徒青大言不慚地說道。

「那是！我們少爺是什麼人，人中龍鳳啊！」那小廝恭維道。

司徒青對這些話很是受用，臉上滿是得意。

就算他再不濟，也是太師府的公子，誰不高看一眼？

江氏聽了竹園心腹的彙報，嘴角微微彎起。

紫鵑有些不明所以，對江氏的好心感到無法理解。「夫人何必對他這般好？好吃好喝地供著，他還真當自己是大少爺呢！」

江氏但笑不語，她的心思又有幾個人能猜到？

她就是要這個四少爺享受著良好待遇，就是要慣著他、寵著他。都說慈母多敗兒，嬌生慣養的孩子沒多少出息，她要讓他成為一個一無是處的人，這比虐待他還要狠！

一個成年的男子，整日只知道吃喝玩樂，肩不能挑背不能扛，這樣的人，在這個吃人的社會，如何能夠活下去？

她不殺他，不害他，就是想透過這種方式，讓他徹底變成一個廢物，成為人人厭棄的敗家子！

到時候，他再想跟自己的兒子爭奪家主之位，就不可能了！一個扶不起的阿斗，誰會放心將家業交到他的手裡？

這就是江氏的私心。

「好了，別埋怨了。讓妳準備的那些補品，可送到王府去了？」想到自己的女兒懷了身子，江氏臉上的笑意就更深了。

紫鵑以為那些東西是拿去孝敬王妃的，還在心裡一直誇江氏會做人。如今二小姐沒了，王府自然不會將太師府看得太重，夫人巴結王妃也好，起碼有些照應。王府再怎麼樣都是皇室成員，比起太師府不知道高貴多少。

如今京城裡這麼亂，沒有一個強而有力的靠山，是行不通的。

「夫人，東西一早就送過去了，您放心吧。」紫鵑嬌笑著說道。

江氏沒有理會紫鵑眼中的那抹深意，逕自抱著小兒子哄著。

沐王府

「五妹妹嫁了？不知道婚後的日子，可還美滿？」司徒錦斜倚在軟榻上，一手拿著書本，一手輕輕地搭在肚子上，神色安詳。

自從懷疑自己有了身孕之後，司徒錦就格外小心，之後李嬤嬤一次次送來安胎的補品和藥物，讓她更加確定這一件事。

春容將聽來的消息告訴她。「聽說成婚頭一天晚上，那張家二少爺就偷偷溜出府去，讓五小姐獨守空房。接下來的幾日，張府的夫人又給五小姐立規矩，結果五小姐脾氣太大，得罪了當家主母，被狠狠地教訓了一頓，如今正在祠堂罰跪抄寫經書呢！」

春容說這話的時候，眉眼都笑開了。

那五小姐原先總是喜歡欺負二小姐，如今落得這個下場，也是罪有應得。

「奴婢還聽說，那張府的二公子，其實有斷袖之癖。」杏兒聽到她們的談話，也忍不住插起嘴來。

司徒錦自然知道那人的底細，不然也不會要求母親將司徒嬌嫁過去了。那張家也是為了掩人耳目，所以才急急地求娶一房媳婦，畢竟那些流言的威力實在太過強大，為了顧全顏面只好這麼做。

司徒錦不過是抓住這一點，給司徒嬌下了套。

一個男人有斷袖之癖，他的妻子就只能守活寡。以司徒嬌那樣的脾氣，必定受不了，一鬧起來，就有罪受了。

反正司徒家早已聲明，女兒嫁過去就是張家的人了，他們想要怎麼處置，都是他們的事情，太師府不會過問一句。司徒長風也沒有那個心思和能力管教兒女，能保住自己的命就不錯了。

「這都是個人的造化。」司徒錦貌似感嘆地說了這麼一句，但眼裡卻沒有絲毫同情。

丫鬟們將一碗碗補品端到她面前，勸道：「夫人如今有了身子，應該多吃一些，不然小世子可是會挨餓的。」

提到自己的孩子，司徒錦臉上的笑意就柔和了許多。「他還那麼小，哪裡知道是男是女，妳們就認定是小世子了？」

「小郡主也不錯，不過王妃娘娘肯定盼夫人生個世子。」古人的觀念裡，傳宗接代的香火甚為重要。

司徒錦撫摸著肚子，笑道：「妳們怎麼就知道母妃一定喜歡孫子？」

「王妃娘娘只有咱們爺一個兒子，自然希望他儘早為王府開枝散葉，延續香火的。」春容說道。

而且，在她們的心裡，也是盼著夫人能生個世子，否則為了香火問題，萬一王妃再逼著世子納妾，那夫人可就慘了。

看到爺和夫人那麼恩愛，她們不想再多一個人來與夫人爭寵。

第一〇五章　薑是老的辣

九龍宮

「高德庸，你說吟兒真的還活著嗎？」聖武帝屏退了四周服侍的宮人，艱難地對自己身邊的近侍問道。

經過一段時間的調養，聖武帝已能開口說話，只不過身子仍然虛弱。

高德庸跟隨聖武帝二、三十年，是宮裡的老人了，對他也是忠心耿耿，因此在聖武帝的心中，他十分值得信任。

「回皇上的話，奴才聽了那些傳聞，覺得二皇子說不定真的還活著呢。」高德庸是什麼人？伴隨皇上大半輩子，豈會不了解他的心思。

聖武帝的子嗣稀少，而姜妃又是他心尖上的女人，當初若不是萬不得已，他也不會犧牲姜家，容忍皇后一族在朝上指手畫腳。二皇子乃姜妃所生，皇上自然愛屋及烏，對二皇子極為看重。

如今京城裡亂成一鍋粥，皇上想要奪回大權，已有些力不從心，為了制衡太子的勢力，他不得不打起二皇子的主意，至於五皇子，他從沒想過他能擔當大任，因此不放在心上。

「他離開京城快有二十年了吧？」聖武帝喃喃說著，喉嚨一緊，又咳了起來。

高德庸趕緊上前為他順了順氣，安慰道：「二皇子乃姜妃娘娘的骨肉，自然吉人天相，皇上還是保重身子要緊。」

「高德庸，你說皇后她怎麼就狠得下心？朕與她夫妻二十餘載，同甘共苦、出生入死過，她居然不念夫妻之情，對我下手……咳咳咳……」聖武帝一邊說，一邊懊惱著。

高德庸扶著他躺下，一張老臉上也滿是愁緒。

皇后娘娘為了太子和楚家的將來，竟在那些丹藥裡動手腳，這事任誰都沒有想到，可事實擺在眼前，皇上不傷心才怪呢！

楚皇后與聖武帝是少年夫妻，相伴大半輩子，什麼酸甜苦辣都一同經歷過，如今卻變得如此陌生，真是世事難料！

「皇上……」高德庸正要勸說著，突然門口的一個小太監匆匆忙忙地進來稟報，道：「啟稟皇上，五皇子求見。」

聖武帝聽到五皇子求見，剛剛閉上的眼睛又睜開了。「快傳，咳咳咳……」

小太監迅速退了出去，不一會兒，一身錦衣華服的少年快速步入宮殿內，在聖武帝的床榻前跪了下來。「兒臣參見父皇。」

「可是找到你二皇兄了？」聖武帝掙扎著爬起來，急切地問道。

五皇子眼裡閃過一絲受傷，但他掩飾得極好，抬起頭來恭敬地說道：「回稟父皇，兒臣的確已經找到二皇兄了，只不過沒能將他帶入宮來，而是將他先安置在宮外一個莊子裡。」

那二皇子終究還是讓龍夜尋到，只不過在情勢未明之前，他不好將他直接帶進宮來。

聖武帝聽了他的話，點頭讚許道：「那就好……咳咳咳……還是夜兒想得周到，你二皇兄跟你在一起，我放心……」

說著，聖武帝又忍不住咳了起來。

龍夜孝順地在一旁侍候著，直到聖武帝累得睡著了，他這才起身離去。臨走之前，高德庸親自將他送到宮殿門口。「五皇子為了二皇子的事情，每日辛苦奔波，可要仔細身子。」

「高公公的心意，本皇子領會了。不知道父皇近幾日精神可好？」龍夜假裝不經意地問道。

高德庸將聖武帝最近的情況一一如實彙報，不敢有一絲隱瞞。龍夜揀了幾個重要的點聽了一下，這才放心地離去了。

等到五皇子一走，高德庸立刻回到殿內，不敢擅離職守。

所謂伴君如伴虎，他也是過來人，知道要時刻保持謹慎小心。聖武帝身子不好，睡不安穩，剛才閉了眼，說不定什麼時候就會醒，若是發現他不在身邊伺候，指不定又要起什麼疑心呢！

果然，高德庸走到龍榻旁邊不久，聖武帝就咳嗽了起來。他趕緊上前去攙扶，吩咐宮女將止咳藥端了過來。「皇上，該喝藥了。」

聖武帝在他服侍下，乖乖地喝了藥。

「德庸啊，你跟了我也有不少年頭了吧？」聖武帝輕咳著，一雙眼睛雖然無神，但也不乏之威嚴。

高德庸趕緊跪下，回稟道：「回皇上的話，奴才跟隨您已經有二十五年了。」

「二十五年……是段不短的日子啊……」聖武帝感慨地說道。

「承蒙皇上信任，奴才覺得這日子過得很快，轉眼間的事情罷了。」高德庸是個仔細的人，說起話來也極為動聽。

聖武帝嗯了一聲，換了個舒服的姿勢，繼續說道：「朕的這些皇兒當中，夜兒是朕最疼愛的兒子。」

他停頓了一下，瞧了那跪在地上的高公公一眼，這才繼續說道：「在眾多的兒子當中，夜兒最是聰明，什麼東西總是一學就會，為人處世也極為謙和……只可惜，他的生母地位低了一些……」

高德庸聽了這話，後背不由得一陣發涼。

難道，皇上已經瞧出了什麼？他一直掩飾得極好，沒有露出任何馬腳啊！看來，薑還是老的辣！皇上雖然有些神志不清，但看人的本事還是沒有絲毫退化。

想到這裡，他的頭垂得更低了。「皇上說得極是。五皇子打小就聰慧異常，三歲能背詩，五歲會寫文章，神童之名遠播，又得到齊妃娘娘的悉心教養，謙虛恭順。」

這麼一番恭維的話，是他反覆推敲之後，才作出的決定。

皇上的疑心不會那麼快就消除，尤其是在這個動盪的時刻。他若是順著皇帝的意思，將五皇子大大誇讚一番，雖然有些逢迎拍馬的嫌疑，但至少也是人之常情。若沈默不語，或是說了相反的話，反倒會引起更大的懷疑。

聖武帝聽了他的說辭，抿了抿嘴，才又說道：「夜兒的能力的確夠好，只不過就是貪玩，沒個定性。若是……」

後面的話，他沒有說完，但任誰都想得到那是什麼意思。

太子和三皇子的所作所為，已經讓他傷透了心，如今還剩下兩個皇子，他的希望便寄託在他們身上。

那二皇子近二十年沒有親近過，而五皇子一向得他喜歡，但這皇位到底由誰來繼承，還需要一些考驗。

「高德庸……去取筆墨紙硯來。」聖武帝似乎是作了什麼決定，對跪在地上的高德庸吩咐道。

高德庸起初也是驚愕，等反應過來之後，這才急匆匆地將書桌上擺放的筆墨紙硯裝在一個盤子裡，端了上來。

他恭敬地將那些東西擱置在龍榻上，然後轉過身去，不敢有絲毫踰越。

聖武帝也沒有瞧他一眼，舉起無力的手，在雪白的宣紙上艱難地寫下了一段話之後，便又吩咐他將玉璽取了過來。

等蓋上玉璽之後，聖武帝便將這道密旨遞到高德庸面前。「高德庸，這道密旨你先收著，非到萬不得已，不要拿出來。咳咳……」

高德庸顫顫巍巍地接過密旨，惶恐地跪倒在地。「皇上……」

「朕相信你不會讓朕失望的。」他咳了兩聲，繼續說道：「此事必須保密，否則怕有人狗急跳牆，到時候，你的小命可就不保了。」

「奴才謹遵聖諭。」高德庸恭敬地磕頭，這才從地上爬起來。

他將那密旨放進一個盒子，然後將它小心地塞到了袖袋裡。服侍聖武帝躺下後，他才鬆了一口氣。

看來，他是賭對了一次。

皇上最終沒有懷疑他，只是那密旨上的內容，他就不得而知了。

等聖武帝熟睡之後，他才悄悄地退出了九龍宮。那衣袖裡的盒子，讓他有些不安，將跟隨在身後的太監打發走了之後，他才小心翼翼地避開了人群，朝一個偏僻的宮殿走去。

遠安城郊

「主子，王爺已經救出，安排在城內的客棧住下了。」一個身穿黑色夜行衣的男子恭敬地單膝下跪，稟報道。

坐在上首的男子目光微斂，神色沒有多少變化。他微微抬了抬手，優雅而不失矜貴。

「可有世子妃的消息？」

提到世子妃，那黑衣男子就從衣袖裡取出一封信來。「朱雀護法有來信。」

龍隱幾乎是以最快的速度從他手裡將信拿到自己手上，迫不及待地將信打開。速速瀏覽了一遍之後，他的臉上突然綻放出一絲驚喜的笑容。

很少見到主子笑的下屬們，全都驚愕得說不出話來。

看來，外界的傳言並非虛假，這世子爺對世子妃可真是情真意切，愛護得緊。前些日子京城裡傳出世子妃暴病身亡的消息，那時候世子差點兒沈不住氣，幸好收到朱雀的消息，這才冷靜下來。

如今，一封書信就讓爺這麼高興，可見世子妃在爺的心目中，是多麼珍貴。

錦兒有喜了！錦兒有喜了！這個消息充斥在心頭，讓龍隱忍不住翹起嘴角，抑制不住內心的歡喜。

他們有孩子了！

這是多麼大的一件喜事！

「世子爺，是有什麼好消息嗎？」一旁蹺著二郎腿，將軍營當作茶館的花郡王笑嘻嘻地問道，絲毫不覺得有什麼不妥。

其實，從剛才屬下通報有朱雀的消息時，他就猜了個大概，如今問出來，只是想要得到證實罷了。

龍隱轉過身來，將信件摺疊好，又小心翼翼地將它收好後，這才沈下臉來說道：「太子似乎有些沈不住氣了，居然軟禁皇上，想要逼宮。」

此言一出，不少的武將都站了起來。

「什麼？太子居然如此大膽，竟然敢對皇上無禮?!」

「軟禁皇上，他是吃了熊心豹子膽嗎？」

「真看不出來，太子竟也是這般狼子野心之人，比起那三皇子還真是不遑多讓！」

聽著這些義憤填膺的斥喝聲，花弄影不由得撇了撇嘴。

隱世子還真是會扯謊，都說是關於世子妃的消息了，居然死不承認，果然是個悶騷的男人！

「世子爺，難道咱們就在這兒乾等嗎？不如殺入京城，勤王！」

「對，殺入京城，嚴懲大逆不道的太子！」

周圍一片混亂的嘈雜聲，龍隱卻連眉頭都沒有皺一下。他抬起一隻手臂，營帳裡頓時鴉雀無聲，那些吵吵鬧鬧的人，一下子都閉了嘴。

「還不到時候。若我們就這麼進京，怕是要惹來嫌疑。」

「那什麼時候才合適？」一個稍微年輕的將領問道。

「相信不會太久的。」龍隱冷冷地勾著唇角說道。

見過他這副表情的人，就知道一場血戰是避免不了的了，跟隨他多年的武將，也都興奮了起來。

在軍營裡休養了這麼久，總算有用武之地了。能夠跟隨隱世子建功立業，是每個人都覺得無上光榮的一件事。男兒空有七尺之身，若無報國之志，那就白活一回了。

等營帳裡只剩下花弄影和隱世子二人時，花弄影不禁又嬉鬧起來。「我說阿隱，什麼事值得你瞞著我？現在人都走了，可以透露一下了吧？」

龍隱見他不依不撓的，忽然想到一個問題。他側過身去，一雙眼眸裡全是算計。「真的想知道？」

「廢話。」花弄影吊兒郎當地往桌子上一坐，一雙桃花眼死死地盯著隱世子，生怕他反悔。

龍隱沒打算瞞著他，於是老實交代了。「錦兒有了身孕，我要當爹了。」

「什麼？這麼快就有了？」花弄影誇張地尖叫起來，十足的女人狀。

龍隱給了他一個白眼，這才繼續說道：「你在軍營裡也沒什麼事了，回京城去吧。我無暇分身，錦兒就交給你照顧了。」

他的意思很明顯，若是司徒錦和她肚子裡的孩子有個三長兩短，花弄影就別想活了！

花弄影被他的眼神嚇到，身子往後縮了縮。「我好歹也是個郡王，你就這樣呼之即來，揮之即去？那是你的娘子，為何要我去照顧？」

「你以為我想將錦兒交給一個外人照顧嗎？若不是為了大計，我早就不顧一切回去了，還用得著你？」龍隱的嘴巴一直都很毒辣，對自己的兄弟也是如此。

不過，也只有他真正在乎的人，他才會浪費這個口舌。

花郡王聽了他這一番話，臉上滿是幽怨的神色。「表哥，你就這麼放心把嫂子交給我？」

「你的醫術，我放心。如今的沐王府已不比往昔，錦兒一個人在京裡，我怕她有危險。」

他的擔憂不是沒有道理。

上一次皇后召見世子妃進宮，結果是什麼？若不是因為朱雀及時趕到，換下司徒錦，憑她和緞兒兩個弱女子，豈能逃脫虎口？

若錦兒真的有什麼事，他會悔恨一生。所以他才要花弄影趕緊回京，一來為錦兒保胎，二來自然是利用他的身分保護沐王府。

花弄影這個郡王，雖然沒什麼實權，但他的名聲在外，又是皇家公主的兒子，楚皇后想要對他不利，也得考慮後果。

花弄影可不是好對付的，他的武功和醫術名聞遐邇，想要害他，怕是沒那麼容易。若真的惹到了他，他可是六親不認，管她是皇后還是太后，先下了毒再說。

花弄影嘟著嘴，哀怨了一番，最終還是敵不過龍隱那幽深的眼神，不得已拍拍屁股走人了。

京城

「站住，什麼人？」城門口，一個俊朗的公子騎著馬招搖過市。當聽到守城官兵的喝斥時，他就不開心了。

先是偷偷送了對方一把癢癢粉，他這才慵懶地開口道：「瞎了你們的狗眼嗎？連本郡王都敢攔著，膽子不小！」

郡王這個稱呼，為數不多。

因此他一報出名號，就有人認出了他。

「花郡王恕罪！是小的們眼拙，有眼不識泰山，您千萬別生氣。」知道他厲害的人，全都一臉悽慘地望著他，希望他高抬貴手。

「哼。敢對本郡王大吼大叫，可沒那麼容易就能饒恕！這三日癢，算是給你們些教訓。滾一邊去，別擋著本郡王的道！」

說著，他便騎著馬，大搖大擺地進了京城。

那些官兵哪裡敢再阻攔，只聽到「三日癢」這三個字，就夠他們受的了。只見一位俊朗公子身後，一群官兵癢得毫無形象，在地上不斷打滾。頓時，城裡的百姓都捂著嘴笑了。

沐王妃近來十分憔悴，身子也瘦了好大一圈，加上西廂那邊的陳氏和龍翔每日上門鬧騰，讓她頭疼不已。

「王妃娘娘，翔公子又來了。他說娘娘若是不見他，他就賴在院子裡不走了。」一個丫鬟無奈地稟報道。

沐王妃揉了揉發疼的額角，一時不知道該怎麼辦。

她不是沒有發過脾氣，可那龍翔只當是耳旁風，依舊每日到芙蕖園來請安。說是請安，其實還是繞著這管家之權來說事，說什麼世子妃不在了，陳氏作為兒媳婦，也該為母妃分擔一些。

王妃自然不會輕易將權力交給西廂那邊的人，因此一直與他周旋。可是這龍翔真是個無賴，第一次不同意，就來第二次，如此幾回下來，王妃被折騰得沒有了精神，他公子倒好，愈來愈來勁兒了。

長此以往，沐王妃就算不同意，也會病倒，到時候，他們就更有話說了。

「小姐，奴婢將他趕走吧？」珍喜實在看不慣那翔公子的作派，隱隱地為主子的身子擔心。

自從王爺跟世子失蹤，世子妃過世之後，王妃便因為傷心憂慮而病倒。這才剛剛好轉，又攤上這麼一個無賴之人。

沐王妃抓住她的手，搖了搖頭。「妳不方便出面。他好歹是王府的公子，尊卑還是有分。」

「小姐，可是您的身子……」珍喜擔憂地說道。

「乾娘的身子怎麼了？」突然，一道清亮的聲音從門口傳來。不一會兒，一個瀟灑的身影便出現在王妃面前。

「見過郡王。」

「影兒……」

沐王妃見到他，有些不敢置信地瞪大了眼睛。

這個乾兒子可有好一陣子沒到府裡來了，怎麼突然出現了呢？還有，剛才還在院子裡胡鬧的龍翔，似乎沒有了聲響。

見她有些疑惑，花弄影便毫不隱瞞地為她解惑。「外面那人太吵了，我讓他先消停一會兒，讓人丟回祥瑞園了。」

他所說的「丟」，那可不是普通的懲罰。

要知道，這花郡王的手段非常了得，誰知道他又給那龍翔下了什麼藥？能讓他乖乖離開，必定是厲害非常的藥。

「影兒你……真多虧了你了。」沐王妃有些哭笑不得地看著他，心裡卻感激不已。

「乾娘說的什麼話？這都是我該做的！隱表哥沒能在身邊盡孝，我這個做乾兒子的，豈能坐視不理？」花弄影親切地走上前去，撒嬌道。

珍喜見花郡王這副模樣，忍不住笑了。

「奴婢出去看看藥煎好了沒有。」珍喜心裡一寬，便出去了。

花弄影見王妃的臉色不好，立刻伸出手替王妃把起脈來。當意識到王妃病得不輕時，他不由得蹙了蹙眉。「乾娘這是氣鬱化火、肝熱素盛所致。近來是否有頭痛、脅痛、口苦、吐血等症狀？」

沐王妃無奈地點了點頭，算是默認了。

花弄影知道她是過度憂慮所致，不由得寬慰道：「王叔和表哥都很好，乾娘不必記掛在懷。表嫂的事情，我也聽說了，其實……」他望了一眼周圍，才壓低聲音說道：「我是從遠安城過來的，順便帶來了一個好消息。」

「好消息？」聽到丈夫與兒子安然無恙，沐王妃總算鬆了口氣，但對他口中的好消息有些不解。

「天大的好消息！」花弄影故意賣了賣關子。

「還能有什麼好消息？錦兒她都已經……唉，都是我這個做母妃的沒保護好她……」沐王妃自責地說道。

花弄影見她又要傷心起來，這才快速說道：「乾娘，您先聽我說完呀。我那表嫂還好好地活著，而且您就要抱孫子了呢！」

「你瞎說什麼？錦兒怎麼可能……」沐王妃話說了一半，突然打住了。

她看著花弄影那一臉笑容，不由得相信了。「你說的可是真的？錦兒真的沒事，還活著？她在哪裡，為何宮裡來人說她……」

「乾娘，這個答案很簡單，等咱們見到表嫂，您就明白了。」

「要去哪裡見她？」

「您跟我來就是了。」說著，他便攙扶著王妃朝著院子外面走去。「乾娘，表哥書房有一本醫書我想借閱一番，不知道方不方便？」

「那有什麼，我這就帶你去找找看。」雖然不懂花弄影的用意，但王妃還是帶著他，兩人有說有笑地去了隱世子的書房。

隱世子的書房，可不是什麼人都能進去的。

若不是王妃陪著，怕是花郡王這樣身分的人，也無法靠近書房一步。

「將門打開，郡王要進去找書。」沐王妃對著那守門的人吩咐道，神色威嚴。

那些守門的互相望了一眼，順從地將書房的門打開，恭敬地退到了一邊。近日來，除了世子妃身邊的幾個丫頭能夠進入書房去打掃之外，也就只有王妃進去過。

「這裡的藏書，果然夠多！」花弄影假裝讚嘆道。

「影兒你慢慢看，不急。」沐王妃走了好一段路，有些吃力，找了張椅子便坐了下來。

此時，李嬤嬤碰巧帶著春容和杏兒過來，見到王妃的時候，吃了一驚。但她很快便收斂了心神，恭敬地上前行禮。

「給王妃娘娘請安。」

「見過王妃娘娘。」春容和杏兒也低眉順眼地蹲了下去，不敢有半點不敬。

沐王妃見到她們三人，很是驚訝。這書房重地，隱兒管理得極為嚴格，即使這三人是世子妃極為信賴之人，也不會這般輕易讓人進來的。

看她們如此熟稔的樣子，怕不是第一次來了，而且她們手上還提著籃子，就更令人匪夷所思了。

「妳們到這裡來做什麼？」沐王妃皺著眉頭問道。

李嬤嬤笑容可掬地走上前，將早就準備好的說辭背了一遍。「世子妃離開之前，就吩咐奴婢們要好好地打掃世子爺的書房，說是怕世子爺回來之後，這地方蒙了灰塵。」

「世子妃吩咐妳們的？那妳們手上的籃子，又是做何用？」沐王妃也不糊塗。

李嬤嬤看了看春容手裡的食盒，笑容有些僵硬。她沒想到會遇上王妃，更沒有想到王妃會看得這麼仔細。

「咦，這不是表嫂身邊的丫頭和嬤嬤嗎？」花弄影不知道從哪裡轉了出來，故意裝作很驚訝的樣子問道。

見到花郡王，這三人也是一陣訝異。

李嬤嬤正要說什麼，就聽見書櫃後面的暗門一陣響動，一個身著青綠色對襟棉襖的少婦走了出來。

沐王妃循聲望去，差點兒驚叫出聲。

這不是她的兒媳婦、隱兒的世子妃司徒錦嗎？她果然沒死！

「表嫂，別來無恙？」花弄影因為早就知道了這個秘密，故而表現得十分淡定。

司徒錦上前給王妃請了安，又對著花弄影福了福身，這才請罪道：「兒媳讓母妃擔心了，這都是兒媳的過錯。」

「妳沒事就好，沒事就好……」沐王妃倒是沒追究她的欺瞞之罪，而是心疼地一把將司徒錦給摟進了懷裡。

這種失而復得的感覺，最是令人激動。

沐王妃摟著司徒錦哭了好一會兒，這才平靜下來。

花弄影也上前去勸導了一番，才發表他驚天動地的言論。「表嫂，可否讓在下為您請平安脈？」

司徒錦聽了這話，不由得笑了。

她伸出手去，臉上帶著一絲母性光輝。如今她肚子的孩子，已經有兩個多月了，雖然還不顯懷，但她能夠輕微感受到他的存在了。

這些日子，她一直住在那昏暗的密室裡，身子有些虛弱。她也想讓花弄影幫她診斷一番，好確定肚子裡的孩兒是否有事。

沐王妃也是一臉緊張地看著司徒錦，生怕她在那狹窄的空間內憋壞了。「影兒，錦兒她身子如何？」

想起剛才他說的話，沐王妃就更加緊張了。

她要當奶奶了呢！這可是天大的喜事啊！想當初，她沒能與自己的孩兒培養感情，這麼些年的愧疚，讓她一直無法釋懷。若是司徒錦真的能夠平安的產下麟兒，她便可以含飴弄孫，頤養天年，將那份缺失的親情彌補回來了。

花弄影睜開眼睛，笑道：「這胎兒已經有兩個多月大了，所幸表嫂身子康健，孩兒也很穩妥。只不過，憂慮過重，需要謹慎休養才是。」

聽到這個消息，沐王妃總算稍微安了心。她拉起司徒錦的手，語重心長地說道：「錦兒，妳沒事就好！如今有了身子，不如搬回慕錦園去住吧？」

司徒錦有些為難地望了望王妃，說道：「母妃，現在不是時候……怕還要等一些時日。」

想到如今京城裡的局勢，沐王妃也不免嘆氣。「沐王府已成為他們的眼中釘，只要那些人一日不除，咱們沐王府就不得安生。錦兒妳說得是，只是要委屈妳躲在這麼個地方養胎，太難為了。」

「只要母妃身子康健，兒媳就不覺得苦。」司徒錦見王妃消瘦了不少，有感而發。

花弄影見王妃依舊不放心，便上去寬慰道：「乾娘，我會好好幫著表嫂安胎的，您就放心吧！」

王妃聽了他的勸告，也只能同意了。不過，想到自己的媳婦和孫子要過著暗無天日的日子，她就無比心疼。「希望這京裡的局勢趕快穩定下來。」

她喃喃說道。

「那一天，不會遠了。」花弄影肯定地答道。

——未完，待續，請看文創風113《庶女出頭天》5

匠心獨具、妙筆生花／七星盟主

重生／宅門／言情／婚姻經營之雋永佳作！

庶女出頭天

全套五冊

人善可欺，天真與單純必須留在過去；
重生一回，計謀及陷阱都是為了自保。
這次，她要昂首闊步，走出屬於自己的另一片天！

文創風 109　1

若說她司徒錦真有什麼不可饒恕之處，就是身為庶女，
不僅不得父親喜愛，嫡母、姊妹更以欺負她為樂，
最後甚至落得遭砍頭處刑，連母親都因心碎而死在自己身邊！
她含冤受辱，走得不明不白，如何能甘心？!
幸而老天垂憐，給了她一次重生的機會，讓她能再返人間……

文創風 110　2

她司徒錦是招誰惹誰，為何重生了一回，命運依舊如此多舛？!
好在她頭腦冷靜、聰慧過人，不但逃出重重陷阱，
更將計就計、反將一軍，不但給足了教訓，
還讓那些惡人一個個啞巴吃黃連，有苦說不出，只能自認倒楣！
只不過，她的十八般武藝，在他面前全成了空氣，
他非但無視她的抗拒跟退縮，甚至得寸進尺，藉機吻了她！

文創風 111　3

原以為成親後能稍微喘口氣，享受片刻寧靜，
沒想到這王府裡除了有瞧不起自己的王妃婆婆，
還有備受王爺公公寵愛的勢利眼側妃、專門找碴的小姑跟大伯，
更過分的是，竟然住了個對夫君用情專一的小師妹！
天啊，難道她的考驗現在才正式開始？!

文創風 112　4

好不容易處理完這一團爛帳，也坐穩了當家的位置，
皇位爭奪之戰卻一觸即發，不僅王爺失蹤，世子也不知去向。
就在全府上下人心浮動之際，皇后竟下了道懿旨宣她進宮，
太子甚至親自來迎接她──這葫蘆裡賣的是什麼藥，
著實讓人丈二金剛摸不著頭腦……

文創風 113　5　完

當司徒錦準備迎接新生命到來時，卻傳來太師爹爹暴斃的消息，
母親也忽然病重，弟弟則是身體有恙。
看樣子，那些幕後黑手還不死心！這群傻瓜怎麼就是不懂，
跟她作對，就是跟她親愛的相公為敵，
膽敢打擾他們幸福過日子，挑戰冷情閻王隱世子的底限，
後果請自行負責！

輕鬆好笑、令人噴飯之宅門大家／

棠茉兒

肥妃不好惹

文創風 089 上

這個王妃實在當得很憋屈，
王爺討厭她、妃妾排擠她、下人不甩她，
不過這些都不打緊，
眼下最急的是——
她得盡快減肥成功才行！

穿回古代、還成了皇長子睿親王的王妃，這些離譜的事她都能勉強接受，
但……她上輩子究竟是造了什麼孽，做什麼這樣嚴懲她啊？
這位叫若靈萱的王妃右邊眼瞼上有個紅色胎記，像被人打了一拳似的，
而且不僅醜，還長得肥……是很肥！人要吃肥成這樣，也實在太過分了些，
有這副肥到走幾步路就喘的身子，她還能成啥事啊？
別說王爺夫君厭惡她，整個王府中沒人把她這王妃放在眼裡，
就連她自個兒攬鏡自照，都很想一把掐死自己算了！
難怪連她底下的幾個小妃妾們都不怕她，還害她掉入湖中，丟了性命，
看來，當務之急得先努力減肥才成，否則她逃命都逃不遠了，能奈對方何？
接著她得要好好露兩手，讓所有人知道，她可不是當初那隻任人欺侮的病貓！

文創風 090 中

古代的妻妾爭鬥
對她而言雖然是沒啥可看性及威脅性，
但一不小心誤入陷阱的話，
可也是會被折磨得掉一層皮呢！
瞧她，不僅是皮，連肉都掉了好幾圈……
嗯？這也算是因禍得福吧？

蛤？林側妃吃了她代人轉交的糕點後，就中毒暈死過去了？
由於糕點是林側妃的親姑姑林貴妃送的，沒道理害自個兒的姪女，
所以她堂堂王妃倒成了唯一的加害者，理由不外是妻妾間的爭寵吃醋，
呿，這簡直是笑話！一來，她若要下毒，會親自出馬讓人有機會指證嗎？
這種搬不上檯面的小兒科手段，根本是在侮辱她若靈萱的智慧嘛！
二來，她壓根兒不愛王爺夫君，喜歡的另有其人，哪來的因妒生恨啊？
他高興愛誰就去愛誰，她求之不得，最好他能答應和離，那就再好不過了，
偏偏這裡不是她說了算，他要關押她候審，她也只能乖乖就範，
慘的是，林貴妃趁王爺外出時，派人來帶她進宮「問話」，對她大動私刑，
嗚～～她該不會莫名其妙命喪宮中吧？她這也太坎坷了點吧？

文創風 091 下

古代生活太乏味，
她不找點事來做可要無聊死啦！
唔，如今呢是肥也減了，
妃妾們的迫害事件也一一解決完，
接下來不如邊開店調劑身心，
邊挑選下一任夫婿好了……

若靈萱萬萬沒想到，自個兒瘦下來、臉上的紅疤又治好後，竟會美成這樣！
這下可好，不僅夫婿君昊煬看她的眼神愈來愈曖昧兼複雜，
就連小叔君昊宇對她的愛意也是愈來愈藏不住，害她一時左右為難，
沒想到老天像是嫌她不夠忙似的，連皇叔君狩霆也來插一腳，對她頻頻示好！
唉唉，她以前又肥又醜時就遭人排擠陷害了，再這麼下去還焉有命在？
嘖，不管了不管了，她決定先把感情放兩邊，賺錢擺中間，
倘若能在古代開間肯德基及麻將館，讓百姓們嚐嚐鮮，有得吃又有得玩，
到時銀子肯定會大把大把地滾進來，唉唷喂，光想她都快開心地飛上天啦！

文創風 087 6

俗話說小別勝新婚，
葉成紹才離開多久，她便思念得緊，
可他在兩淮辛苦，
她也不能在京城窩著，
也是要為兩人將來盤算一下……

文創風 085 4

人說在家從父、出嫁從夫，
但她還沒確定丈夫的真心，
可是不從的；
不過只要他心中只有自己，
那什麼都好說了……

文創風 088 7 完

做個大周的皇太子是挺不錯，
但若這皇太子過得不如意，
也不必太眷戀；
此處不留人，自有留人處，
天下可不只大周才有皇太子可當啊……

文創風 086 5

相公的身分是說不得的秘密，
知情的和不知情的，都緊盯著他倆，
這要怎麼生活啊？
不如遁到別院去逍遙，
順便賺點錢……

文創風
112

庶女出頭天 4

國家圖書館出版品預行編目資料

庶女出頭天 / 七星盟主著. --
初版. -- 臺北市 : 狗屋, 民102.08-
冊 ; 公分. --（文創風）
ISBN 978-986-328-123-8（第4冊 : 平裝）. --

857.7　　102013493

著作者　七星盟主
編輯　連宓均
校對　黃亭蓁　黃薇霓
發行所　狗屋出版社有限公司
地址　台北市104中山區龍江路71巷15號1樓
電話　02-2776-5889～0
發行字號　局版台業字845號
法律顧問　蕭雄淋律師
總經銷　知遠文化事業有限公司
電話　02-2664-8800
初版　102年8月
國際書碼　ISBN-13　978-986-328-123-8
原著書名　《重生之千金庶女》，由瀟湘書院（www.xxsy.net）授權出版

定價250元
狗屋劃撥帳號：19001626
網址：love.doghouse.com.tw　E-mail：love@doghouse.com.tw